GARGOYLES UND GEHEIMBÜNDE

DER STRICKCLUB DER VAMPIRE, BAND 10

NANCY WARREN

Gargoyles und Geheimbünde, Der Strickclub der Vampire, Band 10

Urheberrecht © 2023 Nancy Warren

Alle Rechte vorbehalten.

ISBN: Ebook 978-1-990210-85-3

ISBN: Gedruckt 978-1-990210-86-0

Cover-Gestaltung von Lou Harper von Cover Affair.

Übersetzung: Sarah Goldmarleen – Language + Literary Translations, LLC.

Ambleside Publishing

VORWORT

Band 10 – Gargoyles und Geheimbünde: Ein paranormaler Cosy-Krimi

Ein Geheimbund führt zum Mord

In Oxford macht der Gargoyle Club, eine geheime Studentenverbindung am Cardinal College, von sich reden, weil dessen Mitglieder, privilegierte junge Männer aus guter Familie, sich betrinken, randalieren und öffentliches Ärgernis erregen. Als Traditionsmitglied des Clubs ist Rafe nicht gerade begeistert über diese Nachwuchs-Gargoyles.

Zur selben Zeit ist eine aufstiegsgeile ehemalige Schulfreundin von Lucy in der Stadt. Hat sie es wirklich auf ihren Abschluss in Kunstgeschichte abgesehen oder sind ihre Absichten hinterhältiger?

Als jemand bei einem Dinner des Clubs ums Leben kommt, wird klar, dass es hier um mehr als nur Dummejungen-streiche geht. Es liegt bei Lucy und ihren untoten Strickern, das Verbrechen aufzuklären.

Melden Sie sich zu Nancys spamfreien Newsletter auf Nancy-WarrenAuthor.com an und erhalten Sie gratis die Geschichte von Rafe, dem hinreißend attraktiven Vampir aus der Serie *Der Strickclub der Vampire*.

Werden Sie Teil von Nancys privater Gruppe auf Facebook, wo wir uns über Bücher, Stricken, Haustiere und das Leben an sich austauschen. facebook.com/groups/NancyWarren-Knitwits

GARGOYLES UND GEHEIMBÜNDE

KAPITEL 1

*A*ngewidert warf Rafe die Zeitung beiseite. „In meiner Zeit waren Geheimbünde genau das – geheim eben. Da erschien man nicht einfach betrunken und ungepflegt auf der Titelseite einer Zeitung."

Ich war damit beschäftigt, die Regale im Woll- und Strickgeschäft Cardinal Woolsey's aufzufüllen, aber bei dem Wort „Geheimbund" musste ich ihm über die Schulter sehen. Irgendetwas an seiner Bemerkung faszinierte mich. Wahrscheinlich, weil ich mir ziemlich sicher war, niemals in irgendeinen Geheimclub eingeladen zu werden. Es sei denn, man zählte meinen örtlichen Hexenzirkel mit, dem ich eigentlich nicht auf Einladung beigetreten war, sondern weil mich meine nervtötende Hexenverwandtschaft dazu gezwungen hatte.

Das Titelblatt der *Oxford Daily* zeigte ein verschwommenes Bild von vier jungen Männern, die definitiv heruntergekommen aussahen. Einer schien vor einem sehr hübschen Haus gerade in die Büsche zu pinkeln. Dahinter war ein zerbrochenes Fenster zu sehen. Der Titel lautete: „Jugend-

liche Rabauken beschädigen Eigentum in Oxford." Ich über-
flog den Artikel, aber es waren nur wenige Absätze, in denen
stand, dass diese jungen Männer in ein ruhiges Wohngebiet
eingedrungen seien und dort Eigentum beschädigt hätten,
und dass die Polizei glaube, eine junge Frau habe ihre Taten
beobachtet. Sie brauchten Hilfe bei der Identifizierung der
Männer, und die junge Frau wurde darum gebeten, sich zu
melden, um bei den Ermittlungen zu helfen.

„Da steht doch gar nichts über eine Geheimgesellschaft",
sagte ich enttäuscht. Ich wollte etwas über seltsame Mitter-
nachtsrituale und tagelang andauernde Festessen lesen. Das
hier sah nur nach einem entarteten Junggesellenabschied
aus.

Rafe schaute mich kopfschüttelnd an. „Einst verband
man mit dem Orden der Wasserspeier Würde und Ehre. Jetzt
sind das nur noch reiche Schnösel mit leeren Köpfen und
keinerlei Moral."

Ich musste mir ein Lachen verkneifen. „Orden der
Wasserspeier?" Wollte er mich veralbern?

Als er mich mit diesem hochnäsigen Blick von oben
herab musterte, musste ich einfach fragen. „Warst du in
diesem Geheimclub, Rafe?"

„Das ist ein sehr alter Orden, der am Cardinal College
schon lange existiert. Technisch gesehen bin ich immer noch
Mitglied."

Ich schaute auf die Zeitung und dann wieder zu ihm.
Sein Kiefer war angespannt, und er sah ziemlich sauer aus.
„Kennst du diese Jungen?"

„Oh, ja! Und ich glaube, es ist Zeit, dass ich ihnen einen
Besuch abstatte."

Er sah so furchteinflößend aus, dass ich eine Hand auf

den Ärmel seines marineblauen Kaschmirpullovers legte. „Was hast du vor?"

„Nichts im Vergleich zu dem, was sie verdient hätten." Damit musste ich mich zufriedengeben, denn mit entschlossenem Schritt verließ er das Cardinal Woolsey's. Ich rannte zum Fenster und beobachtete, wie er in Richtung des Cardinal Colleges verschwand.

EIN PAAR TAGE SPÄTER HIELT ICH EINER DAME DIE TÜR AUF, die extra nach Oxford gekommen war, um das Cardinal Woolsey's zu besuchen. Als begeisterte Strickerin hatte sie sich bei mir mit so viel Wolle, Mustern und Zeitschriften eingedeckt, dass ihre Arme zu voll waren, um die Tür zu öffnen. Ich war hoch erfreut.

Nachdem wir uns endgültig verabschiedet hatten, ging ich wieder hinein und nahm mir fest vor, einen neuen Newsletter herauszubringen, denn es wurde wirklich Zeit. Unsere Internetseite sollte ich auch aktualisieren. Menschen aus der ganzen Welt kauften in meinem Laden ein, einige online, andere fuhren meilenweit, um persönlich herzukommen. Mit dem Onlineshop ging es aufwärts und er war ein rentabler Teil meines Geschäfts.

Normalerweise kümmerte ich mich um diese Arbeiten abends, aber ich machte mir gerade Notizen, als die fröhlichen Glöckchen läuteten und ankündigten, dass ich eine neue Kundin hatte. Ich drehte mich um, aber das einladende Lächeln in meinem Gesicht erstarrte, als ich die Frau erkannte, die hereingekommen war. Sie war groß und schlank, hatte langes, dunkles Haar, dunkle, durchdringend blickende Augen und ein Gesicht, das auf den ersten Blick hübsch wirkte, aber vielleicht eher als überwältigend schön zu bezeichnen war. Mit diesem Gesicht machte sie alles, was sie konnte, sie schminkte ihre dunklen Augen mit dunklem Lidschatten, legte immer frischen Lippenstift auf und hatte immer sorgfältig frisiertes Haar. Ihre Garderobe war teuer, sollte aber nicht so aussehen. Ihr Name war Pamela Black, und sie war eine der letzten Personen, mit denen ich gerechnet hatte oder die ich jemals wiedersehen wollte.

Sie setzte ein strahlendes, fröhliches Lächeln auf und kam mit ausgestreckten Armen auf mich zu. „Lucy. Ich konnte es kaum glauben, als ich hörte, dass du hier in Oxford bist. Eine meiner besten Freundinnen aller Zeiten. Ich bin freue mich total, dich zu sehen."

Bevor ich irgendetwas anderes tun konnte, als sie hilflos anzustarren, schloss sie mich auch schon in ihre Arme. Ich roch ihren vertrauten Duft und musste würgen.

So schnell es ging, zog ich mich zurück. „Pamela. Was machst du denn hier?"

Es wäre dumm gewesen zu sagen, dass ich Boston verlassen und nach England gekommen war, um vor jemandem wegzulaufen. Na ja, okay, da war der Herzschmerz gewesen, als ich entdeckt hatte, dass Todd, mein Freund, nicht das Gelbe vom Ei war. Aber jetzt, wo einige Zeit vergangen war, erkannte ich ihn als den Idioten, der er war, und wusste, dass ich glücklich davongekommen war.

Pamela war einer dieser Menschen, die einen in ihr Netz lockten und einem so lange das Lebenselixier aussaugten, bis man nur noch fliehen wollte. Weit weg. Für immer.

Wenn ich darüber nachdachte, war ich erleichtert, tausende von Meilen von der Frau entfernt zu wohnen, die mein Herz viel übler gebrochen hatte, als Todd es jemals gekonnt hätte.

Pamela schien die Vergangenheit vollkommen vergessen zu haben. Wie praktisch! Oder sie hatte beschlossen, sie zu ignorieren oder so zu tun, als wäre nichts geschehen. Schlimmer noch, womöglich dachte sie, es hätte mir nichts bedeutet. Genauso wenig wie ihr wahrscheinlich.

Wir waren sechzehn Jahre alt gewesen. Ich hätte sie nie als meine beste Freundin bezeichnet, aber wir standen uns sehr nah. Damals war ich total verschossen in einen Typen namens Sam. Er war nicht der Hübscheste; er war auch nicht der Cleverste oder der Sportlichste. Er war sonderbar. Anders. Lustig. Er zeichnete Comics – so uncool war er.

Ich weiß nicht, was Pamela dazu gebracht hat, zu beschließen, dass sie Sam haben wollte. In meinen narzisstischen Momenten vermutete ich, sie habe ihn nur deshalb begehrt, weil er mir gehörte. Sogar jetzt im Nachhinein, mit über zehn Jahren mehr Erfahrung, war ich mir immer noch nicht sicher, ob sie es aus diesem Grund auf meinen Freund abgesehen hatte.

Wie eine klassische falsche Freundin war sie zu mir gekommen, als sie angefangen hatte, mit Sam zu gehen, um sich mit mir auszusprechen. „Ach Lucy, ich weiß, dass dir das recht ist. Du weißt doch: Sam und ich würden niemals etwas tun, das dich verletzt. Du bist meine beste Freundin. Es ist nur ..." Sie hatte gekichert. „Es ist einfach überwältigend. Ich weiß, dass du nur das Beste für uns beide willst. Wir werden immer Freundinnen bleiben. Stimmt's?"

Ich war sprachlos, mein Herz war gebrochen, und ich verspürte so einen wilden Stolz in mir, dass ich ihr keinesfalls zeigen wollte, wie verletzt ich war. Und vielleicht hatte sie recht. Was wusste ich schon von Liebe. Sam war nicht mein Eigentum. Wenn ihre Herzen zusammengehörten, dann musste ich vielleicht großmütig sein.

Und ich versuchte, so großmütig sein, wie ich es mit sechzehn konnte. Sie bestand immer noch darauf, mit mir eng befreundet zu sein. Eine Zeitlang funktionierte es sogar. Aber ich war nicht ehrlich zu mir selbst. Wenn ich Sam sah, wie er seinen Arm um Pamela gelegt hatte und die beiden hinter ihren offenstehenden Spindtüren über Geheimnisse kicherten, dann schmerzte das.

Und als Sam dann vollkommen verführt war, schnappte sie der Nächsten den Freund weg. Das war das Schlimmste. Ich denke, eigentlich wollte sie Sam gar nicht, sie wollte ihn nur, weil ich ihn wollte.

Wie viel Jahre war das her? Zwölf? Und immer noch fühlte ich einen Stich in der Brust, als wäre es gestern gewesen. Danach habe ich mein Herz nie mehr so unbekümmert oder furchtlos verschenkt.

So ist Verrat eben. Er zerfrisst einen auch noch lange, nachdem man verletzt worden ist.

„Was machst du hier?" Ich versuchte, in lockerem Ton zu sprechen. Schließlich war das hier mein Geschäft. „In Oxford."

Sie legte beide Hände unter ihr Kinn. Diese Angewohnheit war so typisch für Pamela. Ihre Nägel waren perfekt maniküurt, und ich bemerkte, dass ihre Uhr eine mit Diamanten besetzte Cartier war.

„Nach dem Horror meiner Scheidung musste ich einfach raus", sagte sie, als wären wir immer noch eng befreundet. Ich wusste nicht einmal, dass sie verheiratet gewesen war. Jetzt war sie geschieden. „Du musst davon gehört haben."

Ich schüttelte den Kopf. „Nein. Davon hatte ich nichts gehört. Tut mir leid." Ich verfolgte wirklich nicht, was sie trieb. In den sozialen Netzwerken vermied ich hartnäckig jeglichen Kontakt zu ihr, und keiner meiner besten Freundinnen kam es je in den Sinn, über sie zu reden. Ob so oder so – sie hatte jede von uns gegen sich aufgebracht. Wenn wir irgendjemanden als abscheulich bezeichnen wollten, mussten wir nur ein Wort sagen. *Pamela.* Und schon hatten alle verstanden.

„Ich studiere hier. Ich mache gerade einen Master in Kunstgeschichte am Cardinal College. Ich kann nicht glauben, dass dir das niemand erzählt hat." Na klar! Weil Pamela der Mittelpunkt des Universums war, musste ich natürlich über alles unterrichtet sein, was sie tat.

Ich mit meinen zwei Jahren College, und Pamela machte einen Master in Oxford. War ich etwa neidisch? Vielleicht verspürte ich einen kurzen Stich der Missgunst, aber gleich darauf folgte ein schleichendes Gefühl des Entsetzens. Das Cardinal College war nur einen kurzen Fußmarsch entfernt. Sie tat so, als wäre sie begeistert. „Ich kann es gar nicht fassen, dass wir Nachbarinnen sind."

Mein Lächeln war nicht gerade enthusiastisch. Die Vorlesungszeit in Oxford begann im Oktober. Es war jetzt Mitte April, und nächste Woche würde das letzte Trimester beginnen. Sie war schon seit Monaten hier und hatte sich nicht darum geschert, vorbeizuschauen (was mir ganz lieb war). Woher dieses plötzliche Interesse?

„Und sieh mal, was für ein netter kleiner Laden!", sagte sie und drehte sich einmal im Kreis herum, betrachtete die Regale voller Wolle und die fertigen Pullover, die dank des Strickclubs der Vampire am laufenden Band geliefert wurden, dann schaute sie zu den Zeitschriften und Büchern und den Bildern mit Strickmotiven an der Wand. „Der ist wirklich niedlich."

Sie konnte zwar versuchen, mich mit ihrem honigsüßen Gift herabzusetzen, aber ich war jetzt älter und weitestgehend immun. Also behandelte ich sie so, wie ich einen Feind in meinem Geschäft behandeln würde. Vielleicht wie jemanden, den ich des Ladendiebstahls verdächtigte und rausschmeißen wollte. „Strickst du?"

Von wegen. Für Verstrickungen sorgen, das ja. Knoten in die Gefühle anderer binden. Emotionale Krisen häkeln. Ich könnte meine Handarbeitsmetaphern endlos fortsetzen. Fakt war: Dass sie hier war, waren schlechte Neuigkeiten. Und schlechte Neuigkeiten wollte ich nicht hier haben. Ich würde das Geschäft reinigen müssen, sobald sie weg war.

Sie lachte. Ich hatte das Gefühl, dass sie an ihrem Lachen gearbeitet hatte. So silberhell und charmant hatte ich es nicht in Erinnerung. Als sie jünger war, dachte ich eher, dass es dem Laut glich, den ein Pferd von sich gibt, wenn sich seine Fütterungszeit nähert. „Nein. Ich bin nur hier, weil ich gehört habe, dass meine beste Freundin aus alten Zeiten auch in Oxford ist. Ich wollte nur vorbeikommen und Hallo sagen. Und dich zu einer kleinen Party einladen, die ich gebe."

Wenn Pamela mit ihren Designerklamotten und ihrer schicken Uhr mich zu einer Party einlud, dann steckte etwas dahinter.

Auch wenn die Nadelspitzen in meinem Laden schärfer waren als mein Verstand, so war ich doch auch keine naive Sechzehnjährige mehr. „Was für eine Party?"

„Nur ein paar Freunde." Ich konnte mir nicht vorstellen, was sie von mir wollte.

Gerade wollte ich so höflich wie möglich ausschlagen, da kam William Thresher in den Laden. William war Rafe Croysers Butler, sein Gutsverwalter, wie man es wohl nennen würde. Williams Leidenschaft war das Kochen. Da Rafe als Vampir Williams kulinarische Talente natürlich nicht ausreizte, hatte William angefangen, für Veranstaltungen zu kochen. Sein Cateringservice war in aller Munde und er war so beliebt, dass er ziemlich wählerisch geworden war. Besonders gern mochte er Hochzeitsfeiern.

Es war ein bisschen traurig, denn William war Mitte dreißig und seinem Schicksal zufolge würde der erste Sohn, den er zeugte, dazu erzogen und ausgebildet werden, Rafe zu dienen, wenn er irgendwann volljährig und William alt genug für den Ruhestand wäre. Dieses Muster war unverändert geblieben, seit der erste William Thresher Rafe im fernen 16. Jahrhundert gedient hatte. Aber wie viele geeignete Frauen lernte William kennen, wenn er auf einem großen Gutshof lebte, der von einem Vampir geführt wurde? Die Antwort lautete: sehr, sehr wenige. Um eine Frau mit starkem Puls zu treffen, musste er wirklich öfter rauskommen. Ich hatte eigentlich gehofft, dass das Catering ihn dazu ermutigen würde, eine nette Frau zu finden. Ich war mir nicht ganz sicher, wie ich es fand, dass er der Vater von Rafes nächstem Diener werden würde, aber das ging mich nichts an. Niemand hatte William zu seiner Arbeit gezwungen, und niemand konnte versprechen, dass der nächste William Thresher – mal angenommen, es würde einen nächsten William Thresher geben – Rafe dienen wollte, wenn er groß war.

Vielleicht würde er lieber Feuerwehrmann, Polizist oder Rennfahrer werden. In meinen weniger netten Momenten hoffte ich, der nächste William Thresher würde irgendeinen beliebigen Beruf wählen – Hauptsache nicht den des Butlers von Rafe Crosyer, der ohnehin schon viel zu viele Vorteile genoss.

Aber es lag mir fern, mich ins Schicksal einzumischen. Besonders, seit ich erfahren hatte, dass ich eine Hexe und Teil einer langen Hexentradition hier in Oxford war. Wenn ich etwas über das Schicksal wusste, dann war es, dass man ihm nicht entkommen konnte.

Pamela strahlte sofort, als sie William sah. Wenn ich ihn unvoreingenommen anschaute, konnte ich sehen, dass William ein nett aussehender Mann war. Normalerweise war er mit Rafe zusammen, wenn ich ihn sah, und das war, wie wenn man den Mond bewundern wollte, wenn er neben der Sonne stand. Aber für sich allein betrachtet, war der Mond sehr hübsch. Natürlich bemerkte er Pamela und nickte ihr schüchtern zu.

„Lucy", sagte er, „ich wollte etwas mit Ihnen besprechen. Aber ich kann auch später zurückkommen."

„Ist schon in Ordnung. Ich habe etwas Zeit." Ich wandte mich Pamela mit einem Ausdruck zu, von dem ich hoffte, dass er deutlich sagte: *„Es ist jetzt Zeit für dich zu gehen."* „Danke, dass du vorbeigeschaut hast."

Sie ignorierte mich und starrte den Neuankömmling an. „Sind Sie nicht William Thresher?"

Ich weiß nicht, wer überraschter war, dass sie wusste, wer er war: ich oder William. Er war weder Film- noch Rock- noch Medienstar. Er sah ziemlich verblüfft aus. Dann schaute er mich an, als würde ich vielleicht wissen, warum sie ihn kannte, aber ich zuckte mit den Achseln. Schließlich antwortete er: „Ja. Der bin ich."

„Ich dachte mir, dass Sie es sind." Sie ließ ihren Charme sprudeln. Und wenn Pamela ihren Charme sprudeln ließ, dann war das nicht ohne. Sogar ich, die ihr misstraute und sie zutiefst hasste, spürte die Wärme in ihrem Lächeln. „Sie sind überrascht, dass ich überhaupt weiß, wer Sie sind. Aber Sie sind ein Zauberer in der Küche. Ich hatte gehofft, Sie könnten das Catering für eine kleine Feier, die ich gebe, übernehmen. Ich habe Lucy gerade eingeladen zu kommen. Wir sind alte Freundinnen, wissen Sie, aus Amerika."

„Ich habe den Akzent bemerkt, ja." Er schien sich richtig für mich zu freuen. „Lucy, wie schön, dass Sie eine Freundin von zu Hause zu Besuch haben. Ich weiß, dass Sie ab und zu Heimweh bekommen."

Sicher kein Heimweh nach Pamela.

„Na ja, auf Privatfesten koche ich nicht oft. Das hängt vom Datum und von der Art der Feier ab. Aber da Sie Lucys Freundin sind ..."

Und bumm! Das war er. Der Grund, aus dem Lucy mich aufgesucht hatte. Sie musste erfahren haben, dass William der beste Caterer in Oxford war und wohl auch, dass ich ihn kannte.

Sie lachte und winkte ab. „Eigentlich ist es eine Feier für meinen Professor. Ich bin eine Studentin der Kunstgeschichte, wissen Sie? Er veröffentlicht gerade ein Buch bei der Oxford University Press. Und ich wollte eine kleine Party organisieren. Und natürlich werde ich dort nur selbst kellnern. Ich habe gehofft, dass Lucy mir hilft und auch als Kellnerin mitmacht."

Ha! Ich hatte doch gewusst, dass es einen Haken bei ihrer angeblichen Einladung in Anführungszeichen gab.

„Wirklich?" William sah entzückt aus. „Haben Sie viel Erfahrung als Kellnerin?"

Wie bitte? Wie konnte diese Unterhaltung so schräg werden? Die einzige Art von Bedienen, die Pamela kannte, war das Bedienen ihrer eigenen Interessen. Plötzlich wusste ich, warum William hier war, und ich wollte nicht, dass Pamela etwas davon mitbekam.

„Ich bin mir sicher, Pamela ist nicht daran interessiert, Kellnerin zu sein", sagte ich. Dann wandte ich mich ihr zu. „Hör zu, Pam, ich rufe dich an." Ich wusste nicht, wie ich noch deutlicher sagen sollte, dass ich diese Frau loswerden wollte, aber sie schien meinen Wink mit dem Zaunpfahl zu übersehen.

Über meine Schulter hinweg sprach sie einfach mit William, als wäre ich gar nicht da. „Ich habe viel gekellnert." (Gelogen.) „Ich brauchte das Geld, um mir Oxford leisten zu können." (So was von gelogen.) „Aber wenn man etwas unbedingt will, lohnt es sich, darauf zu warten." Wieder lachte sie mit diesem hübschen, hellen Lachen. „Sie werden es wahrscheinlich nicht glauben, aber ich bin genauso alt wie Lucy."

Oh, vielen Dank dafür.

William entging nicht nur der Seitenhieb in meine Richtung, sondern er sah sogar entzückt aus. „Das trifft sich fantastisch. Ich bin hergekommen, um Lucy zu bitten, mir beim Servieren auf einem privaten Empfang zu helfen. Wenn es Sie interessiert, könnte ich eine weitere erfahrene Servicekraft gebrauchen. Es ist alles streng geheim, und Sie müssten eine Geheimhaltungsvereinbarung unterschreiben."

Ich hatte ein ungutes Gefühl. Irgendwie war es Pamela

gelungen, sich ohne jegliche Provokation erneut in mein Leben einzuschleichen. Denn natürlich würde ich den Auftrag als Kellnerin nicht absagen. Ich wusste ganz genau, wovon er sprach. Die Mitglieder des Gargoyle Clubs hatten anlässlich des anstehenden St. George's Days ein besonderes Dinner geplant. Rafe hatte mir davon erzählt. Aber da die aktuellen Sprösslinge der Gargoyles so viel Ärger gemacht hatten, blieben die Restaurants in der Stadt ihnen verwehrt. Rafe und ein paar ältere Mitglieder hatten beschlossen, sie im Auge zu behalten und hatten deshalb ein privates Dinner mit Catering bei einem Elternpaar zu Hause veranstaltet – der Hausherr war selbst einmal ein Gargoyle gewesen. Das war alles, was ich wusste.

Natürlich hatten sie William darum gebeten, das Catering zu übernehmen. Und es war eine ausgezeichnete Idee gewesen, mich als eine der Kellnerinnen für den streng geheimen Dining Club auszuwählen.

Aber warum Pamela?

Ich versuchte mich hinter sie zu stellen und entschieden mit dem Kopf zu schütteln, aber William war so benommen von ihrem Charme, dass er ihr ins Netz ging, wie alle, die ihr zum ersten Mal begegneten. Erst wenn sie sie mit Seidenfäden erwürgt hatte und ihnen ihr gesamtes Lebenselixier abgesaugt hatte, wurde ihnen klar, was sie getan hatte. Aber dann war es zu spät.

„Wundervoll", sagte sie, als wäre das Kellnern auf einer Privatparty der Inbegriff all ihrer Bestrebungen. Sie reichte William die Hand. „Ich bin Pamela Forbes."

„Forbes?", fragte ich. Seit sie hereingekommen war, lief nichts mehr wie es sollte.

Sie schaute mich an, als wäre ich hohler als alle Nadelöhre in meinem Laden. „Mein Ehename. Ich habe Conrad Forbes geheiratet. Leider sind wir jetzt geschieden." Sie senkte den Blick, als könnte sie den Gedanken an diese Tragödie nicht ertragen. Den Namen Conrad Forbes kannte ich. Er war ein bedeutender Bauunternehmer in Boston. Er hatte die Firma und dazu ein Vermögen von seinem Vater geerbt und vergrößerte es weiterhin. Pamela hatte gut geheiratet.

Und warum ließ sie sich dann zum Kellnern herab? Pamela strebte nach dem Highlife. Ihren sozialen Aufstieg hatte sie schon begonnen, als die meisten von uns gerade einmal alt genug waren, um zu wissen, was das war. Irgendetwas stimmte hier nicht.

Da ich auf keinen Fall wollte, dass Pamela den Job annahm, willigte sie natürlich sofort ein. Sie zückte ihr Telefon und vermerkte den Termin demonstrativ in ihrer „Die-Welt-dreht-sich-um-Pamela"-App.

„Der Veranstaltungsort ist geheim. Also treffen wir uns am besten am Donnerstag um siebzehn Uhr fünfundvierzig hier in Lucys Laden. Ich nehme Sie beide im Lieferwagen mit."

Es schien den beiden gar nicht aufzufallen, dass er mich überhaupt nicht gefragt und ich nicht zugesagt hatte. Aber auf keinen Fall würde Pamela sich William nähern, ohne dass ich da war, um aufzupassen. William mochte zwar eine Haushaltshilfe sein, aber da seine Familie schon so lange mit Rafe verbunden war, vermutete ich, dass er im Verborgenen recht wohlhabend war. Wenn Pamela Wind davon bekam, würde sie sich auf ihn stürzen wie eine Venusfliegenfalle auf eine nichts ahnende Stubenfliege.

Sie umarmte mich und schenkte mir ein strahlendes

Lächeln, bevor sie ging. „Ich bin so aufgeregt, Lucy. Wir schaffen es sicher, uns noch einmal richtig zu unterhalten. Ich kann es gar nicht erwarten!"

Als sie fort war, wandte ich mich an William. „Was um alles in der Welt hat Sie dazu gebracht, ihr einen Job anzubieten?"

Er schien verblüfft über meinen Ausbruch. „Ich dachte, sie wäre Ihre Freundin. Und da sie aus den USA kommt, wird sie hier wohl kaum für Ärger sorgen. In Oxford muss man so vorsichtig sein. Jeder kennt jeden. Und Sie wissen, wer diese Jungs sind. Deshalb müssen wir ja das Essen liefern. Damit sie nicht wieder außer Kontrolle geraten."

„Wird Rafe da sein?"

„Ja. Ein paar ältere Mitglieder kommen zu dem Abend, um ein Auge auf alles zu haben."

„Ich vertraue Pamela nicht. Sie ist kein guter Mensch."

Er sah aus, als hätte ich ihn irgendwie betrogen. „Nun, warum haben Sie sich dann ihr gegenüber so freundlich benommen? Sehen Sie nur, wozu Sie mich gebracht haben!"

Als er das Geschäft verließ, stand ich mit offener Kinnlade da. Wieso war das jetzt meine Schuld?

KAPITEL 2

*A*m Tag des Abendessens überraschte Rafe mich mit einem Besuch. Er klingelte unten und ich ließ ihn in meine Wohnung über dem Cardinal Woolsey's. Wir würden uns zwar schon sehr bald beim Gargoyle-Dinner sehen, aber dort würde sich unser Gespräch darauf beschränken, ihn zu fragen, ob er mehr Soße möchte. In Hinsicht auf unsere Position in der britischen Gesellschaft würde er oben und ich unten stehen.

„Wow", sagte ich, als er hereinkam. Er war immer mühelos hinreißend, aber wenn er so elegant gekleidet war, blieb mir die Luft weg. Er trug einen marineblauen Frack mit einem zweireihigen, hinten langen Schoßjackett, und der geknöpfte Teil war nur wenig länger als die creme-farbene Seidenweste. Das Jackett hatte ein Seidenrevers und einen Samtkragen. Sein gestärktes weißes Hemd war mit einer kastanienbraunen Fliege verziert. „Ist das ein Überbleibsel aus den Zeiten, in denen du mit Dickens gefeiert hast?" Ich konnte mir die Frage nicht verkneifen. Alles, was ihm fehlte, waren Stock und Zylinder, und er konnte direkt aus meinem Laden in „*Große Erwartungen*" gehen.

Seine Augen funkelten, als er auf mich herabblickte. „Ganz bestimmt nicht. Das hier, mein schöner Unschuldsengel, ist die Uniform des Gargoyle Clubs."

Ich war erstaunt. „Du meinst, ganz gewöhnliche Sterbliche tragen so einen Aufzug? Heutzutage?"

„Ja."

Die Messingknöpfe waren mit einer merkwürdigen Verzierung versehen. Ich sah genauer hin. „Was ist das? Dein königliches Wappen?" Oh ja, er hatte eins. William hat es mir einmal gezeigt.

„Das ist die vereinfachte Version des Hosenbandordens. Weißt du, Henry Somerset, Herzog von Beaufort, war derjenige, der den Club gegründet hat. Er war ein Hosenbandritter, und diese Insignien sind eine Anspielung auf den Hosenbandorden und sein eigenes Wappen."

„Ich habe eine Handtasche, auf der Gucci steht." Ich habe sie gebraucht gekauft und zunächst vermutet, es würde sich um eine Fälschung handeln.

Er ließ sich nicht provozieren, sondern wechselte das Thema. „Du siehst hübsch aus."

Ich verzog das Gesicht. Um mein langes, blondes Haar nicht im Weg zu haben, hatte ich es zu einem Dutt hochgesteckt. Und ich trug anständige Servicebekleidung. Weiße Bluse zum schwarzen Rock. Williams Anweisung. Dafür, dass er so ein lockerer Typ war, wurde William ganz schön anspruchsvoll, wenn es um seine Cateringaufträge ging.

Das hier war nicht das erste Mal, dass ich ihn als Kellnerin unterstützte. Es machte mir Spaß, ich hatte einen kleinen Zusatzverdienst, und da ich beim Servieren direkt an der Front war, hielt ich immer nach der zukünftigen Mrs William Thresher Ausschau.

Heute Abend würde ich allerdings keine Kandidatinnen für die Rolle seiner Ehefrau finden, da dies ein reiner Männerclub war. Aber Rafe gehörte dem Geheimbund an, und ich hatte so skandalöse Geschichten gehört, dass ich fasziniert war.

„Stimmt es, dass der größte Teil der politischen Elite Großbritanniens und die Söhne der Hälfte aller adeligen Familien diesem Club angehören?"

„Die Presse übertreibt gern", sagte er und klang angewidert von allem, was mit der Fleet Street zu tun hatte.

Also keine Antwort. „Dann stimmt es also?"

„Lucy. Henry Somerset war Soldat und er war verrückt nach Cricket. Es war einfach ein Ort für junge Herren mit guten Beziehungen, an dem sie Sportveranstaltungen verfolgen konnten, um anschließend gemeinsam sehr gut zu essen und über Politik zu diskutieren. Und vielleicht diese lebenslangen Beziehungen zu knüpfen, die im weiteren Leben so wichtig werden würden. Mit der Zeit, das gebe ich zu, machte sich eine gewisse Flegelhaftigkeit und Zügellosigkeit breit. Ja, einfach deshalb, weil eine unverhältnismäßig große Zahl von Premierministern und Mitgliedern des Königshauses in Oxford studiert haben, hat es eine Reihe sehr einflussreicher Leute gegeben, die auch Gargoyles waren."

So wie er es sagte, konnte man denken, dass es sich um ernsthafte junge Männer handelte, die über Platon und den Burenkrieg diskutierten, aber ich hatte selbst ein paar Nachforschungen angestellt. „Ich habe gelesen, dass ihr schlechtes Benehmen legendär war. Viele Gasthausbesitzer wurden schwer bestochen, damit sie den Mund hielten. Und viele Kaufmannstöchter."

Er sah mich an, als hätte er einen üblen Geschmack im Mund. „Nicht heute. Das hier ist ein ganz besonderer Abend. Es ist St. George's Day. Das ist der Tag, an dem wir uns versammeln, um das Fest des Heiligen Georg, dem Schutzpatron Englands und Schutzheiligen der Hosenbandritter, begehen."

Irgendwie hörte sich das an wie im Märchen. „Die Hosenbandritter? Haben die irgendetwas mit den Rittern der Tafelrunde zu tun?"

Diesen Blick bekam er immer, wenn ich etwas Lächerliches sagte. Er verdrehte zwar nicht wirklich die Augen, aber seine Augäpfel bewegten sich, als würde er damit zum Ausdruck bringen wollen, dass er damit hätte rollen können, wenn er sich die Mühe gemacht hätte. „Der *Most Noble Order of the Garter* ist ein uralter Orden, Lucy. Er nahm 1348 unter König Eduard III. seinen Anfang und besteht bis heute fort. Es kann immer nur vierundzwanzig Hosenbandritter gleichzeitig geben. Der herrschende Monarch und der Thronfolger sind automatisch Ritter, die restlichen werden ernannt."

„Sind darunter auch junge, heiße Typen?" Natürlich dachte ich dabei an Lancelot und Sir Galahad.

Noch einmal machte er diese Sache mit dem halben Augenrollen. „Ich glaube nicht, dass es nur einen einzigen Ritter unter sechzig gibt. Und zwanzig der vierundzwanzig sind Mitte achtzig oder neunzig."

Also nicht gerade ein Haufen heißer Typen.

„Wie auch immer, neben Henry sind viele Gargoyles später zu Hosenbandrittern geworden. Deshalb haben sie eine besondere Bedeutung für unseren Club. Das ist der vorgeschobene Grund, aus dem viele der alten Mitglieder heute kommen werden. Wir treffen uns mit den aktuellen Mitgliedern, stoßen miteinander an, wechseln ein paar Worte mit ihnen, und dann gehen wir zu unserem gemütlichen Abendessen nach oben und überlassen sie ihrem Dinner."

„Und ich werde sie bedienen."

„Ganz genau!"

Er verlagerte sein Gewicht ganz leicht von einem Fuß auf den anderen. Für einen Mann, der normalerweise so ruhig war, war das so irritierend, als würde er in seinem Smoking auf und ab springen und Hampelmänner machen. „Offiziell haben sich die Gargoyles aufgelöst. Alle Geheimgesellschaften wurden von den Universitäten in Oxford verbannt."

„Wegen ihres guten Benehmens?", fragte ich und fühlte mich frech.

Er beachtete meine Unterbrechung nicht. „Der Vandalismus und die allgemein flegelhaften Verhaltensweisen in der letzten Zeit spiegeln nicht unsere Werte wider. Es gibt eine Kontinuität und eine Geschichte, die nicht abreißen sollte. Also bitte ich William und dich, alles im Auge zu behalten. William sagt, er habe auch eine amerikanische Freundin von dir engagiert. Auch wenn sie sich im Haus eines Elternpaars befinden, hielt ich es für besser, Augen und Ohren im Esszimmer zu haben, um unangemessenen Verhalten zu unterbinden."

Wurde ich als Kellnerin oder als Spionin eingestellt? „Was tun wir, wenn die Sache außer Kontrolle gerät?"

Er schaute mich an. „Du besitzt gewisse Kräfte, die sehr praktisch sein könnten."

„Du möchtest sie mit einem Zauber für gutes Benehmen

belegen?" Ich wünschte, ich würde einen kennen. Den hätte ich bei Pamela eingesetzt.

Seine Mundwinkel zuckten. „Wenn nötig. Und wenn du die Fähigkeit dazu besitzt."

Das war ein Schlag unter die Gürtellinie. Ich war noch Anfängerin im Hexen und hatte meine Zauberkräfte noch nicht gut unter Kontrolle. Ich nahm Unterricht bei der nervtötendsten Hexe der Welt namens Margaret Twigg, die es liebte, meine Schwächen hervorzuheben und dafür zu sorgen, dass ich mir sogar dann dumm vorkam, wenn sie mir beibrachte, wie ich mich verbessern konnte.

„Ruf mich, wenn es nötig ist. Beim ersten Anzeichen von Gefahr. Wir können uns nicht noch einen Ausrutscher erlauben, der in der Zeitung landet. Der Grund, warum wir eine Cateringveranstaltung in einer Privatvilla organisieren mussten, ist, dass die Gargoyles in den letzten Jahren so viel zerstört haben, dass kein Restaurantbesitzer sie mehr will. Selbst wenn sie eine Reservierung bekommen – die sie unter falschem Namen machen müssten – ist es die schlechte Presse nicht wert." Natürlich erinnerte ich mich daran, wie ich über Rafes Schulter hinweg den Artikel in der Oxford Daily gesehen hatte, in dem von der Zerstörungswut dieser angeblich geheimen Gesellschaft berichtet wurde. Ihr Name musste Teil des Problems sein. Als sie den Club gegründet hatten, hätten sie ihn vielleicht Die Rosenknospen oder Die Welpen nennen sollen. Gargoyles? Ich stellte mir all die monströsen steinernen Wasserspeier vor, die einen überall in Oxford anstarrten. Die Jungs wurden dem Namen ihres Clubs nur gerecht.

„Bist du sicher, dass es so eine gute Idee ist, diese Sache fortzusetzen? Wenn sie sich so übel benehmen, dass sie immer wieder Dinge kaputtmachen und für Ärger sorgen, dann sollte sich die Gesellschaft vielleicht auflösen. Weißt du Rafe, seit deiner Jugend vor ungefähr fünfhundert Jahren hat sich einiges geändert."

Er schaute mich kopfschüttelnd an. „Die Menschen haben sich nicht verändert, Lucy, jedenfalls nicht sehr. Was sich verändert hat, ist, wie neugierig die Leute sind. In den alten Zeiten herrschte mehr Diskretion. Nichts da mit sozialen Medien." *Soziale Medien* sagte er in einem Ton, als ob er *Geschlechtskrankheit* sagen würde.

Einen Moment lang überlegte ich, wie Rafes Twitter-Account wohl aussehen würde. Oder was er auf Instagram posten würde. Da er ein Vampir war, war er auf Fotos natürlich nicht zu sehen, also waren endlose Selfies ausgeschlossen.

Er sah gerade aus, als wäre ihm etwas unbehaglich. „Ich war mir nicht sicher, ob ich dich da hineinziehen soll. Aber ich bin oben. Wenn es irgendein Problem gibt, brauchst du nur zu rufen."

„Wenn irgendjemand über mich herfällt, wird er es bereuen." Ich sagte das vollkommen abgebrüht, aber in Wirklichkeit war ich mir meiner Zaubersprüche nicht so ganz sicher. Ich hatte Zaubersprüche, um mich zu beschützen und kannte ein paar, um Aggressionen aufzulösen. Wieder wünschte ich mir, Pamela wäre nicht dabei. Sie war keine Hexe. Vielleicht war sie keine besonders nette Person, aber ich würde es ihr trotzdem nicht wünschen, in etwas Unschönes verwickelt zu werden, nur weil ein paar privilegierte, reiche Jungen so betrunken waren, dass sie anfingen, alles kurz und klein zu schlagen.

Zum Glück hatte William auch meine Cousine Violet,

ebenfalls eine Hexe, als Kellnerin angeheuert. Ich ging davon aus, dass zwei Hexen und eine eigennützige Narzisstin mit einem Haufen Raufbolden, die zu viel getrunken hatten, schon fertig würden. Da war ich mir sicher.

„Dann sehen wir uns dort", sagte Rafe. Er berührte meine Schulter. „Denk daran: Rufe nach mir und innerhalb einer Minute bin ich bei dir." Das hörte sich vielleicht nach bloßer Angeberei an, aber bei Rafe wusste ich, dass es stimmte. Mehr als einmal hatte ich kaum einen Ton von mir gegeben, da stand er schon neben mir. Eine seiner Superkräfte als Vampir. Trotzdem war ich mir sicher, dass ich die Hilfe nicht benötigen würde. Ich verabschiedete mich von ihm und vergewisserte mich dann, dass genügend Futter für Nyx da war, die gerade unterwegs war. Zu Rafes Glück. Andernfalls hätte sie ihm so viel Zuneigung entgegengebracht, dass sein schicker Anzug jetzt voller Katzenhaare wäre.

Wir trafen uns im Laden, also schaltete ich das Licht aus und stieg die Treppe hinunter, die direkt zum Laden führte. Wenige Minuten später kam William herein. „Sie sehen hübsch aus, Lucy."

„Ich habe mich exakt so gekleidet, wie Sie es verlangt haben. Weiße Bluse, schwarzer Rock."

„Gut, Sie sehen trotzdem hübsch aus."

Ich lächelte ihn an. „Danke. Sie auch." Er trug einen Anzug, was merkwürdig war, da er heute Abend der Caterer, nicht der Butler, war.

Er sah meine offensichtliche Verwirrung und erklärte mir, dass er den Wein ausschenken würde. „Ab und zu tausche ich meine Schürze gegen meine Anzugjacke ein. Nichts einfacher als das."

Violet kam als Nächste herein. Sie hatte die ganze

Schwarz-Weiß-Geschichte etwas weniger traditionell aufgefasst. Vor Kurzem war ihr das Herz gebrochen worden, aber offensichtlich fühlte sie sich inzwischen wieder wohler in ihrer Haut, denn sie hatte sich einen lila und rosa Streifen in ihr langes schwarzes Haar gefärbt. Sie trug eine schwarze, weite Cocktailhose, und ihre Vorstellung von einer weißen Bluse war eine bestickte Bauernbluse.

Dann folgte Pamelas Auftritt. Sie stolzierte herein und blieb wie ein Model auf dem Laufsteg stehen, um sich bewundern zu lassen. Einen Moment lang sagte niemand von uns etwas. Sie trug schwarze Schuhe mit hohen Absätzen. Das war das Erste, was ich bemerkte. Welche Kellnerin trug schon High Heels? Sie waren aus Lackleder und vorne offen, sodass perfekt pedikürte Zehen mit roten Nägeln zum Vorschein kamen. Ihre Beine waren einzigartig, und sie trug sie mit einem figurbetonten Rock zur Schau. Dem Glanz nach zu urteilen, musste ihre Bluse aus reiner Seide sein, und sie war tief ausgeschnitten. Ihr Haar war offensichtlich gerade vom Friseur gestylt worden, und ihr Make-up war tadellos. An ihren Ohren funkelten Diamanten.

William hätte sich fast an seiner Zunge verschluckt. „Pamela. Pamela", sagte er noch einmal. „Sie sehen umwerfend aus." Sie lachte mit diesem hellen Lachen, das genauso künstlich war wie das spektakuläre Dekolleté, das sie früher noch nicht gehabt hatte.

Autsch, das war gehässig und meiner nicht würdig. Pamela brachte meine schlechteste Seite ans Licht.

Da ich so unhöfliche Gedanken gehabt hatte, versuchte ich nett zu sein. Schließlich würden wir den ganzen Abend lang zusammenarbeiten. „Ich hoffe, mit den Absätzen brichst du dir nicht alle Knochen. Oben in meiner Wohnung habe ich flache Schuhe, wenn du dir welche ausleihen möchtest."

Wieder dieses helle Lachen. „Ich habe so viel Zeit in High Heels verbracht, dass sie sich für mich anfühlen, wie es für dich ist, wenn du flache Nachtpantoffeln trägst."

Sie will damit nicht andeuten, dass du kein Leben hast. Das will sie nicht. Aber ich wusste, dass sie genau das wollte.

William hatte die Geheimhaltungsvereinbarung vorbereitet, und wir unterschrieben sie alle drei. Er sagte: „Gut. Dann mal los!"

William führte uns hinaus zu seinem weißen Lieferwagen, der vor dem Eingang auf uns wartete. Violet nahm vorne Platz, Pamela und ich hinten. Noch im selben Moment, in dem ich einstieg, lief mir das Wasser im Mund zusammen. „William, was haben Sie da hinten drin? Das duftet unglaublich."

Er schaute mich im Rückspiegel an, und um seine Augen herum bildeten sich Fältchen. „Es freut mich, dass Sie das denken, Lucy. Ich gebe zu, heute habe ich mir besondere Mühe gegeben. Diese jungen Männer werden eines Tages dieses Land regieren. Wenn ich sie jetzt beeindrucken kann, wer weiß, was mir das eröffnen könnte? Da heute der St. George's Day ist, habe ich mich auf britische Erzeugnisse beschränkt, wo es möglich war, aus unserer Gegend."

Ich spürte, wie Pamela neben mir auflebte, und dass sie an lokalen Erzeugnissen interessiert war, glaubte ich nicht. „Wer wird heute Abend kommen?"

William kannte Pamela nicht so gut wie ich. Ich hätte wahrscheinlich gesagt, ich wisse es nicht, was ja auch stimmte, aber William stand immer noch unter dem Bann von Pamelas Charme. Ich fragte mich, wie lange das noch anhalten würde. „Denken Sie daran, dass Sie einen NDA unterzeichnet haben", erinnerte er sie.

Sie nickte, und er fuhr fort: „Diese jungen Männer gehören alle dem Gargoyle Club an. Einst war das ein Sportverein, aber schon bald entwickelte er sich zu einem Dinnerclub, in dem auch diskutiert wurde.

„Gargoyles? Das ist ein komischer Name für einen Club. Sind das nicht eigentlich diese dekorativen Wasserspeier?"

„Da haben Sie vollkommen recht, Pamela", sagte er anerkennend. „Ihr Zweck ist es, Regenwasser von den Dächern abfließen zu lassen, damit die Steinfassaden nicht ruiniert werden – sei es die von Kathedralen, Banken oder anderen Gebäuden, die mit Gargoyles verziert wurden. Aber darüber hinaus wurden sie auch geschaffen, um das Böse abzuschrecken. Das heißt, auch wenn sie angsteinflößend aussehen, beschützen sie die Menschen eigentlich. Deshalb sind sie nach außen gewandt und sind so oft an Kirchenfassaden zu finden."

Manchmal trügt der Schein. Das wusste kaum jemand so gut wie ich. Hexen wurden oft als furchterregend und böse dargestellt, aber diejenigen, die ich kannte, nutzen ihre Fähigkeiten zum Guten. Margaret Twigg sah allerdings ziemlich furchterregend aus, und bei ihr war ich mir nicht hundertprozentig sicher, dass sie ihre Hexenkräfte immer für gute Zwecke einsetzte.

„Wer sind diese Macher und Gestalter der Zukunft?", fragte Violet.

„Das weiß ich nicht. Ich weiß nur, dass das Dinner heute Abend im Haus von Sir Hugo Percival Brown stattfinden wird."

Violet wandte sich ihm zu, und ihr Mund klaffte auf. „Der aus dem Fernsehen?"

Sir Hugo Percival Brown kam wahrscheinlich direkt nach Richard Branson, was sein Vermögen und seinen Ruhm als britischer Unternehmer anging. Er hatte ein Zeitungsimperium von seinem Großvater geerbt, und sich dann in allen möglichen Branchen ausgebreitet. Jetzt war er ein gefeierter Geschäftsmann mit Unternehmen, die von Warenhäusern über Medien und Fluglinien alles umfassten. Er und seine Frau spendeten großzügig für wohltätige Zwecke, und oft wurde er vom Fernsehen zu Wirtschaftsangelegenheiten befragt. Er war ein begabter Redner, gut aussehend, intelligent und geistreich. Komplexe Geschäftsangelegenheiten konnte er so erklären, dass Menschen wie ich sie verstanden. Wenn ich mich richtig daran erinnerte, was ich in Zeitungen und im Internet gelesen hatte, besaß er auf der ganzen Welt Eigenheime und Unternehmensanteile.

„Sein Sohn Teddy ist bei den Gargoyles. Das war Hugo damals auch. Aber nun, da die Jungen in letzter Zeit – zu gutem Recht – eine schlechte Presse hatten, haben sein Dad und einige seiner Altersgenossen beschlossen, die Party unter das Dach der Eltern zu verlegen. Er wird mit ein paar Freunden oben zu Abend essen, während die aktuellen Mitglieder des Clubs im großen Esszimmer speisen werden."

„Also servieren wir zwei Abendessen", sagte Pamela.

William bewegte seine Hand hin und her. „Ein Dinner, an zwei Orten serviert. Das stimmt. Aber ich denke, dank Ihnen dreien werden wir es schaffen."

Ich wusste seine Zuversicht zu schätzen, aber wir waren nicht gerade die erfahrensten Kellnerinnen. In Boston hatte ich damals einige Sommer lang in einem privaten Club serviert. Violet sagte, sie habe eine Weile lang in einem Pub gearbeitet. Wenn Pamela jemals andere als sich selbst bedient hatte, wäre dies das erste Mal, dass ich davon hörte. Wir würden es William zuliebe tun. Ich wünschte mir wahrscheinlich genauso sehr wie er selbst, dass er Erfolg hatte.

Pamela wandte sich zu mir und schenkte mir ein inniges Lächeln. Wenn ich es nicht besser wüsste, hätte man meinen können, wir wären immer noch beste Freundinnen. „Ist das nicht spannend? Ich frage mich, ob wir welche von ihnen erkennen. So viel umwerfendes britisches Junggesellentum. Ich kann es kaum ertragen."

„Wir sind dort, um das Essen zu servieren", ermahnte ich sie etwas spitz.

„Natürlich, aber als Mädchen darf man doch wohl hinschauen, oder nicht?"

Solange sie nichts weiter tat als hinschauen.

Ich konnte es immer noch nicht glauben, dass sie es geschafft hatte, sich hier hereinzuschmuggeln. Ich hätte wetten können, es gab Leute mit echter Kellnerinnenerfahrung, die sehr viel geeigneter gewesen wären.

Von Oxford aus fuhren wir etwa dreißig Minuten lang Richtung Westen, bis wir mitten in der Cotswold-Landschaft waren. Als William in eine Nebenstraße einbog, verlor ich die Orientierung darüber, wo wir eigentlich waren. Wir fuhren an einer hohen Steinmauer entlang und bogen dann in eine private Auffahrt ein. Neugierig spähte ich durch die Scheibe und sah Bäume, sorgfältig gepflegte Rasenflächen und einen Bach, der von einer alten Brücke überquert wurde. Und dann fuhren wir um eine Kurve und da lag das Herrenhaus vor uns.

Ich hatte mir schon ausgemalt, dass ein so wohlhabender

Mann wie Hugo Percival Brown nicht in einem Bretterver-
schlag wohnen würde, aber das Gutsgebäude verschlug mir
trotzdem den Atem. Es war aus einheimischem Naturstein
gebaut, prachtvoll und ausladend. Ich lebte schon lange
genug in Oxford, um zu erraten, dass es ursprünglich ein
Tudorhaus gewesen war, das jedoch über die Jahrhunderte
hinweg erweitert worden war. Weit und breit waren keine
anderen Gebäude zu sehen, also mussten ihnen alle umlie-
genden Felder gehören. In der Ferne sah ich Schafe weiden.

Der Catering-Wagen fuhr durch die große Einfahrt, und
wir umrundeten das Herrenhaus seitlich auf einem Kiesweg.
Wir kamen an Außengebäuden vorbei, wahrscheinlich
handelte es sich um das Witwenhaus und ein altes Kutsch-
haus. In der Ferne waren Koppeln und Scheunen zu sehen.
Wir hielten vor einer dicken Eichentür und William sagte:
„Gut. Entladen wir den Wagen und machen uns an die
Arbeit."

Wir stiegen aus dem Van und ich bemerkte, dass vor uns
ein ummauerter Gemüsegarten lag, in dem die Obstbäume
in voller Blüte standen, und die Luft nach Kräutern duftete.
Liebend gern hätte ich darin herumgeschnüffelt, um zu
sehen, was sie hatten, da ich gerade alles über Kräuter lernte,
aber für Hexenstudien war keine Zeit. Ich musste mich um
ein Esszimmer voller zerstörungswütiger, verwöhnter
Schnösel kümmern.

KAPITEL 3

*W*illiam klopfte an die Küchentür, die von einem Butler geöffnet wurde. Das war irgendwie ironisch, weil normalerweise William in Rafes genauso beeindruckendem Herrenhaus dasselbe tat. Nachdem sie sich ein paar Minuten lang unterhalten hatten, kam er wieder heraus, und zu viert holten wir die Tabletts und die bedeckten Speisen aus dem Laderaum und trugen sie hinein.

Ich hatte extra gegen fünf eine anständige Mahlzeit zu mir genommen, aber trotzdem fiel ich bei dem Duft dieses Essens fast in Ohnmacht.

Wir waren in einem hell beleuchteten Korridor, von dem mehrere Zimmer abgingen. In einem befand sich die Wäsche, ein anderes schien nicht mehr zu enthalten als Mäntel und Schuhe. Es folgte ein voll ausgestattetes Badezimmer, dann standen wir in der Küche. Das Haus mochte alt sein, aber diese Küche war glatt und modern und dazu gebaut, Massen zu bewirten. Puh!

Es gab zwei Gasherde, Kühlschränke in Industriegröße,

eine große Marmorarbeitsplatte, zwei Geschirrspüler und in einer Nische an einem Fenster standen ein Küchentisch mit Stühlen und ein paar gemütliche Sessel. Zweifellos nahmen die Hausangestellten hier ihre Mahlzeiten ein. Ich fragte mich, was wohl mit den alten Kellerküchen passiert war.

Wir stellten das ganze Essen auf die Tresen, und der Butler stellte sich als Jack Briggs vor. Er war wahrscheinlich um die fünfzig, gar nicht steif, eher wie jemand, der gerne gefallen wollte. Er hatte ein breites Lächeln und bat William, ihm ein paar Reste aufzuheben, „denn es riecht köstlich. Meine Frau ist die Köchin hier, sie bereitet wunderbare Mahlzeiten zu, aber ich wäre trotzdem sehr dankbar, wenn am Ende des Abends ein Teller übrig bleiben würde."

Der Weg zu Williams Herzen führte über sein Essen, deshalb wusste ich, dass Jack Briggs eine sehr schöne Resteplatte bekommen würde.

„Ich muss die Gäste an der Eingangstür empfangen, und danach haben Hugo und Mrs Percival Brown mir netterweise den Abend freigegeben." Das kam mir merkwürdig vor. Wer gab seinem Butler gerade an dem Abend, an dem er Gäste hatte, Urlaub? Es sei denn, sie wollten keinen Einheimischen dabeihaben, der eventuell Klatsch verbreiten würde, wenn er sah, was hier heute Nacht geschah.

„Darf ich Ihnen jetzt die Räumlichkeiten zeigen, die Sie hauptsächlich nutzen werden?"

Wir nickten alle und folgten ihm. „Das hier ist der Vorbereitungsraum", verkündete er und führte uns in ein Nebenzimmer der Küche, das fast wie eine zweite Küche aussah, mit denselben Arbeitsflächen aus Granit, doppelter Spüle und einem Weinkühlschrank.

William sagte: „Die Speisen werden in der Küche gekocht

und angerichtet und dann hierher gebracht, von wo Sie sie ins Esszimmer bringen werden."

„Das sich hier befindet", sagte Jack Briggs und führte uns sogleich in ein luxuriöses Esszimmer. Luxuriös ist kein Wort, das ich sehr häufig verwende, aber es passte. Das Esszimmer schien einem Filmset entsprungen zu sein. Oder aus einem Schloss zu stammen. Es war berauschend. Die Wände waren in dunklem Kastanienbraun gestrichen, was eigentlich abscheulich aussehen würde – tat es aber nicht, wahrscheinlich wegen der hochwertigen Kunstwerke an den Wänden. Nicht, dass ich viel von Kunst verstand, aber diese Stücke waren wunderschön. Von Ölgemälden mit Feldern und Pferden und einem, das sehr alt aussah und die Madonna mit Kind darstellte, bis hin zu einem modernen Porträt von einem Gesicht, das so massig aussah, dass es meiner Ansicht nach nur ein Lucian Freud sein konnte.

Pamela ging schnurstracks auf die Madonna zu und schien in eine Trance zu verfallen. „Ist das ein Bellini?", fragte sie fast flüsternd.

„Ja. Gut erkannt. Meine Arbeitgeber sind Kunstliebhaber."

„Dieses ist vorzüglich." Sie sah zu mir herüber. „Und dieses hier, Lucy, wurde natürlich von Lucian Freud gemalt. Sein Stil ist so einzigartig."

Danke Frau Professor für Kunstgeschichte, darauf war ich auch von allein gekommen. Aber Bellini. Ich hatte ein paar seiner Werke gesehen, zum Beispiel im Louvre. Dass die Kunstsammlung von Hugo Percival Browns es mit der von Rafe aufnehmen konnte, bezweifelte ich, aber andererseits hatte er ja nur ein Leben Zeit zum Sammeln, deshalb war der Vergleich unfair.

Riesige Sideboards aus edlen Hölzern glänzten frisch poliert. Der Kronleuchter sah wertvoll und äußerst gründlich poliert aus und warf eine Lichtfontäne auf einen langen Tisch, der perfekt für zwölf Personen gedeckt war. Ich kontrollierte das glänzende Besteck. Ehrlich gesagt musste jemand ein Lineal angelegt haben, um es so präzise anzuordnen. Die Servietten waren gestärkt und perfekt gefaltet. Die aufgefächerten Weingläser glitzerten bis in ihre kristallenen Tiefen.

Es war nichts mehr zu tun, außer die Kerzen anzuzünden.

„Ich zeige Ihnen noch ein paar andere wichtige Räume", sagte Jack Briggs und ging aus dem Zimmer, während wir ihm folgten, als wären wir Touristen. Ich denke, wir schauten uns auch alle wie Touristen um. Immerhin waren wir im englischen Herrenhaus von Hugo Percival Brown. Natürlich glotzten wir. Ich wusste, dass er auch ein Anwesen auf den britischen Jungferninseln sowie Häuser in anderen Teilen der Welt hatte.

Hugo Percival Brown war ein schwer reicher Typ, und sein Haus spiegelte dies wider. Als wir den Flur entlanggingen, kamen wir an erlesenen Antiquitäten vorbei, an Gemälden, die aussahen, als gehörten sie eigentlich in die Nationalgalerie, gemischt mit informellen Familienfotos. Ich blieb vor einem Gruppenfoto der Familie stehen. Darauf war unverkennbar Hugo zu sehen und neben ihm eine glamouröse, schlanke, blonde Frau. Auf jeder Seite der Eltern stand eines der wirklich hübschen Kinder im Teenageralter. Ein Junge und ein Mädchen.

Wir blieben stehen, als Jack anhielt. Leise sagte er: „Das ist das große Gesellschaftszimmer." Ich spähte hinein und sah Rafe und Hugo, die mit zwei anderen Männern einen

Cocktail tranken. Alle strahlten Macht und Reichtum aus und irgendwie gelang es ihnen, in ihren extravaganten Anzügen nicht auszusehen, als hätten sie sich verkleidet.

Im großen Kamin brannte ein Feuer. In einem gemütlichen Sitzbereich standen sich vor dem Feuer zwei modern aussehende Sofas gegenüber. Die restlichen Möbelstücke waren eine Mischung aus Originalen von Designern und wahrscheinlich Designer-Antiquitäten. Noch mehr beachtliche Kunstwerke hingen an den Wänden.

Ich wusste, dass Rafe mich dort spüren konnte, aber er schaute nicht in meine Richtung.

Wir gingen durch die offene Tür, als wären die beiden Männer Teil der Ausstellung, und dann führte der Butler uns über eine breite Treppe nach oben. „Hier oben verfügt Mrs Percival Brown über ein paar Räume und ein zweites, kleineres Esszimmer, das nur für geschäftliche Angelegenheiten genutzt wird."

Das kam mir merkwürdig vor. Ein Esszimmer für die Freunde und ein anderes für die Geschäftspartner? Egal. Dieses Esszimmer war kleiner und viel moderner. Der Tisch war aus Glas und die Kunstwerke modern. Ich erkannte einen Andy Warhol. Die leuchtend bunten Felder hielt ich für einen David Hockney. Pamela hörte unseren Anweisungen kaum zu. Sie ging durch den Raum und schaute sich jedes Gemälde an, als gäbe es am Ende eine Prüfung.

Der Tisch war für vier gedeckt, und hinter dem Esszimmer befand sich eine weitere Küche zum Anrichten der Speisen.

Wir gingen auf dem gleichen Weg zurück, obwohl ich gern eine Tour durch den Rest dieses prachtvollen Hauses gemacht hätte. Als wir wieder im Erdgeschoss waren, deutete

Briggs auf eine Tür, die ich übersehen hatte. Er öffnete sie und zeigte auf eine Kellertreppe. „Die hier führt zu Spielzimmer, Kino und Weinkeller, falls Sie dorthin müssen."

Angesichts der Mengen an Wein, die ich in den Weinkühlschränken erspäht hatte, konnte ich mir nicht vorstellen, dass das nötig sein würde.

Die Türglocke läutete, und Jack Briggs winkte uns mit der Hand zu sich und gab uns ein Zeichen, in die Küche zurückzukehren. Erst als wir außer Sichtweite waren, hörte ich ihn die Tür öffnen.

Wieder in der Küche angekommen, zog William seine Anzugjacke aus und hängte sie auf einen bereitstehenden Ständer. Zweifelsohne war Jack Briggs es gewöhnt, seine Jacke ebenfalls ständig an- und auszuziehen. Er band seine große Schürze um und schaltete in seinen Catering-Modus um. Der Mann, der normalerweise so unterwürfig und leise war, wurde zu einem effizienten Küchenkommandanten. Ich liebte es zu sehen, wie er sich so verwandelte. Und vom verhätschelten Gast und der guten Freundin wurde ich zur Arbeitsbiene.

Er stellte verschiedene Timer ein, und wir halfen ihm dabei, das ganze Essen auszupacken und es dort hinzustellen, wo er es haben wollte. Kühlschrank oder Arbeitsplatte. Bisher musste noch nichts in den Ofen, aber William drehte die Öfen an.

Er kontrollierte seine Uhr. „Gut. Wir haben dreißig Minuten, bis wir den ersten Gang servieren. Lucy, gehen Sie ins Esszimmer und kontrollieren Sie, dass der Tisch richtig gedeckt ist!" Er zählte die verschiedenen Gabeln und Löffel und Gläser auf, und ich versuchte, mir alle zu merken. „Mrs Briggs sollte den Tisch nach meinen

Vorgaben decken, aber bitte kontrollieren Sie es noch einmal."

Ich nickte und hoffte inständig, dass Mrs Briggs ihre Arbeit ordentlich gemacht hatte, denn bei Williams Aufzählung war ich nach der Meeresfrüchtegabel (nicht zu verwechseln mit der Fischgabel!) nicht mehr mitgekommen.

„Violet, Sie machen das Gleiche oben."

„Ich kümmere mich um das Gesellschaftszimmer und sehe nach, ob frische Getränke nötig sind", sagte Pamela und war auf ihren lächerlichen Absätzen klappernd verschwunden, bevor William sie aufhalten konnte. Als ich sie davongehen sah, wurde mir klar, dass sie sich nicht für unten gekleidet hatte. Sie hatte sich für oben aufgedonnert.

Im Esszimmer musste ich nicht viel tun. Mrs Briggs hatte bessere Arbeit geleistet, als ich es getan hätte, und alles schien am rechten Platz zu sein, auch die in Fächerform angeordneten Weingläser – für jede Weinsorte ein anderes.

Hinten in der Küche arbeitete William schnell und effizient. Er hatte den Ofen eingeschaltet, und die Speisewärmer, die er mitgebracht hatte, waren schon aufgestellt.

Jedes Mal, wenn es am Eingang läutete, klingelte es auch in der Küche – wahrscheinlich, damit der Butler umgehend nach draußen eilen konnte, falls er hier war.

„Wann soll ich im Esszimmer die Kerzen anzünden?"

Er sah auf seine Uhr. „Um neunzehn Uhr fünfundzwanzig, dann gehen sie alle ins Esszimmer, wir servieren die ersten Vorspeisen und den Champagner." Ich hätte den Rest meines Lebens in diesem einen Raum verbringen können, herrlich war er.

Ich konnte hören, wie es am Eingang klingelte, und natürlich machte der Butler die Tür auf. In der Zwischenzeit half ich William dabei, den ersten Gang auf Tellern anzurichten. Es waren vier perfekte, winzige Häppchen. Ein winziger Turm aus Roter Bete und Räucherlachs, eine Auster in der Schale mit einer Soße, ein Stückchen gebratene Ente, serviert auf einem winzigen Kartoffelrösti mit gebratenen Zwiebelstreifen, und ein Stückchen Melton Mowbray Pork Pie. „Sie werden satt sein, bevor sie überhaupt beim ersten Gang ankommen", sagte ich.

„Das sind junge Männer mit riesigem Appetit. Wie auch immer, je mehr zu essen ich ihnen andrehen kann, desto mehr wird der Alkohol aufgesaugt." Wir trugen die zubereiteten Teller in den Vorbereitungsraum.

William ging zum großen Weinkühlschrank und öffnete ihn. „Wenn sie sich hinsetzen, öffne ich den Champagner und schenke ihn ein." Er holte eine Flasche heraus und gab einen leisen Pfiff von sich, als er das Etikett begutachtete.

Ich schaute ihm über die Schulter. Mit Champagner kannte ich mich nicht besonders gut aus. Dieser hier war ein Krug aus dem Jahr 2004. „Etwas Besonderes?", fragte ich.

„Dieses Zeug kostet tausend Pfund pro Flasche. Jede Flasche ist nummeriert." Logisch. Damals, zu meiner Studienzeit, erfreuten wir uns an Bierpartys.

„Sind Sie auch noch Weinexperte?"

Er zuckte die Achseln. „Ich habe ein paar Kisten davon für Rafe gekauft. Er mag es, wenn sein Weinkeller gut bestückt ist."

Er schaute auf seine Uhr. „Sie können jetzt die Kerzen im Esszimmer anzünden."

Bevor ich durch die Tür verschwand, hielt er mich auf. „Lucy, diese jungen Männer haben nicht den besten Ruf.

Kommen Sie mich holen, falls es irgendwelche Probleme gibt."

„Sie sind im Haus der Eltern. Wie viele Probleme können sie schon machen?"

Er rollte mit den Augen. „Ausgehend von dem, was ich gehört habe, so einige. Lassen Sie sich einfach nichts bieten."

Ich wurde all dieser Warnungen langsam überdrüssig. Ich war keine hilflose Jungfrau in Nöten. „Das habe ich keineswegs vor."

Dann ging ich durch die Tür ins Esszimmer. Ich hatte meinen Rücken dem Haupteingang des Zimmers zugewandt, das war der, der zu dem Flur führte, den die Gäste benutzten. Nach vorn gebeugt zündete ich gerade den Kronleuchter in der Mitte des schönen, polierten Esstisches an, als jemand hinter mir in piekfeinem Ton sagte: „Hallöchen. Ich hatte ja keine Ahnung, dass das Dinner heute Abend so köstlich sein würde."

Echt jetzt?

Ich drehte mich um und sah einen umwerfend aussehenden Typ, der mit gespielter Lässigkeit am Türpfosten lehnte. Er trug das gleiche Outfit, das auch Rafe anhatte. Den marineblauen Anzug mit großen, geprägten Messingknöpfen, die cremefarbene Seidenweste, die kastanienbraune Fliege und die hochglanzpolierten Schuhe. Eigentlich hätte er lächerlich wirken sollen, aber er sah atemberaubend aus, als wäre einer der Schauspieler eines historischen BBC-Films dem Bildschirm entkommen und würde mit mir reden. Er hatte blondes, welliges Haar, kantige Gesichtszüge und tiefe, wunderschöne blaue Augen. Dazu ein Ich-könnte-dich-vernaschen-Grinsen. Er konnte nicht älter als ein- oder zweiundzwanzig sein und sah aus, als glaubte er, ihm gehöre die

Welt. Klar, wenn er in diesem Club war, dann gehörte ihm wahrscheinlich ein Teil davon.

Ich versuchte ihm einen Blick zuzuwerfen, der sagte: „Leg dich nicht mit mir an, Freundchen" und fügte hinzu: „Tut mir leid, ich stehe nicht auf der Speisekarte."

Seine Augen wanderten von meinem Haaransatz bis zu meinen Schuhsohlen und nahmen sich dafür auch noch jede Menge Zeit. „Dann vielleicht später."

Vielleicht nie. Bevor ich antworten konnte, kamen drei weitere Typen herein. Alle trugen dieselbe Kleidung und alle waren genauso hinreißend. Es war, als hätte man diese Jungen als Babys genommen, gut gepflegt, ihnen jeden erdenklichen Vorteil, angefangen von der besten Nahrung bis hin zu unfassbarer kultureller Bereicherung, zukommen lassen und sie vor allen Widrigkeiten beschützt. Sie sahen aus, als hätten sie niemals unter einem Pickel, einer Erkältung, einem schlechten Tag in der Schule oder einem gebrochenen Herzen gelitten. Ich vermutete, dass es eine Art natürliche Auslese gab, wenn reiche, mächtige Menschen schöne, vernetzte Menschen heirateten. Mit der Zeit kamen dabei diese außergewöhnlich hinreißenden, talentierten und privilegierten Oxford-Studenten heraus.

Das Einzige, was in ihrem Leben fehlte, waren Entbehrungen. Oder vielleicht war ich voreingenommen und unfair. Wahrscheinlich war ihr Leben auch nicht einfacher als das eines jeden anderen. Zugang zu Oxford zu erlangen, war nicht leicht, und wenn irgendjemand den Weg zu dieser historischen, prestigeträchtigen Pforte beschritten hatte, dann waren es diese jungen Männer, die da vor mir standen.

„Lucy, bist du das?"

Ich schaute auf, als ein fünfter Gargoyle hereinkam. Er

passte bestens hierher, denn auch er hatte trotz seiner Club-uniform, die William zufolge knapp viertausend Pfund kostete, diese beiläufige Lässigkeit an sich. Trotzdem war ich erfreut, den Kerl zu sehen, der mich mit großspurigem Grinsen ansah. Er kam auf mich zu, um mich zu umarmen, und ich war froh, ihn in meine Arme zu schließen.

„Miles Thompson. Was machst du hier?" Blöde Frage, da er offensichtlich im Club war. Miles war einer der Schau-spieler in der ziemlich unglücklichen Produktion von *Ein Sommernachtstraum* gewesen, die letztes Jahr im Cardinal College aufgeführt worden war. Irgendwann hatte ich ihn sogar des Mordes verdächtigt, dabei war das Einzige, was er sich hatte zuschulden kommen lassen, dass er mit der promi-nenten Schauspielerin und Regisseurin des Stücks Ellen Barrymore geschlafen hatte.

„Ich bin natürlich hier, um den Gedenktag des heiligen Georg zu begehen. Englands Schutzpatron und gefeierter Drachentöter." Er war ein großartiger Schauspieler. Er hörte sich an, als stünde er auf der Bühne und würde Shakespeare von sich geben. „Und was führt dich zu uns?"

„Heute Abend bin ich eure Kellnerin", erklärte ich ihm. Ich benahm mich, als wäre das hier eines dieser Restaurants in den USA, in denen jeder deinen Namen kennt. „Ich heiße Lucy, wenn ihr irgendetwas braucht."

„Zum Beispiel Sex", sagte der derbe Typ, der schon ange-deutet hatte, ich würde auf der Speisekarte stehen. Und sie hatten noch nicht mal ihr erstes Glas Champagner getrun-ken. Ich hatte so eine Ahnung, dass ich mir meinen Lohn heute Abend sauer verdienen musste.

„Lass das, Charles!" Miles schüttelte den Kopf und sah etwas beschämt über seinen Gargoyle-Freund aus. Er wandte sich dem viel zu attraktiven Typ zu, der immer noch einen Teil des Eingangs einnahm. „Charles Smythe-Richards, darf ich dir Lucy Swift vorstellen? Lucy ist eine Freundin von mir, die einen Strickladen in Oxford leitet. Ich nehme an, das stimmt immer noch?"

„Ja. Der Caterer ist ein Freund von mir. Ich helfe manchmal bei ihm aus."

Charles Smythe-Richards schien sich keine großen Gedanken darüber zu machen, was ich mit der Zeit, die nichts mit ihm zu tun hatte, anstellte. Er nickte nur und musterte mich noch einmal von Kopf bis Fuß mit diesem unverschämten, langsamen Blick. Ich fragte mich, ob er auch auf irgendeine andere Weise mit Frauen kommunizierte. Wenn man bedachte, wie attraktiv er war, musste er es wahrscheinlich gar nicht erst versuchen. Miles fasste mich am Arm und zog mich sanft zum Fenster, wo wir uns unterhalten konnten, ohne dass man uns hörte. „Es tut mir leid, dich hier zu sehen, Lucy. Das sind gute Kumpel von mir, aber gib ihnen ein paar Drinks und sie schlagen über die Stränge."

Ich war ein bisschen enttäuscht, dass Miles zu diesem Club gehören wollte. „Was machst du überhaupt hier? Ich dachte, du hättest nur Zeit zum Schauspielern."

Er verzog das Gesicht. „Nach dem, was passiert ist – du weißt schon, bei *Ein Sommernachtstraum* –, hat mein Vater ein Machtwort gesprochen. Kein Schauspielern mehr für mich."

Ich konnte es nicht fassen. „Aber du bist doch ein fantastischer Schauspieler. Ellen Barrymore war vielleicht verrückt, aber mit deinem Talent hatte sie recht. Du könntest der nächste Olivier oder Aidan Turner werden."

„Ich weiß", pflichtete er mir bei und sah dabei frustriert und traurig aus. „Und es war zum Greifen nah." Er streckte seine gekrümmte Hand aus, um das zu verbildlichen. „Aber wenn Vaters guter Wille am Ende ist, ist das Geld das auch." Er schüttelte den Kopf. „Ach, mach dir keine Sorgen, ich habe immer noch alle Absicht, mit dem Theater weiterzumachen. Aber erst einmal tue ich so, als wäre ich bereit, ins Familiengeschäft einzusteigen."

„Was ist sein Problem?", fragte ich und schaute zu Charles Smythe-Richards, der mich immer noch anzüglich anschaute.

„Sein Problem ist, dass er denkt, ihm scheine die Sonne aus dem Arsch. Seine Mutter ist Ministerin, sein Vater ist ein hohes Tier in der Finanzwelt der Londoner City, und alles fliegt ihm immer zu. Er ist kein schlechter Mensch, wirklich nicht, aber wenn er sich an dich ranmacht, würde ich nicht darauf eingehen."

„Keine Sorge!"

Noch ein junger Mann kam herein. Er war groß, hatte erdbeerblondes Haar und hervortretende, blaue Augen.

Miles folgte meinem Blick. „Das ist Alexander Percival Brown. Er ist der Sohn von –"

„Sage es mir nicht! Lass mich raten! Hugo Percival Brown?"

„Ja Alex ist definitiv der Reichste hier. Dolph, also Lord Randolph Chase, ist der pummelige, schüchterne Typ da drüben. Er ist der Nobelste. Seine Mutter oder Großmutter war eine Hofdame der Königin, glaube ich." Da er schon angefangen hatte, erzählte er mir auch etwas über die restlichen Männer. „Winnie, also Winston Bromford. Der dunkelhaarige Typ da drüben. Seiner Familie gehört *Bromford Chemists*." Ich wusste, dass Chemists die britische Bezeichnung für Apotheken war, und Bromford's gab es in praktisch jeder Hauptstraße in allen Städten Englands.

„Der kleine, dunkelhaarige Bursche ist Gabriel Parkinson. Er ist halb Kolumbianer. Die Familie seiner Mutter besitzt Smaragdminen. Sie hat einen britischen Ingenieur geheiratet, den sie dort kennengelernt hat."

Ich wandte mich ihm zu. „Und was ist mit dir? Was hast du mit diesem Haufen gemeinsam?"

Er sah irgendwie verlegen aus. „Hast du schon mal von Thompson Sugar gehört?"

Jeden Morgen, wenn ich Zucker in meinen Kaffee schüttete. „*Der* Thompson bist du?"

„Ich befürchte ja."

„Wow."

Er sah verlegen aus. „Nichts, was ich selbst getan hätte. Mein Ururgroßvater hat dieses Zuckerimperium gegründet. Wir führen das Unternehmen noch heute. Mein Vater verlangt, dass ich in seine Fußstapfen trete, wenn er jemals beschließt, in den Ruhestand zu gehen." Der Schwung wich aus seiner Stimme, und ich dachte, dass ich ziemlich ungerecht gewesen war. Natürlich waren diese Kerle reich und privilegiert, aber ich tippte darauf, dass ihrer aller Zukunft bereits vorgegeben war. Miles würde der nächste CEO von Thompson Sugar werden, das war von Geburt an seine Bestimmung gewesen. Schauspieler zu werden, war wahrscheinlich ein Wunschtraum für ihn. Ich fragte mich, ob sein Vater auch dahintersteckte, dass er zu den Gargoyles gehörte.

Ich mochte weder viel Geld noch die beste Bildung haben, aber zumindest war ich in meinen Entscheidungen immer frei gewesen.

Dann kam ein wahnsinnig schöner Mann mit dunklem

Haar und leuchtend dunklen Augen herein. Ich glaube, einen Moment lang stockte mir der Atem. Miles folgte meinem Blick und grinste. „Prinz Vikram Singh, Sohn des Maharadschas von Pune."

Er war groß, dunkel und bezaubernd. „Hallo Prinz Vikram! Komm mal her, dann stelle ich dir Lucy Swift vor."

Der Traumprinz kam zu uns und boxte Miles leicht in den Oberarm. „Einfach Vikram bitte." Er schaute sich um und beugte sich vor, „Oder Vickie, wenn sie betrunken genug sind." Dann reichte er mir die Hand. „Freut mich, Sie kennenzulernen, Lucy."

Er benahm sich, als wäre ich ein hoch geschätzter Gast, also beeilte ich mich, alles zu erklären. „Ich bin heute Abend eine der Kellnerinnen."

„Dann werden wir versuchen, uns zu benehmen." Sein Lächeln war genauso umwerfend wie der Rest von ihm, und es schien ihn nicht annähernd zu stören, dass ich zum Servieren hier war. Er gefiel mir sofort wegen seines bezaubernden Aussehens und seiner guten Manieren. Ganz anders als sein perverser Freund Charles.

Rafe und Hugo Percival Brown kamen als nächstes herein. Hugo hatte etwas sehr Autoritäres an sich. Ein bisschen wie Rafe. Hinter ihnen kamen zwei weitere Männer herein. Sie waren eher in Hugos Alter und alle trugen die gleiche Uniform. Einer war groß, blond und attraktiv und ungefähr fünfunddreißig, der andere war Mitte fünfzig, ein bisschen korpulent und mit fliehendem Kinn.

Rafe schaute sich um und sah mich, also entschuldigte ich mich und ging zu ihm , um mit ihm zu reden. Er sagte: „Wahrscheinlich ist es jetzt Zeit, den Champagner herauszubringen. Den ersten Gang nehmen wir alle gemeinsam ein, danach gehen die älteren Mitglieder hoch, während die jüngeren das Esszimmer für sich allein haben."

Ich nickte, obwohl William mich schon eingewiesen hatte. „Ich sage William, dass wir gleich bereit sind, wenn du alle dazu bewegen kannst, sich zu setzen."

Ich kehrte in die Küche zurück. Pamela war unmittelbar vor mir und ich kam hinter ihr in den Raum. William schaute zu ihr auf. „Da sind Sie ja! Wo sind Sie gewesen?"

„Ich habe dafür gesorgt, dass die Herrschaften frische Cocktails bekommen, das ist alles."

Er schaute sie einen Moment lang zornig an, doch für mehr hatte er keine Zeit. Er sagte: „Ich komme und schenke den Champagner ein. Sie beide", er zeigte auf mich und Pamela, „stellen vor jeden Gast einen Teller. Violet, Sie beaufsichtigen die Jakobsmuscheln. Noch Fragen?"

Wir schüttelten alle drei den Kopf. „In Ordnung." Er nahm seine Schürze ab, rollte seine Hemdsärmel hinunter und zog sich rasch das schwarze Jackett an, sodass er sich im Handumdrehen in den perfekten Oberkellner und Gastgeber verwandelte. Beeindruckend.

„Denken Sie daran, selbst wenn es hektisch wird: Sobald Sie in das Esszimmer treten, werden Sie lächeln, sich ohne Eile bewegen und dafür sorgen, dass die Gläser immer voll sind." All das hatte er uns bereits gesagt, aber wir nickten wieder geschlossen. „Dann mal los."

Pam und ich folgten ihm in den Vorbereitungsraum. Er nahm zwei Flaschen des teuren Sekts, und wir folgten mit den Speiseplatten. Die Gargoyles saßen alle am Tisch. Sie sahen etwas steif aus, aber ich konnte sehen, dass sie alle bereit waren, sich zu amüsieren. Hugo Percival Brown saß am Kopfende des Tisches, sein Sohn am Fußende. Der attraktive blonde Mann saß neben Hugo, und irgendetwas an ihm ließ mich ein zweites Mal hinsehen. Aus irgendeinem Grund erinnerte er mich an Rafe. Ich wusste nicht warum, denn sein Haar war hell, nicht dunkel, und er sah eher nordisch als britisch aus. Von ihm ging eine gewisse Kraft aus, wie ich spürte. Ich schaute zu Rafe und wieder zurück zu ihm, da fiel mir auf, dass er ein bisschen blass um die Nase war. Ich hatte angenommen, er käme aus kalten Klimazonen, aber nun stellte sich mir die Frage: Konnte er ein Vampir sein?

KAPITEL 4

ährend William Champagner einschenkte, beschrieb er jedes einzelne Häppchen auf dem eleganten Porzellan. „Zu Ehren des St. George's Day ist heute Abend alles aus britischem Anbau und aus heimischen Quellen."

Als wir hinausgingen, stand Hugo auf und bereitete sich darauf vor, einen Toast auszusprechen. Ich spürte, dass er darauf wartete, dass wir verschwunden waren, bevor er das tat.

Wir kehrten in die Küche zurück, und William tauschte sein Smoking-Jackett wieder gegen seine Schürze ein.

Als ersten Gang gab es gebackene Jakobsmuscheln auf Erbsenpüree mit marinierten Pilzen. Sie wurden in Muschelschalen serviert, was ihnen ein skurriles Aussehen verlieh.

„Warum Jakobsmuscheln? Nicht gerade britisch", sagte ich.

„Es sind durchaus britische Pilgermuscheln, Lucy. Obwohl der heilige Georg eigentlich nie in England gewesen ist. Er war eine Art Pilger, deshalb ist diese Muschel eine beliebte Art, um ihm zu gedenken."

„Wirklich? Sie sehen auch lecker aus." Und außerdem dufteten sie himmlisch. Ich hoffte wirklich, dass etwas übrig bleiben würde, sodass ich ein paar der fantastischen Gerichte, die William zubereitet hatte, probieren konnte. „Einen Moment! St. Georg, der Schutzheilige von England, ist nie in diesem Land gewesen? Sind Sie sicher?"

„Das behauptet Rafe. Wir haben den heiligen Georg ausgewählt, weil er tapfer war und Drachen besiegt hat."

„Daran werde ich mich erinnern, falls ich irgendwelche Gargoyles abwehren muss." Bezogen auf den perversen Charles würde es wahrscheinlich dazu kommen.

Es sollte ein gemütliches Abendessen sein, deshalb wartete William mit dem Servieren der einzelnen Gänge, bis Hugo läutete. Der Tisch mochte zwar eine prächtige Antiquität sein, aber es gab ein Hightech-Kommunikationssystem zwischen dem Esszimmer und der Küche.

William ging noch zweimal hinaus, um die Sektgläser aufzufüllen, bevor Pam und ich losgeschickt wurden, um die Teller vom ersten Gang abzuräumen.

Wir räumten die kleinen Appetithäppchen ab und setzten den Dinner-Gästen die Jakobsmuscheln vor. Wie Rafe die Sache lösen würde, wusste ich nicht so genau. Ich hatte einige Male gesehen, wie er aus Höflichkeit kleine Mengen gegessen hatte, aber zweifellos hatten William und er irgendetwas ausgeheckt.

Ich bekam nur einige Fetzen der Unterhaltungen mit, und immer schien es um die Politik des Cardinal Colleges und um alltägliche britische Politik zu gehen. Während die älteren Männer hier waren, so vermutete ich, zeigten sich die jungen Männer von ihrer besten Seite.

Als wir zu den Jakobsmuscheln übergingen, erlaubte William es mir, den Wein zu öffnen und auszuschenken (wieder eine beliebte französische Marke – offensichtlich schloss das britische Menü keine Weine mit ein).

Ich war eifrig mit dem Nachschenken beschäftigt, und schon waren wir beim dritten Gang angelangt. Pastinakensuppe. Irgendwie hatte William es geschafft, dass sogar eine langweilige Pastinakensuppe fantastisch aussah und duftete. Er hatte sie mit einer Brunnenkresse-Reduktion beträufelt, und wir gingen zu einem dritten Wein über, dieses Mal einem deutschen.

Als sie mit der Suppe fertig waren, erhoben sich die vier älteren Gargoyles. Als Rafe und der große blonde Typ aufstanden, forderte Rafe mich mit einer dezenten Bewegung seines Kinns auf, ihnen zu folgen.

Als wir drei allein im Flur standen, fragte er: „Wie schlägst du dich bisher?"

„Oh, gut. Ich wünschte nur, ich könnte mich hinsetzen und etwas von all dem essen. Es duftet himmlisch."

Mit leiser Stimme sagte Rafe: „Etwas reichhaltiger als meine übliche Kost." Ach richtig, ich musste aufhören, mit ihm über Essen zu reden. Sein Nährstoffbedarf sah ganz anders aus als meiner.

Die Tatsache, dass er seine Worte im Beisein des blonden Mannes gesagt hatte, ließ mich darauf schließen, dass ich mit meinen Vermutungen richtig lag. Er sagte: „Lucy, das ist Lochlan Balfour. Lochlan lebt in Irland. Er ist heute Abend ein besonderer Gast, da er ein Hosenbandritter ist. Allerdings weiß das natürlich niemand."

„Ich dachte, Sie wären ein Gargoyle?" Ich war vollkommen verwirrt.

Die beiden lachten ein überhebliches Ha-Ha-Ha und Rafe erklärte: „Wir sind beide Gargoyles. Aber Hosenbandritter zu sein, ist eine extrem hohe Ehre. Der Orden existiert seit dem dreizehnten Jahrhundert und wird vom Monarchen verliehen. Der heilige Georg ist eng mit den Hosenbandrittern verbunden. Deshalb ist es eine wahre Ehre für uns, Lochlan heute Abend hier zu haben."

„Du sagtest, die Hosenbandritter wären ein Haufen alter Typen."

Die beiden Männer grinsten sich an. Lochlan sagte mit sehr tiefer Stimme: „Ich bin ein alter Typ. Ich bin älter als Rafe."

Ich sah ihn an, und seine Augen funkelten. Rafe war fünfhundert Jahre alt. Wie alt konnte dieser Kerl sein? Ich würde unbedingt auf Google suchen müssen, um zu sehen, ob ich seinen Namen finden konnte. Irgendwo musste es eine Liste aller Hosenbandritter geben, denn wenn ich mich richtig erinnerte, gab es immer höchstens vierundzwanzig gleichzeitig.

Es kam mir ganz nach etwas vor, das Rafe im Laufe seiner Karriere sicher gemacht hätte. „Bist du jemals ein Hosenbandritter gewesen?", fragte ich ihn.

„Nein."

Lochlan schüttelte den Kopf, als Rafe nichts weiter hinzufügte. „Du bist zu bescheiden, Rafe." Er wandte sich mir zu. Offensichtlich hatte Rafe ihm erzählt, dass ich vertrauenswürdig war und all ihre Geheimnisse kannte, denn er sagte: „Königin Elisabeth, und damit meine ich die erste, die diesen Namen trug, wollte Rafe zum Hosenbandritter machen. Und meiner Meinung nach hätte sie das einfach tun sollen. Aber sie beging den Fehler, Rafe zu fragen, und er lehnte die Ehre ab."

Ich war schockiert. „Tatsächlich? Wer würde so eine Ehre von der Queen höchstpersönlich zurückweisen?"

„Jemand, der nicht im Fokus der Öffentlichkeit stehen wollte. Ich hatte für die Königin spioniert. Wenn meine geheimen Aktivitäten jemals ans Licht gekommen wären, hätte ich ihren guten Namen nicht beschmutzen wollen."

Das war so süß, dass ich ihn anlächelte. „Ritterliche Tugend. Das gefällt mir."

Lochlan schüttelte den Kopf. „Frauen. Da lebe ich schon seit siebenhundert Jahren, und sie haben sich kein bisschen verändert."

Aus irgendeinem Grund hörte sich das nicht gerade nach einem Kompliment an. Ich hörte Hugos Stimme, wie er den jungen Männern ein schönes Abendessen wünschte. Rafe sagte: „Wir ziehen jetzt nach oben. Denk daran, was ich gesagt habe! Rufe meinen Namen und ich werde dich hören, wenn du etwas brauchst. Egal was."

„Und ich ebenso", fügte Lochlan Balfour hinzu. „Schließlich bin ich ein wahrer Hosenbandritter."

„Angeber!", antwortete Rafe.

Ich wusste ihren Beschützerinstinkt zu schätzen, aber er schien mir ein wenig übertrieben, wenn man bedachte, dass wir bei Hugo Percival Brown zu Hause waren, nicht in irgendeinem Pub, wo diese Kerle sich alles erlauben konnten. „Ich werde es schon schaffen."

Hugo und der vierte Gargoyle der älteren Generation gesellten sich zu uns. „Bereit, meine Herren? Ziehen wir uns nach oben zurück! Und lassen wir das Chaos beginnen."

Sie gingen hoch, und ich eilte ins Esszimmer zurück, um meinen Pflichten nachzukommen. Als ich dort ankam, sah ich, dass Pamela wohl nicht viel getan hatte, wenn es darum ging, die Teller abzuräumen und neue hinzustellen. Nach vorn gebeugt unterhielt sie sich mit Alexander Percival Brown. Er antwortete mit leiser Stimme. Was zum Teufel machte sie da? Gab sie ihm etwa ihre Telefonnummer?

„Pamela", sagte ich schneidend. „Wenn du die Suppe abräumst, schenke ich den nächsten Wein aus."

Der Blick, den sie mir hinter gesenkten Wimpern zuwarf, war nicht unbedingt der freundlichste. Sie rührte sich nicht sofort und hätte auch genauso gut schreien können: *Du bist nicht mein Boss!*

William hatte mich schon über den Wein unterrichtet, der jetzt an der Reihe war. Es war der, dem wir entgegenfieberten. Das Highlight des Abends. Er hatte bereits einige Flaschen geöffnet und dekantieren lassen.

„Was für eine Schönheit", sagte er und goss eine winzige Menge in ein Glas, schwenkte es, roch am Wein und verkostete ihn schließlich. Als er sah, dass ich ihn mit gehobenen Augenbrauen anschaute, sagte er: „Natürlich war 1995 ein exzellentes Jahr für Burgunder. Das hier ist ein Grand Cru aus Nuits-Saint-Georges." Er schenkte eine Kostprobe für mich ein. Ich nippte daran und fand ihn ganz nett, aber ich bezweifelte, dass mein Budget dafür reichen würde. „Sagen Sie mir nicht, dass der auch tausend Pfund pro Flasche kostet!"

Er lachte leise. „Sehr viel mehr. Natürlich hat Hugo Percival Brown den Wein sofort gekauft, als er auf den Markt kam, und hat ihn im Keller gelagert. Ich wette, er hat ein Vermögen an Weinen da unten."

„Er hat seinen eigenen Weinkeller?" Ich hielt schon seinen Weinkühlschrank für beeindruckend.

„Ja. Als wir das Menü besprochen haben, haben wir auch geplant, welche Weine wir mit jedem Gang kombinieren. Wein ist eines seiner Hobbys, also gehe ich davon aus, dass sein Keller erstklassig ist."

William behielt die Uhr immer im Auge, und er nickte zufrieden. „Gut. Es ist halb neun, wir liegen genau im Zeitplan." Und dann servierten wir Williams Filet Wellington. Es war ein Traum. Perfekt gebräunter Blätterteig gefüllt mit Duxelles und einer Schichte Gänseleberpaste umhüllt ein saftiges Rinderfilet. Als Beilage gab es Kartoffeln, mit Knoblauch und Kräutern geröstet, und Babykarotten in Butter und Mandeln.

Pam schenkte Wein ein, und ich servierte das Filet Wellington. „Wo ist Jeremy?", fragte ich, als ich bemerkte, dass sein Stuhl leer war und eine Serviette auf dem Sitz lag.

„Er ist eine rauchen gegangen. Lassen Sie sein Essen einfach auf dem Tisch. Sein Pech, wenn es kalt wird", wies Alex mich an. Jeremy war genau jetzt, wo der Hauptgang serviert wurde, eine Zigarette rauchen gegangen? Wie unhöflich.

Ich konnte spüren, dass sich die Atmosphäre im gleichen Moment verändert hatte, in dem die älteren Männer den Raum verlassen hatten. Die jungen Männer waren lockerer, spaßten miteinander und saßen entspannt da. Pam füllte alle Gläser mit dem vollmundigen Rotwein, und als sie den Rest davon in den Zubereitungsbereich zurückbringen wollte, sagte Alex Percival Brown: „Nein, nein. Lassen Sie ihn auf dem Tisch! Und öffnen Sie bitte noch ein paar mehr davon!"

Als ich bedachte, was man sich allein für eine Flasche

dieses Weins kaufen konnte, war ich geschockt, und sie ließen William eine Flasche nach der anderen aufmachen. Langsam bekam ich eine Ahnung davon, wie es war, in dieser Welt zu leben. Diese Typen würden stockbesoffen sein, bevor sie überhaupt bei den Kartoffeln ankamen.

Ich stellte Charlie sein Essen hin, und er ließ eine Hand unter meinen Rock gleiten. Er verzog keine Miene und bewegte keinen anderen Teil seines Körpers, nur diese wandernde Hand. Ich wusste, dass ich nur nach Rafe zu rufen brauchte, um wahrscheinlich die Genugtuung zu haben, Charles, den Perversling, durch die Scheibe des Esszimmerfensters fliegen zu sehen. Aber es war ja nicht so, dass ich mich nicht selbst verteidigen konnte. In alten Zeiten mussten ungezogene englische Schuljungen ihre Hände ausstrecken, um sich mit der Rute schlagen zu lassen. Das hatte ich in einem alten Film gesehen.

Ich war nicht so für körperliche Bestrafung, aber Charles hatte eine Lektion verdient. Seine Hand war heiß und knetete. Ich stellte mir seine geöffnete Handfläche vor und griff in Gedanken zu einem kleinen Rohrstock, mit dem ich auf die Handfläche schlug, die nun sogar noch höher gewandert war.

Er stieß einen Schmerzensschrei aus und zog seine Hand zurück.

Ich zog mich unauffällig zurück, als Vikram fragte: „Alles in Ordnung?"

Charles starrte auf seine offene Handfläche, als würde er nach einer Beule oder vielleicht nach einem Stachel suchen. Da war nichts. Er zuckte mit den Schultern und sah mürrisch aus. „Die Kellnerin ist mir auf den Fuß getreten."

Miles warf mir einen Blick zu und nickte unmerklich.

Zweifellos dachte er, ich sei Charles auf den Fuß getreten, und wahrscheinlich wusste er warum und hieß meine Aktion gut. Allerdings hatte mir der Rohrstock viel größere Befriedigung verschafft. Und ich dachte, dass es wirklich typisch für Charles war, es so klingen zu lassen, als wäre ich ungeschickt gewesen, anstatt zuzugeben, dass er sich daneben benommen hatte.

William ging noch mehr Wein öffnen, und als Pam und ich ihm folgten, sagte Alex: „Danke. Wir klingeln, wenn Sie gebraucht werden." Als wäre ich eine armes, überfordertes Dienstmädchen zu viktorianischen Zeiten. Ich musste mich zusammenreißen, um keinen Knicks zu machen, als ich den Raum verließ.

Ich hatte die Botschaft laut und deutlich verstanden. *Raus!*

Charles Smythe-Richards streckte seine Hand aus und packte mich am Arm. Manche Kerle lernen es nie! „Einen Moment! Ich brauche dich." Er wandte sich seinem Gastgeber zu. „Warum holen wir nicht die Mädchen zu uns? Sie sind alle reizend. Das würde diese ziemlich langweilige Versammlung etwas aufpeppen."

Alex schaute zu Pam, als würde er über eine Einladung nachdenken, aber Miles sagte Charles ein weiteres Mal, dass er nicht so dumm sein solle. „Später gehen wir aus. Dann könnt ihr so viel Mist bauen, wie ihr wollt. Solange wir hier sind, denkt daran, dass Lucy eine Freundin von mir ist. Reißt euch zusammen!"

Charles ließ mich los, antwortete Miles aber: „Ich würde nicht damit prahlen, mit der Bedienung befreundet zu sein."

So ein Arsch.

Und apropos Arsch. In Gedanken stellte ich mir noch

einmal den Rohrstock vor. Dieses Mal länger. Ich konzentrierte mich und ... *Zack!*

„Aua!", schrie Charles, sprang von seinem Stuhl auf und rieb sich verzweifelt über seinen Hintern.

Mit einem heiterem Lächeln ging ich aus dem Esszimmer.

ICH ÜBERLIEß SIE SICH SELBST UND KEHRTE IN DIE KÜCHE ZURÜCK. Schon einige Male hatte ich William geholfen, und ich hatte so viele ausgefallene Komplimente über sein hervorragendes Essen gehört, dass ich mich an seiner Stelle verletzt fühlte, weil diese rüpelhaften jungen Männer kein einziges Kompliment für William übrig hatten, das ich an ihn weitergeben konnte.

Ich fragte mich, ob ich mir ein paar ausdenken sollte, aber ich wusste, dass ich das nicht tun würde. Er würde mich wahrscheinlich sofort durchschauen. In diesem Moment würde William selbst auf seine Arbeit stolz sein müssen, denn ich glaubte nicht, dass er mit Komplimenten überschüttet werden würde. Hoffentlich hatten die Männer, die oben dinierten, mehr Stil.

Kaum war ich in der Küche angelangt, da sagte Pamela: „Ich sehe nach, ob oben etwas gebraucht wird."

William vollendete gerade die Desserts. Und sie waren wunderschön. Da heute St. George's Day war, hatte er winzige, perfekte, runde, dampfgegarte Erdbeertörtchen kreiert, die zu Ehren des heiligen Georg mit einem weißen Marzipankreuz verziert waren. Der Gürtel war aus dunkler

Spritzkuvertüre und in die Mitte des Marzipans hatte er mit dem Spritzbeutel eine winzige St.-Georgs-Flagge gemalt.

Ich wusste nicht, ob er wusste, dass Lochlan Balfour ein echter Hosenbandritter war, aber da William für Rafe ein engerer Vertrauter war als ich, hatte ich keinen Zweifel daran. „Die sehen fantastisch aus, William."

Er sah ziemlich erfreut aus, so wie es sein sollte. Das war das erste echte Kompliment an diesem Abend.

„Ich hoffe, sie schmecken ihnen."

„Ich hoffe, sie sind nicht zu betrunken, um etwas vom Dessert zu schmecken." Man musste mir meine Verachtung angehört haben.

„Diese jungen Männer werden eines Tages Großes leisten. Hoffen wir, dass sie sich dann noch so gut an meine Talente erinnern, dass sie mich irgendwann engagieren. Oder noch besser: Hugo und seine Frau haben oft Gäste. So oder so bin ich mir sicher, dass der heutige Abend irgendetwas bringt."

Ich trat an seine Seite. „Ich hoffe, dass dieser Abend Reste bringt."

Er schmunzelte. „Nun, Sie haben sich mit Sicherheit ein gutes Essen verdient. Wenn die Herren wirklich nicht gestört werden möchten, dann schlagen Sie zu! Ich habe von allem etwas für Sie zurückgehalten."

Bei der Arbeit für William ging es mir nicht um den Stundenlohn. Oder um meinen Anteil am Trinkgeld, das bei so einem protzigen Anlass ziemlich hoch sein dürfte. Für mich war es eine Gelegenheit, von seinem unglaublichen Essen zu kosten. Mit einem Bonus: Ich war im Haus von Hugo Percival Brown. Nicht viele konnten das von sich behaupten, wenn sie nicht auch auf der Liste der 500 reichsten Menschen der Welt standen.

„Wo ist Pamela?", fragte William und schaute sich um.

„Sie sagte, sie würde nach den anderen Gästen oben sehen."

Violet sagte: „Wo um alles in der Welt hast du die denn ausgegraben?"

„Ich kenne sie aus Boston. Wir waren Freundinnen an der Highschool."

Violet schüttelte den Kopf. „Nun ja, du hast wohl einen speziellen Geschmack bei Freundinnen. Und sie ist eine völlig untaugliche Kellnerin."

Beide schauten mich an, als wäre das hier irgendwie meine Schuld. Ich warf meine Hände in die Luft. „Ich habe nie gewollt, dass sie mitkommt. Ich mag sie ja nicht einmal."

„Tja, ich wünschte, du hättest etwas gesagt, bevor es zu spät war", sagte Vi. Hätte sie doch bloß sehen können, wie sehr ich mich bemüht hatte, William davon abzuhalten, Pam diesen Kellnerjob anzubieten.

Diese Diskussion würde ich niemals gewinnen, also brauchte ich sie gar nicht zu führen. Ich war viel mehr daran interessiert, das Filet Wellington zu probieren.

KAPITEL 5

*W*ir hauten rein, tratschten und lachten in der Küche. Es vergingen wohl zwanzig Minuten, bis irgendjemandem von uns auffiel, dass Pamela immer noch unentschuldigt fehlte.

Ohne große Begeisterung bot ich an, sie suchen zu gehen. Violet sagte: „Keine Sorge! Ich vermute, sie ist durch die Hintertür raus, bevor jemand sie dazu auffordert, das Geschirr zu spülen."

Ich hatte andere Vermutungen. Ich hatte den starken Verdacht, dass Pamela mich benutzt hatte, um in dieses Haus zu gelangen. Wenn ich sie nicht gekannt hätte, hätte ich ihr vielleicht nicht so viel Unverschämtheit zugetraut, aber ich wusste: Wenn diese Frau ein Ziel vor Augen hatte, kannte sie keine Scham. Aber was war das Ziel? Ein Blick auf Percival Browns private Kunstsammlung?

Wahrscheinlich nicht.

Hoffte sie, sich bei einem dieser Typen einzuschmeicheln? Dachte sie wirklich, die würden sich an einem ihrer Saufabende in eine Kellnerin verlieben?

Wie sie hervorgehoben hatte, waren wir im gleichen Alter. Mit achtundzwanzig war sie bereits von einem reichen Ehemann geschieden. Hinter was oder wem war sie nun her? Und warum in Großbritannien? Pamela war immer auf das konzentriert, was Pamela wollte, aber ich versuchte herauszufinden, was das sein konnte. Noch größerer Wohlstand? Ein Adelstitel?

Nicht, dass es mich besonders interessierte, aber ich dachte, sobald ich zu Hause war, würde ich ins Internet gehen und eine Recherche über sie anstellen. Was hatte sie in den letzten Jahren, nachdem ich sie das letzte Mal gesehen hatte, getrieben? Ich fragte mich, warum sie wirklich in Oxford war, denn ich bezweifelte ernsthaft, dass es wegen ihrer Liebe zur Kunstgeschichte war.

Weitere zwanzig Minuten vergingen, und dann war William so besorgt, seine perfekten Desserts könnten zusammenfallen, dass er mich bat, im Dinner-Club nach dem Rechten zu schauen und nachzusehen, ob Alex einfach vergessen hatte, uns zu rufen.

Ich ging durch den Vorbereitungsraum und öffnete die Tür zum Esszimmer. Die Kerle sahen ziemlich mitgenommen aus. Die meisten von ihnen hatten nicht einmal viel von dem fantastischen Dinner gegessen. Aber die Weinflaschen waren inzwischen alle ausgetrunken.

Ein paar Gäste fehlten. Alex und Jeremy. Auch Vikram fehlte. Vielleicht waren sie auf Toilette gegangen. Nach all dem Wein hätte mich das nicht überrascht.

„Lucy!" Es war Miles, der mich mit trüben Augen ansah. „Du hast uns gefehlt. Komm her und erzähl mir alles von der Theatertruppe. Ich vermisse sie. Ich wollte sie nie aufgeben, weißt du?"

„Ich habe nur bei dem einen Stück ausgeholfen, Miles. Ich weiß nicht, was sie machen."

Ich dachte darüber nach. „Aber sollte Sofia Bazzano das nicht wissen?" Die beiden waren eindeutig ein Paar gewesen, als ich Miles kennengelernt hatte. Sofia war eine bezaubernde junge Frau. Das letzte Mal, als ich sie gesehen hatte, schienen sie sich ziemlich nah zu stehen.

Er wedelte mit der Hand vor seinem Gesicht herum, als wäre eine Fliege ihm zu nah gekommen. „Reizendes Mädchen. Unglaublich. Aber, na ja, es war nicht dazu bestimmt, ewig zu halten."

Dagegen war nichts einzuwenden. Er war noch ziemlich jung und sah nach einem Typ aus, der sich noch die Hörner abstoßen musste. Trotzdem hoffte ich, dass er ihr nicht das Herz gebrochen hatte. Sie hatte einiges mitgemacht wegen ihm.

„Ah, gut", sagte Alexander beim Hereinkommen und begutachtete den Tisch, bevor er sich hinsetzte. Seine blauen Augen waren weit aufgerissen, als würde er denken, dass ihn das nüchterner wirken ließ. Es ließ ihn wirken, als hätte er höchsterstaunliche Nachrichten erhalten.

Als ich in die Küche zurückkehrte, sagte ich William, dass sie noch lange nicht für das Dessert bereit sein würden. Er sah nicht erfreut aus. „Ich habe alles auf die Minute geplant. Was ist mit meinem Dessert? Es könnte in sich zusammenfallen, wenn es hier herumsteht und darauf wartet, dass die jungen Herrschaften ihr Hauptgericht aufessen."

Hilflos hob ich die Hände. Was konnte ich daran ändern?

In dem Moment kam Pamela herein. „Was machen sie oben?", fragte William.

„Alles in Ordnung. Sehr friedlich. Ehrlich gesagt scheinen sie eher am Wein als am Essen interessiert zu sein."

Genau das, was William nicht hören wollte. Natürlich wusste er genauso gut wie ich, dass zumindest zwei der Männer oben kein großes Interesse an seinem Filet Wellington haben würden. Es sei denn, es war sehr, sehr, sehr roh.

Als die Klingel läutete, zuckte ich zusammen. Es war tatsächlich so, wie ich es in uralten Herrenhäusern in Großbritannien gesehen hatte. Nur auf moderne Art. Aber immer noch gab es ein Licht, das anging und *Esszimmer* anzeigte. Ich schüttelte den Kopf. Echt jetzt?

Ich eilte in das Esszimmer zurück, Pamela dicht auf meinen Fersen. Warum folgte sie mir?

Ich ging schneller und auch sie wurde schneller, sodass jede von uns praktisch joggte, um als Erste im Raum zu sein. Ich hatte keine Ahnung, was das sollte. Oder warum es mir etwas ausmachte.

Es gelang mir, als Erste den Raum zu betreten. Dabei war Pamela so dicht hinter mir, dass ihr Stöckelschuh meine Achillessehne erwischte. Autsch.

Alex schaute auf. „Wir brauchen mehr Wein."

Ich konnte es nicht glauben, dass sie so schnell so viel Wein getrunken hatten. Sicher hatten sie die Flaschen vergessen, die auf dem Sideboard standen. Aber nein – als ich aufschaute, waren sie verschwunden. Sie hatten sich nicht einmal die Mühe gemacht, die letzten paar Flaschen zu dekantieren.

Ich nahm einige leere Flaschen und dachte, es wäre nett gewesen, wenn Pamela die noch halb vollen Teller abgeräumt hätte, aber sie schien Jeremy gerade zu fragen, ob ihm sein Essen geschmeckt habe. Winston sagte: „Ich muss auf Toilette" und verließ den Raum.

Ich bezweifelte sehr, dass Alex' Vater den Keller heute Abend noch einmal öffnen würde, um noch mehr wertvolle Flaschen herauszuholen, aber was wusste ich schon? Er sagte: „Sie brauchen den Schlüssel. Fragen Sie meinen Vater! Oder besser noch, suchen Sie Briggs! Er besorgt Ihnen die Flaschen."

Ich wusste, dass Briggs an diesem Abend frei hatte, nickte aber höflich. „Und sind Sie bereit für das Dessert? Es ist etwas ganz Besonderes." Armer William. Ich wollte, dass die Gargoyles seine fantastischen Kreationen zumindest sahen. Angesichts der Tatsache, dass sie nur die Hälfte ihres Dinners gegessen hatten, konnte ich mir allerdings nicht vorstellen, dass sie die Nachspeise verschlingen würden.

„Ja, ja, gleich. Nach dem Wein."

„Es kommen auch noch eine Käseplatte und Port."

„Aber bringen Sie zuerst den Wein! Und all das hier können Sie abräumen." Er deutete mit der Hand auf die Speisen, die noch auf dem Tisch standen.

Zu zweit räumten wir das restliche Essen vom Tisch. Charles kam herein und schien Mühe zu haben, sich daran zu erinnern, wo er gesessen hatte. Endlich entdeckte er seinen Stuhl und bevor er sich setzte, musterte er ihn. „Alex", sagte er schließlich. „Ich glaube, da ist ein Wespennest in diesem Stuhl."

„Sei nicht albern! Im April gibt es keine Wespen."

Er schaute näher hin. „Bienen? Was ist mit Bienen?"

„Setz dich hin, du Idiot!"

„Stechende Käfer. Nesseln vielleicht." Er schwankte, als er sich schließlich niederließ. Oh, ich war versucht …

Als Pamela und ich mit vollen Tabletts hinausgingen, sagte ich ihr, dass Alex noch mehr Wein wollte. „Ich will seinen Vater nicht nach dem Kellerschlüssel fragen."

„Nein. Natürlich willst du das nicht. Keine Sorge, das kann ich machen."

„Aber–" Sie stellte ihr Tablett im Vorbereitungsraum ab, überließ es mir, dieses in die Küche zu tragen, und war im Nu verschwunden.

Na ja, sie hatte oben das Essen serviert, also war sie vermutlich die Richtige, um nach weiteren kostbaren Weinflaschen zu fragen.

In der Zwischenzeit spülten Violet und ich die Teller fertig ab, und William ärgerte sich weiterhin darüber, dass seine Desserts ruiniert sein würden. „Und ich habe einen ausgezeichneten Riesling, der mit der Nachspeise serviert wird. Flegel sind das, diese jungen Männer, genau das sind sie! Ich hätte ihnen einfach Fish and Chips vorsetzen sollen. Damit wären sie genauso glücklich gewesen. Wahrscheinlich hätten sie es nicht einmal bemerkt."

„Aber Sie schon, William", besänftigte ich ihn. „Sie tun das für Ihre eigene Erfüllung und Ihren Stolz."

Er schnaubte. „Perlen vor die Säue werfen."

Da konnte ich ihm nicht widersprechen. Wir warteten auf Pamela, damit sie die Desserts nach oben brachte, doch wieder einmal schien sie verschwunden zu sein. „Vielleicht ist einer dieser lächerlichen Absätze abgebrochen", murmelte Violet.

„Lucy, besser bringen Sie die Desserts nach oben."

Es war mein erster Vorstoß in das andere Esszimmer, aber ich tat wie mir befohlen. Als ich die Tür erreichte, konnte ich sehen, dass dieses Quartett sehr viel ruhiger war, sich aber trotzdem amüsierte. Sie lachten über eine Anekdote aus alten Zeiten. Der Mann mit dem fliehenden Kinn gab die Geschichte zum Besten, und offensichtlich war er ein guter Erzähler. Ich wartete, denn ich wusste, dass eine gute Kellnerin niemals den Fluss einer Unterhaltung unterbrach. Er schloss mit den Worten: „Der Don fand seine Perücke nie wieder. Ich glaube, sie ist bis zum heutigen Tag verschwunden. Aber es gab da so ein Pferd in Ascot ...“ Die anderen drei brachen in Gelächter aus, und der vierte Mann schmunzelte mit.

Ich kam mit den vier Nachspeisen herein und stellte sie vor die Männer. „Bezaubernd“, sagte der Geschichtenerzähler. „Dein Caterer ist erstklassig, Hugo. Ich muss mir seinen Namen notieren. Man braucht ja immer einen guten Caterer.“

„Er ist Rafes Fund. Und ja, er ist ausgezeichnet. Ich muss meiner Frau von ihm erzählen.“

Sein Telefon summte, und er zog es aus seiner Hosentasche und schaute aufs Display. „Und wo wir von ihr sprechen: Es ist meine Frau. Genau im richtigen Moment.“ Er schaute sich hilflos um, und alle sagten ihm, er solle den Anruf annehmen.

„Hallo Liebling. Wie ist es in London?“

Ich schenkte den Dessertwein ein, verließ dann den Raum und ging wieder nach unten, um die ausgezeichnete Nachricht zu verkünden, dass William, zumindest von den älteren Herrschaften, wahrscheinlich weitere Aufträge bekommen würde.

„Also ich serviere jetzt die Nachspeise“, sagte er, nahm seine Schürze ab und zog sich erneut sein Jackett an, „Wer kommt mit?“

Violet und ich stellten die Desserts auf Tabletts und trugen sie ins Esszimmer, während William uns mit einem besonderen Dessertwein folgte.

Als wir die Nachspeisen abstellten, schienen die Anwesenden es nicht einmal zu bemerken. Sie tranken zwei weitere Flaschen von dem teuren Rotwein, also schien Pamela ihn aus dem Keller geholt zu haben, musste dann allerdings wieder irgendwohin verschwunden sein. Ich trat Miles gegen den Knöchel und flüsterte: „Sag William, wie schön dieses Dessert aussieht!"

Er schaute zu mir auf, als hätte ich Japanisch gesprochen. „Wie bitte?"

„Mach William ein Kompliment für das Dessert!", sagte ich noch einmal. Er warf einen Blick darauf, dann schien es ihm zu dämmern. „Was für ein schönes Dessert! Haben Sie das gemacht?", fragte er William. Miles war einer der besten Schauspieler gewesen, die das Cardinal College je gesehen hatte. Und auch wenn sein Talent vollkommen verschwendet war, konnte er es jetzt einsetzen. „Besser gesagt, das ganze Essen." Er hörte sich an, als hätte er in seinem ganzen Leben noch nie so etwas Schönes gesehen, und ich sah, wie William sich angesichts seiner Aufmerksamkeit sofort besänftigte. Seinem Beispiel folgend schlugen ein paar andere Kerle mit ihren Gabeln gegen ihre Gläser, und bald taten es alle. Ich vermutete, dass war ein Lob.

William sagte: „Nun, da heute St. George's Day ist, serviere ich Ihnen ein St.-George's-Day-Dessert."

„Und ich stoße auf Sie an", sagte Alexander und erhob sich.

William schenkte Dessertwein in ein anderes Glas, und Alexander sprach einen Toast auf den „exquisiten Küchenchef und die schönen Serviermädchen" aus. Ich freute mich, dass Miles sie dazu gebracht hatte, William zu danken, obwohl ich es überhaupt nicht schätzte, als „Serviermädchen" bezeichnet zu werden.

Dann stand der Erbe von *Bromford Chemists* auf. „Und zu Ehren des St. George's Day möchte ich auf Alexander Percival Brown anstoßen." Er hielt eine ausschweifende Ansprache, von der ich annahm, dass sie dazu gedacht war, Alexander und seiner Familie für die Nutzung ihres Hauses zu danken, was aber irgendwo auf dem Weg verloren ging.

Alex stand mit seinem Telefon in der Hand da. „Ich brauche nur ein paar Minuten. Macht weiter!"

Miles sagte: „Hey! Ich dachte, wir dürfen hier drinnen keine Handys bei uns haben."

„Entschuldigung. Es ist wichtig."

Und dann ging er. Für junge Männer, die die Crème de la Crème der Gesellschaft und Großbritanniens Hoffnung für die Zukunft sein sollten, hatten sie gewiss keine Manieren. Meine Eltern hätten einen Anfall bekommen, wenn ich mich bei einem Abendessen so benommen hätte.

Als wir in die Küche zurückkehrten, sagte ich zu William: „Ihr Dessert schien ihnen wirklich zu gefallen."

„Ich könnte mir denken, dass die meisten von ihnen es noch vor morgen früh wieder erbrechen. Sie vertragen ihre Getränke nicht so gut wie sie meinen."

„Na ja, sie sind ja noch jung", erinnerte ich ihn. Mit meinen achtundzwanzig Jahren fühlte ich mich wie eine alte Dame.

„Sie haben recht. Ihre Köpfe werden mit dem Alter schon noch härter werden."

„Und auch ihre Lebern."

Nun blieb nichts weiter zu tun als die Käseplatte vorzubereiten und den alten Port herauszuholen. Wir gaben ihnen etwa zwanzig Minuten Zeit, dann schickte William mich hinein. Wieder war Pamela verschwunden. Nun, da William den Dessertwein servierte, schienen sie damit zufrieden, nun diesen herunterzukippen. Ich dachte, inzwischen hätten wir ihnen auch Franzbranntwein auf den Tisch stellen können, den hätten sie ebenfalls gegluckert.

Wir ließen ihnen dreißig Minuten Zeit, um ihre Desserts aufzuessen, bevor wie den Käse und den Portwein hineinbrachten. Als ich wieder ins Esszimmer trat, war nur noch Randolph Chase dort. Ich dachte mir, dass er mit den anderen mitgegangen wäre, wo sie auch immer waren, wenn er nicht eingeschlafen wäre. Sein Kopf lag auf seinen pummeligen Händen und er schnarchte leise.

Ich schlich mich wieder aus dem Zimmer und fragte mich, wo sie alle geblieben waren, da hörte ich plötzlich jemanden schreien: „Hilfe! So helfe mir doch jemand!"

Ich wusste nicht, woher das Geräusch kam, aber jede Zelle meines Körpers war in Habachtstellung. In der Stimme lag reines Entsetzen.

Plötzlich hörte ich noch mehr Geschrei und Gebrüll. „Holt die Polizei! Jemand muss die Polizei rufen!"

Oh, der Klang dieser Worte gefiel mir ganz und gar nicht. Was um alles in der Welt hatten diese törichten Studenten nun angestellt? Bestimmt hatte sich einer von ihnen mit einem Billardqueue aufgespießt oder war über sein eigenes Ego gestolpert.

Rafe war schon die Treppen hinuntergestürmt und an mir vorbeigerannt, bevor ich mich überhaupt fragen konnte, was hier los war. „Lucy. Ist alles in Ordnung?"

„Ja. Irgendjemand schreit, aber es klingt so, als käme es von unten."

Er nickte. Dann schaute er in den Raum, in dem Dolph gerade erwachte. „Bleib hier!"

Damit riss er die Tür auf und rannte die Treppe hinunter.

Randolph Chase wachte auf. „He, wo sind die alle? Gab es Port?"

„Was ist da unten?"

„Was? Ach so, schon in Ordnung. Sie sind Billard spielen gegangen. Ich habe gesagt, ich komme nach meinem Port und dem Käse nach."

Ich ließ ihn zurück und folgte Rafe in den Keller. Ich wusste nicht warum, aber ich dachte, meine Fähigkeiten könnten vielleicht gebraucht werden. Es gab Momente, in denen es ein echter Vorteil war, eine Hexe zu sein. Ich konnte Menschen helfen. Allerdings war ich mir nicht ganz sicher, dass ich diesem Haufen Idioten helfen würde. Ich würde zuerst einmal nachsehen, was das Geschrei sollte.

Als ich am Fuße der Treppe angelangte, folgte ich den Schreien. Ich landete in einem Billardraum mit dunkler Holztäfelung. Die meisten waren hier und drängten sich um den Tisch. Aber es war kein Spiel im Gange. Es war Pamela. Pamela lag auf dem Billardtisch. Instinktiv schaute ich Rafe an, der als Antwort auf meine ungestellte Frage nickte.

Pamela war tot.

KAPITEL 6

*I*ch schlich mich näher heran. Männliche Stimmen. Alle redeten und schrien auf einmal, aber so wie es oft im Schockzustand war, war das Geräusch nur ein Summen in meinem Ohr. Ich konnte meinen Blick nicht von meiner ehemaligen Freundin abwenden. Ihr Körper erstreckte sich in ganzer Länge über den Billardtisch, ihre Arme waren weit ausgebreitet. Zuerst dachte ich, jemand hätte sie in diese Position gebracht, damit es nach einer Kreuzigung aussieht, aber dann bemerkte ich, dass der Billardtisch mit einem roten Tuch bespannt war, und dass sie so, wie sie dalag, und ganz besonders in ihrer weißen Bluse, wie das Kreuz des heiligen Georg aussah. Sogar ein Gürtel war um ihre Beine geschlungen.

Rafe kam an meine Seite und wir schauten auf die arme Pamela. Er sagte: „Wer auch immer sie umgebracht hat – er hat ihren Körper so positioniert, dass er wie das Wappen der Hosenbandritter aussieht."

„Wer würde denn so etwas tun?", fragte ich.

Jetzt konnte ich sehen, dass sie erwürgt worden war. Ich

war zwar keine Forensikerin, aber die Abdrücke auf ihrer Kehle gaben mir den Eindruck, dass der Gürtel, der nun um ihre Beine gewickelt war, die Mordwaffe sein könnte.

Ich hatte Pamela nicht gemocht, aber niemals würde ich sehen wollen, dass jemand so erledigt wurde. Sie war heute Abend nur hergekommen, um Essen zu servieren. Wie konnte sie sich so schnell jemanden zum Todfeind gemacht haben?

Und warum würde der Mörder ihre Leiche dann so hinlegen, dass sie aussah wie das höchste Wahrzeichen der Ritterlichkeit?

Hinter mir kamen Hugo und sein Freund herein, die etwas außer Atem waren, nachdem sie zwei Treppenabsätze hinuntergerannt waren. Dann traf Violet ein, gefolgt von William. Der Letzte, der auftauchte, war Randolph, der erheitert und halb verschlafen aussah, als er hereinkam und sagte: „Was ist denn los?"

Ich schaute mich um. Es war ein fensterloser Raum, der von in der Decke eingebauten Lampen beleuchtet wurde. Der Billardtisch dominierte, aber es gab auch eine Bar im hinteren Bereich und einen Sitzbereich, vermutlich für diejenigen, die nicht spielen.

Viele der jüngeren Gargoyles hatten sich von ihren Jacken befreit, gewiss, um sich auf ihr Spiel vorzubereiten. Winston Bromford rief: „Wir wollten nur eine Partie Billard spielen! Oh, ich glaube, ich muss mich übergeben."

„Nicht hier drinnen!", sagte Miles bestimmt, packte ihn am Arm und zerrte ihn nach draußen.

Ich riss mich so gut wie möglich zusammen. Leider hatte ich einige Erfahrungen in Sachen Mord, und das Erste, was mir auffiel, war, dass all diese Leute hier drinnen den Tatort vollkommen verunstalteten. Ich wandte mich an Rafe: „Wir sollten das Zimmer räumen. Die Polizei wäre nicht begeistert von all den Leuten hier drinnen."

Er nickte. Dann sagte er laut: „Hugo? Lasst uns doch alle ins Esszimmer gehen! Überlassen wir den Tatort der Polizei."

Hugh Percival Brown hatte einen Blick auf die Leiche geworfen und war erblasst, doch er hatte sich sofort wieder gesammelt. „Ja, natürlich. Kommt alle mit! Wir können jetzt nichts mehr für sie tun." Er schaute seinen Sohn an. „Hat irgendjemand die Polizei verständigt?"

Anscheinend hatte das niemand, also sagte Hugo, er würde sie rufen.

Er war offensichtlich ein Mann, der daran gewöhnt war, schnell Entscheidungen zu treffen und umzusetzen. Hugo begleitete alle aus dem Billardraum und forderte sie auf, nach oben ins Esszimmer zu gehen. Rafe sagte, er würde unten bleiben, um sich zu vergewissern, dass niemand anderes in den Raum ging. Es war zu spät, um eine Kontamination des Tatortes zu verhindern, aber zumindest konnte er dafür sorgen, dass es nicht noch schlimmer wurde.

Lochlan wollte ihm Gesellschaft leisten, doch Rafe sagte ihm, er solle gehen und bat mich leise, bei ihm zu bleiben.

Nachdem die Gruppe uns unten zurückgelassen hatte, fragte ich Rafe: „Warum würde irgendjemand so etwas tun? Und warum würde er ihren Körper in diese merkwürdige Form bringen?"

Er schüttelte den Kopf. „Mich verwirrt es auch. Warum sollte man sie so hinlegen, dass sie aussieht wie das Wappen der Hosenbandritter?"

Ich wollte nicht mit anklagendem Finger auf seinen

Freund zeigen, aber ich musste das Offensichtliche ausspre-
chen. „Es gibt hier nur einen Hosenbandritter, das weißt du."

Er schaute mich an. „Und nur drei von uns – vier, wenn
man William mitzählt – wissen davon."

„Nun, ich weiß, dass ich sie nicht getötet habe. Ich weiß,
dass William es nicht war. Und ich vermute, du auch nicht.
Aber was ist mit Lochlan? Hätte er einen Grund, Pamela zu
ermorden?"

„Um so den Verdacht auf sich selbst zu lenken? Klingt
unwahrscheinlich. Er kannte die Frau ja nicht einmal."

„Können wir uns da sicher sein?"

Rafe runzelte die Brauen. „Nicht ganz, nein. Aber warum
sollte Lochlan Balfour, der in einem Schloss in der Grafschaft
Cork in Irland wohnt, eine Frau kennen, die vor Kurzem aus
Boston hergekommen ist?"

„Das weiß ich nicht, aber es ist erstaunlich, was für
Verbindungen Menschen miteinander eingehen. Besonders,
wenn sie schon sehr lange leben." Ich dachte darüber nach.
„Lebt er wie ein reicher Einsiedler, oder hat er eine Arbeit
oder so?"

„Lochlan Balfour leitet ein sehr erfolgreiches High-Tech-
Unternehmen mit Niederlassungen auf der ganzen Welt."

„Auch in Boston?"

„Ich verstehe, was du meinst. Es könnte sein, dass er sie
kannte, nehme ich an, aber ich kenne Lochlan Balfour schon
lange. Niemand wird Hosenbandritter, ohne der Krone einen
großen Dienst erwiesen zu haben."

„Wofür stehen die Hosenbandritter genau?"

Er hielt inne, bevor er etwas sagte. Mir gefiel es, wie Rafe
das machte. Er war niemand, der so holterdiepolter seine
Meinung sagte. Er mochte es, seine Gedanken zu sammeln,

deshalb wusste ich immer, dass das, was er sagte, weder willkürlich noch das Erstbeste war, was ihm einfiel. „Die wichtigste Aufgabe der Hosenbandritter ist es, den Monarchen zu beschützen und zu unterstützten. Sie sind bekannt dafür, dass sie sich für andere aufopfern. Sie stehen für Ritterlichkeit."

„Das verstehe ich, aber die Welt hat sich in siebenhundert Jahren gewandelt. Ich meine, im Mittelalter gingen die Leute auf Kreuzzüge und ermordeten alle möglichen Menschen. Vielleicht hat Lochlan sich nicht weiterentwickelt."

„Du meinst, er hat sie im Rahmen eines Kreuzzugs getötet?"

„Vielleicht hat sie seinen Sinn für Ritterlichkeit verletzt. Oder irgendjemand macht einen grausamen Scherz daraus, dass heute St. George's Day ist."

„Lass mich mit ihm reden. Sag der Polizei in der Zwischenzeit nichts."

Ach, als würde ich so etwas tun. Ich war so daran gewöhnt, der Kriminalpolizei in Oxford Dinge zu verheimlichen, dass ich schon allein deshalb ins Gefängnis wandern würde, wenn sie jemals all meine Geheimnisse herausfinden sollte. Andererseits: Da meine Geheimnisse normalerweise etwas mit übersinnlichen Fähigkeiten zu tun hatten, bezweifelte ich, dass die Polizei mir überhaupt glauben würde.

„Wenn es nicht Lochlan Balfour war, wer dann?"

„Ausgezeichnete Frage."

Ich hatte noch eine. „Wie wahrscheinlich ist es deiner Ansicht nach, dass jemand von außerhalb ins Haus gekommen ist und Pamela ermordet hat?"

Er schien über meine Zufallstheorie nachzudenken. „Ich würde sagen, es ist möglich, aber unwahrscheinlich."

Ich nickte. Genau das gleiche Gefühl hatte ich auch. „Das bedeutet, dass der Mörder gerade hier im Haus ist. Es ist jemand aus dem Gargoyle Club."

„Da ich für William, dich und Violet einstehen würde, vermute ich, du hast recht, Lucy."

Oben war Bewegung zu hören, und dann kamen DI Ian Chisholm und DS Barnes unvermeidlich die Treppen herunter und auf uns zu. Hugo war bei ihnen und zeigte ihnen den Weg.

Ian sah mich an, und seine Augen verengten sich etwas. „Lucy. Darf ich dich fragen, was du hier machst?"

Ich deutete auf meine weiße Bluse und den schwarzen Rock – obwohl das eigentlich rein gar nichts aussagte. „Ich habe gekellnert."

Er sah aus, als würde es ihm schwerfallen, mir zu glauben. „Als Nebenbeschäftigung zum Strickladen? Sind die Verkaufszahlen von Wollwaren im Keller? Haben die Leute aufgehört zu häkeln?"

Sein Sarkasmus gefiel mir ganz und gar nicht, besonders im Beisein von Hugo und Rafe. „Nein. Aber der Caterer ist ein Freund von mir, und ich habe schon ein paar Male für ihn gekellnert. Ich verdiene mir ein bisschen was dazu und es macht mir Spaß."

Er schüttelte den Kopf. „Du gerätst auch immer in die merkwürdigsten Situationen."

Das konnte er laut sagen.

Er schaute zu meinem Begleiter, der auch nicht milder davonkam. „Und Rafe Crosyer. Kellnern Sie auch?"

Rafe war zugute zu halten, dass er nicht gleich wie ein Vampir auf Ian losging. „Nein. Ich habe mit Hugo zu Abend gegessen."

„Und alle sind Sie elegant gekleidet, wie ich sehe. Das Outfit des Gargoyle Clubs. Glauben Sie mir, das erkenne ich. Ich dachte, dieser Verein wäre aus Oxford verbannt worden."

„Der Gargoyle Club hat nie offiziell zur Stadt Oxford gehört. Seit jeher ist es ein privater Herrenverein."

„Mein Fehler. Also dann eben: vom Gelände des Cardinal College verbannt."

Rafe und Hugo wechselten einen Blick, und ihr Schweigen bestätigte im Grunde genommen das, was Ian bereits wusste.

Ich hörte weitere Schritte die Treppe herunterkommen, und schon waren Sanitäter bei uns.

Hugo schloss die Tür zum Billardraum auf, und Ian und DS Barnes gingen, dicht gefolgt von den Sanitätern, hinein. Kurz darauf traf eine Gruppe Forensiker ein, die ebenfalls hineingingen. Kurz danach kamen auch Fotograf und Gerichtsmediziner an. Inzwischen war ich an genug Mordschauplätzen gewesen, um zu wissen, dass hier noch viele Stunden lang jede Menge los sein würde. Und dass niemand von uns würde gehen dürfen, bis wir nicht alle vernommen worden waren. Es würde eine lange Nacht werden.

Rafe sagte: „Es gibt nichts, was wir hier tun können. Gehen wir nach oben!"

Ich wollte nicht hier unten neben Pamelas Überresten stehen, also stimmte ich erleichtert zu.

„Du kennst sie aus Boston, wenn ich das richtig verstanden habe."

„Stimmt."

„Hast du eine Ahnung, was sie hier in Oxford wollte?"

„Sie sagte, sie studiere Kunstgeschichte. Pamela war ziemlich clever, aber besonders gelehrt ist sie mir nie vorgekommen."

„Du meinst also nicht, dass sie das Ziel hatte, einen Abschluss an einer anerkannten Universität zu machen, als sie hergekommen ist?" War da ein hämischer Unterton? Vermutlich schon.

„Ich denke, sie war auf einen Trauschein aus. Und ich denke, dabei hatte sie es auf einen ganz besonderen Ehemann abgesehen."

„Na ja, jeder x-beliebige junge Mann von heute Abend wäre ein guter Fang gewesen."

Ich hätte gelacht, wäre die Situation nicht so ernst gewesen. „Wir hören uns an wie zwei Kuppler, die auf dem Flur intrigieren."

„Du wärst überrascht. Man denkt, heute gäbe es keine Kuppelei mehr. Und dass Menschen die freie Wahl darüber hätten, wen sie heiraten möchten. Nichts falscher als das."

Wir gingen hoch, und alle Mitglieder des Gargoyle Clubs saßen im Esszimmer auf den gleichen Stühlen wie zuvor, als die älteren Männer noch nicht gegangen waren. Alex wollte noch mehr Wein ausschenken, und sein Vater hielt ihn davon ab. „Ich denke, wir werden jetzt alle besser wieder nüchtern. Heute Abend gibt es keinen Alkohol mehr. Ihr müsst alle einen Bericht bei der Polizei ablegen." Er wandte sich mir zu. „Sie da! Gehen Sie in die Küche und setzen Sie Kaffee auf!"

Mir gefiel es gar nicht, als „Sie da" bezeichnet zu werden, aber Kaffee war eine ausgezeichnete Idee. Dolph sah immer noch halb verschlafen aus, die anderen betrunken. Ich nickte und kehrte in die Küche zurück. William war mir um einiges voraus. Er hatte schon Kaffee aufgesetzt. „Lucy, das tut mir so leid. Wie geht es Ihnen?" Er war so ein netter Mann, und sein Gesicht war voller Sorge.

Ich hatte mir gar nicht die Zeit genommen, darüber nachzudenken, aber ich fühlte mich schrecklich. Dass ich Pamela nicht gemocht hatte, machte es sogar noch schlimmer, sie ermordet aufgefunden zu haben. Wären wir beste Freundinnen gewesen, hätte ich einfach trauern können, aber ich musste die Tatsache akzeptieren, dass ein winziger Teil von mir glücklich darüber war, sie nicht mehr in meinem Leben zu haben. Und zu was für einem schrecklichen Menschen machte mich das?

„Kommen Sie her und setzen sich!"

„Ich muss den Kaffee rausbringen." Ich begann am ganzen Leib zu zittern.

„Das mache ich."

Ich widersprach nicht. Und Violet wartete gar nicht erst darauf, dass er sie fragte. Sie stand auf und folgte William mit dem Tablett voller Tassen und Untertassen, Sahne und Zucker.

Als sie weg waren, setzte ich mich einfach auf einen der Küchenstühle und schaute aus dem Fenster in den dunklen Garten. In meinem Kopf wirbelten Gedanken herum.

Dann kam eine fremde Frau in die Küche, und ich schrie auf. Es war nur ein kurzer, blöder kleiner Schrei, eher aus Verblüffung als aus Entsetzen. Obwohl ich ziemlich entsetzt war.

„Oh, es tut mir wirklich leid, wenn ich Sie erschreckt habe", sagte die nett aussehende Frau mittleren Alters. „Ich habe mich gefragt, was der ganze Trubel soll. Draußen steht ein Krankenwagen. Ist jemand verletzt?" Ich schaute auf und erkannte sie. Aber mir fiel nicht ein, woher ich sie kannte.

Die Art, wie sie mich ansah, verriet mir, dass sie denselben Prozess durchlief und versuchte, mich zuzuordnen, dann sagte sie plötzlich: „Ach ja, Sie sind Lucy. Aus dem Strickladen. Cardinal Woolsey's."

Und als sie sich in Zusammenhang mit dem Strickladen brachte, da erkannte ich sie natürlich ebenfalls. „Shannon, wie geht es Ihnen?"

Shannon Briggs war praktisch Stammkundin in meinem Wollladen. Das letzte Mal, als ich sie gesehen hatte, war sie gerade dabei gewesen, eine Decke für ihre betagte Mutter in Schottland zu stricken. „Was machen Sie denn hier?"

„Ich wohne hier."

Ich war so verwirrt. Mein Kopf fühlte sich an, als wäre er mit Zement gefüllt. „Sie wohnen hier?"

„Na ja, ich wohne in der Wohnung über der Garage. Ich bin die Haushälterin hier. Mein Mann ist der Butler."

„Jack Briggs. Natürlich!"

Sie sagte: „Ich hatte heute Abend frei, weil die Herren Gäste hatten. Aber ich habe den Krankenwagen gesehen. Ich will bestimmt nicht neugierig sein, aber falls ich etwas tun kann, um zu helfen ..."

„Es hat einen Mord gegeben", erklärte ich ihr. Das würde sie ohnehin bald herausfinden.

Sie wurde blass, und ihre Hände glitten auf ihre Brust. „Jemand aus der Familie?"

„Nein", beruhigte ich sie eilig. „Wahrscheinlich niemand, den Sie kennen. Sie war genauso wie ich zum Servieren hier. Ihr Name war Pamela."

„Ich war so besorgt, dass Mr Percival Brown etwas zugestoßen sein könnte. Er arbeitet so hart, wissen Sie, und er ist immer auf Reisen und spricht mit der Presse. Dann sind er und seine Frau immer auf Wohltätigkeitsveranstaltungen und was weiß ich wo. Ich habe mich gefragt, ob ihm der Stress zu viel geworden ist. Ich bin so froh, dass er wohlauf ist."

„Ja. Es geht ihm gut. Er hat gleich alles in die Hand genommen", erzählte ich ihr. „Er kann sehr gut mit Krisen umgehen."

Shannon kam ganz herein und sah aus, als hätte sie vor, eine Weile zu bleiben. „Pamela. War das eine junge Frau mit langem, dunklem Haar?"

Ich spürte, wie meine Augen groß wurden. Konnte es sein, dass diese Frau Pamela gekannt hatte? „Ja."

„Himmel."

„Kannten Sie sie?"

Sie ging zum Kochbereich und stellte den Wasserkocher an. „Nein. Ich bin mir nicht einmal sicher, dass es sich um dieselbe Person handelt, aber ich bin sicher, dass der Name der jungen Frau Pamela war."

„Welche junge Frau? Wann war sie hier? Was ist passiert?" Ich war mir sicher gewesen, dass etwas dahintersteckte, dass Pamela mit mir gekommen war. Nun ja, der Typ zum Kellnern war sie ganz sicher nicht. War sie schon einmal hier gewesen?

Shannon Briggs kam an meine Seite und sagte: „Sie hat mich zum Narren gemacht, das ist passiert. Ich war gerade beim Staubsaugen, das ist ein paar Monate her. Mrs Percival Brown war zum Glück gerade nicht in der Stadt. Hugo hat oben in seinem Büro gearbeitet, und Alexander war in der Schule, glaube ich. Es klingelte an der Tür, und draußen stand diese junge Frau. Sehr attraktiv und wortgewandt, sie sagte, sie sei eine Freundin von Alexander und dass sie sich hier treffen würden, um gemeinsam an einem Projekt zu arbeiten. Amerikanerin war sie, genau wie Sie."

Ja, das hörte sich ganz nach Pam an.

„Sie trug eine Tasche mit dem Logo vom College und sah ganz genau wie jede andere Studentin aus, also ließ ich sie natürlich herein. Sie sagte, ein paar andere würden auch noch kommen. Ich bot ihr einen Tee an, aber sie lehnte ab und sagte, sie würde warten, bis Alexander nach Hause komme. Ohne groß darüber nachzudenken, habe ich sie in die Bibliothek gebracht und ging dann meinen Aufgaben nach. Kaum hatte ich mich versehen, hörte ich Geschrei von oben. Es war Mr Percival Brown, und er war fürchterlich wütend. Ich rannte bis ins oberste Stockwerk, wo Alex seine eigenen Zimmer hat."

Ich fragte mich, wie eine Frau, die gerade einen Master in Kunstgeschichte machte, an einem Projekt mit einem Schuljungen arbeiten konnte.

„Ich kam oben an und Hugo ging auf mich los. Er sagte mir, ich solle sie rauswerfen, dann stürmte er an mir vorbei. Fuchsteufelswild war er. Ich habe sie in Alex' Schlafzimmer gefunden."

„War sie–"

„So gut wie nackt war sie. Sie schlüpfte in ihre Kleider und sah ganz schön beschämt aus, das kann ich Ihnen sagen. Es sollte eine Überraschung für Alexander sein, sagte sie. Sie wäre seine Freundin, behauptete sie. Sie hatte sich in sein Bett gelegt, all ihre Kleider ausgezogen und geplant, dass er sie so dort finden sollte. Aber leider hatte sein Vater sie zuerst gesehen."

„Sie hat sich nackt in Alexander Percival Browns Bett gelegt?" Oh Mann, diese Frau war wirklich unverschämt gewesen. „Im Haus seiner Eltern? Als er nicht einmal zu Hause war?"

„Ganz genau. Natürlich wohnt er im College, aber am Wochenende wurde er zu Hause erwartet." Der Kessel kochte, und Shannon machte einen Tee. Obwohl es frischen Kaffee gab, wollte ich einen Tee, der von der Haushälterin der Familie zubereitet worden war.

Sie redete weiter, als sie herumwirbelte, um Tassen, Milch und Zucker herauszuholen. „Ich bin sicher, Mr und Mrs Percival Brown akzeptieren, dass ihr Sohn jede Menge Unfug in Oxford anstellt. Aber wenn es um sein Verhalten zu Hause geht, sind sie sehr streng. Es gab einen schrecklichen Streit."

Das alles war unvorstellbar. Ich schämte mich für alle Beteiligten.

„Haben Sie sie danach jemals wieder gesehen?"

„Oh nein. Wie gesagt kam es zu einem fürchterlichen Streit, und Hugo nannte sie eine gewöhnliche Schlampe und sagte seinem Sohn, er wolle sie nie wieder im Haus zu sehen bekommen."

Ich dachte, dass Hugo ein gutes Urteilsvermögen bewiesen hatte. Anders als sein Sohn.

„Tja, heute Abend ist es ihr gelungen, ins Haus zurückzukehren." Und ich wette, sie würde es bereuen, wenn sie noch am Leben wäre und noch irgendetwas bereuen könnte.

KAPITEL 7

*I*ch fragte mich, warum Hugo Percival Brown Pamela nicht sofort hinausgeworfen hatte, als er sie zum zweiten Mal in seinem Haus entdeckt hatte. Oder hatte er sich gar nicht an sie erinnert? Vielleicht war eine Frau in Dienstmädchenkleidung für einen Milliardär vollkommen unsichtbar.

Mrs Briggs sagte: „Tee wird Ihnen guttun. Der hilft bei Schock. Haben Sie Ihre Stricksachen mit?"

Tatsächlich war ich erschüttert und war nur zu froh, mich hier in der Sitzecke unter dem Küchenfenster versteckt zu halten, weit weg von den Gargoyles. Ich schaute auf, als sie mir den Tee brachte. „Ja, ich habe meine Stricksachen mit." Was merkwürdig war, denn ich hatte sie unterwegs fast nie dabei. Nur wegen Violet hatte ich sie mitgenommen. Ich hatte vermutet, dass wir eine Auszeit haben würden, wenn es nichts zu tun gab. Sie hatte vorgeschlagen, wir sollten unser Strickzeug mitbringen.

Auch wenn es zwischen all den zu servierenden Gängen

und den Forderungen nach mehr Wein zu guter Letzt keine Auszeit gegeben hatte.

Shannon sah erfreut aus. „Ich finde, es gibt nichts, was meine Nerven besser beruhigt als das Stricken. Und ich muss zugeben, dass auch meine Nerven angeschlagen sind. Ich gehe schnell nach Hause, hole mein Strickzeug und komme sofort zurück." Sie deutete auf die beleuchteten Fenster im Kutschenhaus. „Das da drüben ist unsere Wohnung. Nur einen Augenblick."

Mein Strickzeug war hier in der Küche in meinem Rucksack. Kein Zweifel, dass ich es vermasseln würde, da meine Gedanken völlig verworren waren, aber vielleicht hatte Shannon recht und es würde meine aufgebrachten Gefühle beruhigen, wenn ich meine Hände mit dem Stricken beschäftigte. Die anderen erzählten mir immer, wie beruhigend und entspannend das Stricken doch sei. Dieser Meinung war ich noch nie gewesen. Normalerweise endete es für mich mit einem Schmerz zwischen meinen Schulterblättern und etwas, das eher einem verlassenen Vogelnest ähnelte als einem tatsächlich tragbaren Kleidungsstück. Aber ich blieb hoffnungsvoll. Als Inhaberin eines Strickladens wurde ich ständig mit wunderschönen Mustern und den luxuriösesten Wollsorten konfrontiert, und alle anderen schienen es zu schaffen, etwas daraus zu machen. Warum nicht ich?

Also holte ich mein Stickzeug heraus. Ich arbeitete gerade an einem gestreiften Schal, den ich kraus rechts strickte. Im Strickmuster hieß es, es sei ganz einfach, aber beim Stricken hieß „einfach" für mich immer höllisch schwierig. Ich machte es mir auf einem der Sessel bequem. Ich versuchte, das Kommen und Gehen – die ganze mit dem

Mord verbundene Geschäftigkeit – so gut es ging zu ignorieren.

Als Shannon Briggs zurückkam, hatte sie einen Stoffbeutel in der einen Hand und eine Zigarettenkippe in der anderen. Sie schnalzte verärgert mit der Zunge. „Schlimm genug, dass sie herkommen und rauchen. Müssen sie ihre Kippen auch noch auf dem Rasen lassen?"

Ich fragte: „Zigarettenkippen? Wie viele hat Jeremy da draußen geraucht?"

„Das war nicht nur Jeremy. Dieses fürchterliche Mädchen war auch da draußen und hat mit ihm geraucht."

„Welches fürchterliche Mädchen?"

Sie deutete mit ihrem Kopf die Treppe hinunter. „Das tote Mädchen." Ich beobachtete, wie sie die Zigarettenkippe nahm und sie in den Mülleimer unter dem Spülbecken warf. Dann wusch sie sich ziemlich ausgiebig die Hände.

„Sie meinen Pamela? Die hat da draußen mit Jeremy geraucht?"

„Ja." Offensichtlich interpretierte sie meinen Gesichtsausdruck falsch, denn sie sagte: „Ich weiß. Sie hat sich wirklich als fantastische Kellnerin herausgestellt."

„Nein, Shannon, das müssen Sie der Polizei sagen. Wann genau haben Sie Pam und Jeremy zusammen rauchen sehen?"

Sie sah verblüfft und entsetzt zugleich aus. Dann nahm sie ihr Strickzeug auf und legte es wieder nieder. „Oh mein Gott! Daran hatte ich nicht gedacht. Meinen Sie, das ist wichtig?"

„Die Polizei muss ein Zeitfenster festlegen. Und dann muss sie herausfinden, wo alle wann waren. Wenn Sie genau bestimmen kann, um wie viel Uhr Jeremy und Pamela draußen im Garten waren, dann wissen wir, dass Pamela nach diesem Zeitpunkt umgebracht wurde."

„Daran hatte ich nicht gedacht. Na ja, ich weiß nicht so recht. Ich habe den Zigarettengestank gerochen. Schrecklich. Den kann ich nicht ertragen. Ich wusste, es war einer dieser Jungen, und ich wollte ihnen sagen, sie sollen woanders rauchen. Aber als ich nach draußen sah, war es Jeremy, und, na ja, es sah aus, als hätte er gerade eine sehr angeregte Unterhaltung mit diesem Mädchen."

„Haben Sie eine Ahnung, worum es ging?"

„Ich habe sie nicht lange beobachtet, aber ich würde sagen, sie hatten irgendwie Streit."

„Was genau haben Sie gesehen?"

Ich konnte mir nicht vorstellen, dass Shannon Briggs jemals zur Hauptzeugin in einem Prozess taugen würde. Sie sagte: „Na ja, ich weiß nicht so recht. Wie gesagt habe ich den Rauch gerochen und aus dem Fenster geschaut. Da war Jeremy und er rauchte. Deshalb habe ich natürlich den Rauch gerochen."

„Gut. Und war Pamela da bei ihm?"

„Oh nein. Ich sah, wie sie aus der Seitentür trat und über den Rasen auf ihn zuging. Sie nahm ihm die Zigarette aus dem Mund und begann selbst zu rauchen."

Ekelhaft. „Sie meinen, im Sinne einer erotischen Geste?"

„Vielleicht sollte es das sein, aber er schaute bloß gelangweilt, holte sich eine neue Zigarette heraus und zündete sie an. Dann standen die beiden da und rauchten, und ich hörte ihre Stimmen. Leise und, so würde ich sagen, wütend."

Dank Williams Timer und Uhr hatten wir einen ziemlich präzisen Zeitplan. Ich hatte das Fleisch um zwanzig Uhr fünfunddreißig serviert, und Jeremy war nicht dagewesen.

Mir wurde gesagt, dass er rauchen gegangen war. War Pamela zu diesem Zeitpunkt noch dagewesen? Hatte sie es gehört? Ich dachte, dass es so gewesen sein könnte. Also war sie ihm nach draußen gefolgt. Nur, um zu rauchen? Oder steckte mehr dahinter? Ich hatte das Gefühl, dass ich noch einiges über Jeremy Pantages herausfinden musste. Und wer eignete sich besser dazu als die Haushälterin, die Alex' Freunde offensichtlich kannte.

„Kennen Sie die Jungs schon lange?"

„Oh mein Gott, ja." Nun, da sie ihr Strickzeug zur Hand hatte, konnte ich sehen, dass es ihr das Reden erleichterte. Es mochte viele Gründe geben, warum ich nicht gern strickte, aber eine Sache, die mir auffiel, war, dass Frauen, die zusammensaßen und strickten, dazu neigten, miteinander zu plaudern. Und während ihr Verstand damit beschäftigt war, Maschen zu zählen und dafür zu sorgen, dass sie ihrem Muster richtig folgte, war ein anderer Teil ihres Gehirns für Small Talk bereit. Zumindest würde es ihr so vorkommen, als wäre es Small Talk, ich allerdings erhoffte mir wertvolle Informationen von ihr.

„Und wie lange kennen Sie Jeremy schon?"

„Das müssen so zehn Jahre sein. Nun, die Jungs gingen zusammen in Eton zur Schule. Manchmal ist er in den Schulferien zu uns gekommen. Obwohl sie in letzter Zeit nicht eng befreundet waren. Wohlgemerkt: Die Jungs haben am College alle viel zu tun. Sie sind wirklich clevere Burschen. Eines Tages werden sie an der Spitze dieses Landes stehen, wissen Sie?"

Schrecklicher Gedanke. „Wer von ihnen ist zuerst reingegangen?"

Sie schaute von ihrem Strickzeug auf. „Wie bitte?"

„Als sie geraucht haben. Wer ist zuerst ins Haus gegangen? Jeremy oder Pamela?"

„Nun, ich bin ja wohl nicht dort stehen geblieben, um sie zu beobachten."

„Also haben Sie sie nicht reingehen sehen?"

„Nein. Aber ich habe ein bisschen später noch einmal rausgeschaut und ... ja, Pamela ist durch die Seitentür ins Haus gegangen."

„Ist Jeremy ihr gefolgt?"

„Nein. Er stand da und hat ihr hinterhergeschaut. Er hatte einen merkwürdigen Ausdruck im Gesicht."

„Einen merkwürdigen Ausdruck im Gesicht? Was für einen? Wütend? Traurig?"

„Verwirrt. Ich würde sagen, er sah verwirrt aus."

Wir strickten noch ein paar Minuten lang weiter. Plötzlich wurde mir klar, dass ich irgendetwas schrecklich falsch gemacht hatte, aber ich wusste nicht, was. Ich gab einen frustrierten Laut von mir, was nicht unüblich ist, wenn ich stricke. Mrs Briggs schaute auf. „Was ist los, meine Liebe?"

„Ich weiß nicht, was ich getan habe." Ich schob ihr mein Strickzeug zu – das ganze irritierende Schlamassel.

„Nun, ich denke, Sie haben linke Maschen gestrickt, keine rechten." Sie schaute auf das Muster auf dem Tisch, dann zu mir. „Das hier soll kraus gestrickt werden, Schätzchen. Sie müssen alle Maschen rechts stricken, niemals links. Ein ziemlicher Anfängerfehler." Sie lachte heiter. „Und Sie leiten ein Strickgeschäft."

Ha ha ha. Ich versuchte mitzulachen, aber in Wirklichkeit war gerade eine weitere Person auf dieser Welt hinzugekommen, die meine Strickarbeit als Quelle der Erheiterung ansah.

Sie brauchte insgesamt etwa fünfundvierzig Sekunden, um alles wieder aufzudröseln, was ich gemacht hatte, sodass ich wieder am Anfang stand.

Ich nahm mein Strickzeug wieder auf und dachte, statt zu versuchen, ein Geheimnis aufzuklären, während zwei Kriminalpolizisten aus Oxford am Tatort waren, sollte ich es vielleicht besser mal mit meiner eigenen Arbeit probieren und besser im Stricken werden.

Ich hatte etwa sechs Maschen gestrickt und es geschafft, keine davon fallenzulassen – was mich mit großem Stolz erfüllte –, da trat Inspector Ian Chisholm in die Küche.

„Es tut mir leid, Sie zu unterbrechen, meine Damen, aber ich würde gern mit allen Gästen sprechen, bevor ich dich vernehme, Lucy. Kannst du noch etwa eine Stunde warten?"

Ich wusste, dass er nur höflich war, denn dass wir nicht gehen konnten, solange sie nicht mit uns fertig waren, war offensichtlich. Langsam wurde es spät, und morgen mussten wir den Laden aufmachen. Da Violet auch Verkäuferin bei mir war, sah es so aus, als würde eine von uns den Laden öffnen müssen, ohne viel Schlaf abbekommen zu haben. Und zwar würde ich diejenige sein, vermutete ich, da ich direkt darüber wohnte. Aber natürlich sagte ich, dass es mir recht sei. Und dann fügte ich hinzu: „Vielleicht solltest du Mrs Briggs auch ein paar Fragen stellen. Sie wohnt in der Wohnung über der Garage. Womöglich ist sie eine der letzten Personen, die Pamela lebendig gesehen haben."

Die Frau neben mir ließ ihr Strickzeug in ihren Schoß sinken. „Wirklich? Sie meinen, ich könnte einer der letzten Menschen sein, die dieses arme Mädchen lebendig gesehen haben?"

„Ich glaube schon."

„In Ordnung. Mrs Briggs, wenn es Ihnen nichts ausmacht, auch zu warten, dann vernehmen wir heute Abend alle."

„Ach, schon gut. Ich könnte ohnehin nicht schlafen, wenn hier so viel los ist. Das arme Ding. Und die arme Familie. Sie schätzt ihre Privatsphäre so. Jetzt wird das wohl überall Schlagzeilen machen, nehme ich an."

Das war höchst wahrscheinlich, dachte ich. Pamela hatte immer berühmt sein und mit wohlhabenden und mächtigen Männern verbunden werden wollen. Das war ihr gelungen, aber nicht so, wie sie es geplant hatte.

SCHON SEHR BALD KAMEN VIOLET UND WILLIAM ZURÜCK IN DIE KÜCHE. Violet gesellte sich zu unserer kleinen Strickrunde. William putzte die bereits saubere Küche. Wieder polierte er das Spülbecken. Mrs Briggs sagte ihm, es sehe perfekt aus und sie würde am Morgen wieder da sein, aber er antwortete, er müsse seinen Händen etwas zu tun geben.

„William, das ist nicht Ihre Schuld", erklärte ich ihm.

„Und ob! Ich habe das Mädchen angeheuert. Ich wusste nicht einmal, wer sie war. Ich habe ihr den Job nur angeboten, weil sie gesagt hat, dass sie schon gekellnert hat und dass sie eine Freundin von Ihnen ist."

Oh, super, jetzt hatte ich Schuldgefühle.

Violet stand auf und ging zu William. Sie legte eine Hand auf seinen Arm. „Lucy hat recht, wissen Sie. Nichts von alldem ist Ihre Schuld. Mit dieser Pamela stimmte irgendetwas nicht. Wenn Sie mich fragen, war sie nicht hier, um Essen zu servieren. Haben Sie ihre Schuhe gesehen? Ich brenne darauf, ein Paar davon zu haben, seit ich sie in einer

Zeitschrift gesehen habe. Sie sind von Louboutin. Tausend Pfund. Und die Diamanten in ihren Ohrläppchen, die waren ein Vermögen wert."

„Also wollen Sie mir sagen, dass eine reiche Frau, die kein Geld brauchte, als Kellnerin arbeiten wollte."

„Na ja, vielleicht brauchte sie das Geld. Vielleicht hat sie ihren letzten Cent für diese Schuhe ausgegeben. Ich würde ihr keinen Vorwurf machen, schließlich habe ich selbst darüber nachgedacht. Aber sie wirkte ..." Ich konnte sehen, dass Violet nach dem richtigen Wort suchte. Endlich fiel es ihr ein. „...so gut umsorgt. Ihre Haut hatte eine Glätte, wie man sie von regelmäßigen Gesichtsbehandlungen und den besten Kosmetika bekommt. Ihr Haar war von einem Top-Friseur gestylt. Ich weiß nicht, irgendwie haben reiche Frauen eben ein bestimmtes Aussehen."

Sie wandte sich mir zu. „Stimmt doch, oder Lucy?"

Ich nickte. Ich wusste genau, was sie meinte.

William schien darüber nachzudenken. „Sie hatte definitiv ein anderes Aussehen als Sie und Lucy."

Sofort fühlte ich mich wie ein armes Schmuddelkind, das in der Ecke saß. Ich schaute auf meine Schuhe hinunter. Sie dienten der Bequemlichkeit, nicht dem Stil.

„Dadurch fühle ich mich trotzdem nicht besser. Was für eine schreckliche Sache!"

Violet begleitete ihn zu unserer Sitzecke und forderte ihn auf, Platz zu nehmen. „Ich denke, Sie brauchen etwas Stärkeres als Tee. Wie wäre es mit einem Glas von diesem netten Port?"

Er nickte. „Gute Idee. Schließlich servieren wir zu guter Letzt doch keinen Port mit Käse."

KAPITEL 8

*A*ls Ian mich ins Esszimmer rief, war fast eine Stunde vergangen. Er und der Sergeant waren beide dort. Er stellte die Fragen, während sich der Sergeant hauptsächlich Notizen machte. „Danke fürs Warten, Lucy."

„Gern."

Wir hatten die Küche rundum gesäubert, aber das Esszimmer sah immer noch aus wie vorher. Ich vermute, selbst wenn wir es hätten sauber machen wollen, hätte die Polizei uns davon abgehalten.

Er ließ mich am Kopfende des Tisches Platz nehmen, wo Hugo den Abend eröffnet hatte.

„Ich bitte dich nur, mir alles zu sagen und so präzise wie möglich zu sein, was die Zeit angeht."

Ich nickte. Damit hatte ich gerechnet. Ich erkannte genauso gut wie er, dass die Festnahme des Mörders davon abhing, genau zu wissen, wer sich wann und wo befunden hatte.

Ich sagte: „Pamela, Violet und ich sind mit William im

Lieferwagen zur Villa gefahren. Wir sind gegen achtzehn Uhr fünfzehn hier eingetroffen."

„Gehen wir einen Schritt zurück. Ich habe gehört, du seist diejenige gewesen, die Pamela für diesen Job vorgeschlagen hat."

Wann würden die Leute aufhören, diese Behauptung aufzustellen? Ich schüttelte vehement den Kopf. „Nein. Es war reiner Zufall, dass sie gerade in meinem Laden war, als William hereinkam und mir den Job anbot. Sie machte die eine oder andere Andeutung, um mitgenommen zu werden, und William, der glaubte, wir seien Freundinnen aus der Kindheit, tat ihr den Gefallen."

Ian schaute mich fest an, doch ich sah ein schwaches Funkeln ins seinen Augen. „Und ihr wart gar keine Freundinnen aus der Kindheit?"

„Ganz im Gegenteil." Und dann musste ich ihm die etwas peinliche Geschichte erzählen, wie Pamela mir meinen Freund ausgespannt hatte. Ich betonte, dass das in der Highschool passiert war, und zwar vor zehn Jahren, und hoffte, er würde nicht erahnen, dass die Erniedrigung immer noch etwas schmerzte.

Und nur für den Fall, dass er auf merkwürdige Ideen kam, sagte ich: „Und übrigens: Ich habe Pamela nicht umgebracht. Damals hat es ein bisschen wehgetan, aber er war kein großer Verlust."

„Dann lass uns weitermachen! Ihr seid um achtzehn Uhr fünfzehn angekommen. Erzähle mir so genau wie möglich, was dann passiert ist."

Ich atmete tief ein. „Natürlich waren wir damit beschäftigt, das Essen vorzubereiten, das ins Esszimmer gebracht werden sollte. Als ich hereinkam, waren Rafe Crosyer und

Hugo Percival Brown in der Lounge und tranken einen Cocktail mit zwei anderen Männern, die ich nicht kannte. Einer von ihnen war Lochlan Balfour. Mit dem Vierten wurde ich nicht bekanntgemacht."

„Sir Henry Peele."

„Um neunzehn Uhr dreißig waren alle im Esszimmer eingetroffen und wir servierten Champagner und Häppchen. Und mit alle meine ich zwölf Personen. Es waren die vier älteren Mitglieder des Gargoyle Clubs und die acht jüngeren Mitglieder."

Ian nickte. Offensichtlich hatte er das alles schon gehört, wahrscheinlich sogar zwölf Mal, aber ich war oft genug an seiner Seite gewesen, um zu wissen, dass ein Großteil der Polizeiarbeit darin bestand, sich dieselbe Geschichte immer wieder anzuhören und auf die kleinste Variation zu warten. Oder auf die eine Person, die sich an etwas erinnerte, was die anderen vergessen hatten. Aber in diesem Fall glaubte ich nicht, dass ich viel zu bieten hatte.

„Schien es irgendwelche Feindseligkeiten im Raum zu geben?"

Die Frage war so merkwürdig, dass ich stutzte. Ich war ich damit beschäftigt gewesen, über Uhrzeiten und Zeitpläne nachzudenken. „Oh. Ich weiß nicht. Ich war ziemlich beschäftigt. Vielleicht herrschte eine gewisse Kälte zwischen Vater und Sohn? Aber zweifellos war es extrem erniedrigend für Alex, seine Dinner-Party im Haus seiner Eltern veranstalten zu müssen.

Ians Tonfall klang säuerlich, als er sagte: „Nun, die Universität wollte sie sicher nicht ausrichten. Und in keinem Restaurant oder Pub mit etwas Anstand würde man diesen betrunkenen Vandalen Einlass gewähren. Ich befürchte, es hieß: dies oder nichts."

Richtig. Niemand wusste besser als die Polizei, wozu dieser Haufen Raufbolde imstande war.

„Und Pamela und du habt eng zusammengearbeitet?"

Ich verkniff mir ein Schnauben, aber leicht fiel es mir nicht. „Von Pamela habe ich eigentlich nicht viel gesehen. Sie kam und ging. Manchmal schien sie unten zu helfen, weil wir dort acht Gäste hatten, und manchmal war sie oben. Ehrlich gesagt schien sie zu nur das zu tun, worauf sie Lust hatte."

„Also keine besonders effiziente Kellnerin?"

„Sie sagte, sie hätte Erfahrung im Kellnern, aber ich glaube nicht, dass das stimmte."

Er nickte nur, aber da war es wieder, das störende Funkeln in seinen Augen. Als würde er mich auslachen. Ich beschloss, es zu ignorieren. Ich erzählte ihm alles – von dem Gang mit Champagner und Häppchen über die Jakobsmuscheln bis hin zur Suppe. „Das war der Moment, als die älteren Mitglieder nach oben gingen."

„Und die acht jüngeren blieben hier im Esszimmer?"

„Ja. Das war gegen zwanzig Uhr dreißig. Sie haben die Plätze gewechselt." Ich schaute mich am Tisch um und rief mir die Sitzordnung in Erinnerung. „Also, Alex saß anfangs da, wo ich jetzt sitze. Alex nahm den Platz ein, an dem sein Vater gewesen war. Ich nehme an, das ist das Kopfende des Tisches." Ich deutete mit der Hand zum anderen Ende des Tisches. „Dort saß Charles Smythe-Richards. Mal sehen." Ich malte mir das Bild vor Augen aus. Stellte mir vor, Alex zu sein. „Von Alex' Position aus saß Winston zu meiner Linken und Randolph zu meiner Rechten. Obwohl die anderen sie alle Winnie und

Dolph nannten. In der Mitte saß Prinz Vikram, und auf der anderen Seite Gabriel Parkinson. Und rechts von Charles saß Miles Thompson. Bestimmt erinnerst du dich an Miles, er war einer der Schauspieler in *Ein Sommernachtstraum*." Ian war an dieser Produktion in amtlicher Funktion beteiligt gewesen. Da Miles damals einer der Mordverdächtigen gewesen war, erinnere Ian sich sehr gut an ihn und nickte. „Ihm gegenüber am anderen Ende des Tisches saß Jeremy Pantages."

„Hat jeder gesessen, wo er wollte? Oder gab es eine Sitzordnung?"

Oh, das war eine gute Frage. Ich versuchte, mich zu erinnern. „Es kam einem so vor, als hätten sie schon Millionen Mal in dieser Ordnung gesessen. Du weißt schon, so wie wenn man in ein Klassenzimmer kommt und sich, sobald man sich dort eingewöhnt hat, immer wieder an denselben Platz setzt, auch wenn er nicht fest zugeteilt ist."

Beide nickten.

„Mir kam es so vor, als würde genau das geschehen, und dann sagte Alex: ‚Nein, Dolph, du sitzt hier. Und Winnie, du sitzt auf meiner anderen Seite.‘ Ich glaube, dass Jeremy sich neben ihn setzen wollte, dann innegehalten hat, umgekehrt ist und sich neben Charles gesetzt hat. Und dann haben sich alle einfach irgendwie hingesetzt."

„Also hat Alex nur Winston und Rudolph ziemlich genau gesagt, wo sie sich hinsetzen sollen, während alle anderen ihren Platz frei gewählt haben."

„So sah es für mich aus."

„Gut. Erzähl weiter!"

„Dann haben wir das Filet Wellington serviert. Sobald die älteren Gargoyles weg waren, waren die jüngeren wesentlich entspannter. Bei dem Wein handelte es sich übrigens um fabelhaften Burgunder. Laut William war der ein Vermögen wert. Er stammte aus Hugos Weinkeller."

Ian nickte bloß wieder. Wieder einmal vermutete ich, dass das hier nichts Neues für ihn war.

Ich wollte ein paar abfällige Bemerkungen darüber machen, wie viel Alkohol sie gesoffen hatten, aber das war nicht meine Aufgabe. Ian und der Sergeant konnten genauso gut rechnen wie ich. „Jeremy Pantages war nicht da. Alex sagte, er sei eine rauchen gegangen." Ich wollte Mrs Briggs nicht die Show stehlen, aber dennoch sagte ich: „Mrs Briggs hat Jeremy Pantages draußen rauchen gesehen, und Pamela war bei ihm."

„Ist sie sicher, dass es Pamela war?"

„Ziemlich sicher. Sie hatte Pamela schon einmal gesehen."

Und er konnte Mrs Briggs nach der Geschichte fragen, die sie ihm zweifellos sehr gerne erzählen würde. Die Geschichte von der Schlampe, die nackt in Alex' Bett lag, als Alex noch nicht einmal zu Hause war.

Der Sergeant schrieb eifrig mit. Ian sagte: „Du hast also das Fleisch serviert."

„Ja. Und sie befahlen mir, nicht mehr ins Zimmer zu kommen, bis sie klingeln würden." Ich überlegte, ob ich ihm davon erzählen sollte, dass Charles mir unter den Rock gefasst hatte, beschloss aber, dass das nicht relevant war. Außerdem war ich auf meine Art mit ihm fertig geworden.

„Und haben sie nach dir geklingelt?"

Ich nickte. „Gegen halb zehn wollten sie mehr Wein."

„Und Pamela ging ihn holen?", fragte Ian mich und beugte sich etwas vor, sodass ich begriff, dass dies ein wichtiger Punkt war.

„Ja. Alex forderte uns auf, Hugo nach dem Schlüssel zum Weinkeller zu fragen."

Es fiel mir schwer, mich genau daran zu erinnern, was passiert war und wer sich wo befand, auch wenn es so eine kurze Zeitspanne war. Es schien so viel passiert zu sein. Ich legte mir die Hand auf den Kopf und schloss meine Augen. „Lass mich überlegen! Ich glaube, dass Pamela in diesem Moment verschwunden ist. Und ich habe angefangen, die Teller abzuräumen, obwohl sie gar nicht aufgegessen hatten, und dann schien das das Signal für Winston zu sein, um aufzustehen und zu sagen, dass er auf Toilette müsse. Ich denke, Jeremy ging auch."

Wenn ich Probleme hatte, nichts durcheinanderzubringen, wie schwer musste es dann erst für Ian sein? Aber er hatte die Geschichte inzwischen viele Male gehört.

Seine Augen waren nun fest auf meine gerichtet. „Hast du Pamela noch einmal gesehen?"

Hatte ich das? Ich versuchte, mich zu erinnern. Dann schüttelte ich langsam den Kopf. „Allerdings musste sie aus dem Keller zurückgekehrt und wieder verschwunden sein, denn auf dem Tisch standen zwei neue Flaschen des teuren Burgunders, als ich mit dem Dessert hereinkam."

Ian schaute zu seinem Sergeant und dann wieder zu mir. „Tatsächlich hat Pamela den Wein nicht gebracht, deshalb hat Alex Miles und Charles zwei Flaschen holen lassen."

Das war mir neu. „Wirklich?"

„Das behaupten sie. Hast du es gesehen oder gehört?"

„Nein. Wie ich schon sagte, ich dachte, Pam wäre gekommen und wieder gegangen."

„Und alle waren da, als du die Desserts hereingebracht hast?"

„Ich glaube schon. Alex hatte kurz zuvor eine Nachricht oder einen Telefonanruf erhalten und sagte, er müsse rausgehen, um zu antworten. Daran erinnere ich mich, weil Miles ihm die Hölle heiß gemacht und gesagt hat, sie dürften bei dieser Art von Abendessen keine Handys dabeihaben. Aber er war zurück, als ich das Dessert servierte."

„Er hat nicht gesagt, von wem der Anruf kam?"

„Hat er nicht."

„Was ist dann geschehen?"

Hilflos hob ich meine Hände in die Luft. „Eine halbe Stunde später ging ich nach ihnen sehen, und da war niemand mehr im Zimmer, nur Randolph. Und der schlief tief und fest auf dem Tisch."

„Wo sind die anderen hin?"

„Ich habe sie nicht gehört, aber Randolph sagte, sie seien unten Billard spielen."

Ich atmete tief durch. Das war der schwerste Teil. „Ich räumte gerade den Tisch ab, als ich das Geschrei hörte."

„Und Randolph war der Einzige im Esszimmer?"

„Ja."

„Und was genau hast du dann gesehen und gehört?"

„Es war das absolute Chaos, wie du dir vorstellen kannst. Ich rannte auf die Geräusche zu, die aus einem Untergeschoss kamen. Rafe kam von oben die Treppe heruntergerannt, drängte sich an mir vorbei und sagte mir, ich solle bleiben wo ich sei."

„Und so wie ich dich kenne, bist du nicht an Ort und Stelle geblieben", sagte Ian. Er kannte mich ziemlich gut.

„Nein. Ich dachte, ich würde vielleicht gebraucht. Also bin ich ihm nach unten gefolgt. Und als ich dort ankam, schienen alle im Billardraum zu sein." Ich musste schlucken und mir einen Moment Zeit nehmen. Es war schon schwer genug, überhaupt darüber nachzudenken, dass jemand, den ich schon so lange kannte, auf so eine Weise ermordet worden war – geschweige denn, mir es mir in allen Einzelheiten vorzustellen, die mir einfielen. Als würde mich das jetzt nicht schon jedes Mal erwarten, wenn ich nachts aufwachte. „Pamela war auf dem Billardtisch. Ich denke, mein erster Gedanke, an den ich mich erinnere, war, wie merkwürdig es doch war, dass der Tisch aus rotem Filz war. Ich bin an grüne gewohnt. Und dann die merkwürdige Position, in der sie lag. Zuerst dachte ich, sie sollte eine Kreuzigung darstellen." Ich zeigte es ihm, indem ich meine Arme ausbreitete.

„Aber dann sah ich den Gürtel." Ich spürte, wie mir ein kalter Schauer über den Rücken lief. Am liebsten hätte ich geheult und geschrien und mich unter meiner Bettdecke vergraben und mich an meine süße Nyx gekuschelt. Aber stattdessen musste ich mich zusammenreißen und ruhig bleiben. „Na ja, du hast sie ja selbst gesehen. Sie wurde so hingelegt, dass sie das Wappen der Hosenbandritter imitierte."

„Was sollte das deiner Ansicht nach bedeuten?"

„Woher soll ich das wissen? Ich habe hier nur gekellnert."

Er schaute mich nur an, dann sagte ich: „Heute ist St. George's Day. Und der heilige Georg ist der Schutzpatron der Hosenbandritter."

„Du scheinst dich gut mit der Geschichte auszukennen für jemanden, der hier nur kellnerte."

„Das hat mir Rafe erzählt."

„Ach ja. Rafe. Der, so glaube ich, in seiner Zeit hier ebenfalls ein Gargoyle war."

„Da er diesen eleganten Anzug trug, nehme ich das an."

„Hast du eine Ahnung, wer Pamela hätte töten wollen?"

„Ich rede nicht gern schlecht über Tote, aber Pamela hatte die Angewohnheit, sich Feinde zu machen. Ich weiß, es klingt schrecklich, wenn man so etwas Grausames über jemanden sagt, der gerade gestorben ist und den man so lange kennt, aber was war, als sie mir meinen Freund ausgespannt hat, als wir Teenager waren? Ich denke, da hat sie nur geübt. Ich denke, Pamela war eine Frau, die immer nach der nächsten Stufe auf ihrer Leiter suchte."

„Und du meinst, sie benutzte Männer als Sprossen in dieser Leiter?"

„Ich denke, sie hätte jeden benutzt. Frauen, die Freundinnen waren, Männer, die Geliebte waren – es war, als wäre sie blind für den Schaden, den sie anrichtete. Oder er war ihr einfach egal."

„Hattest du den Eindruck, dass einer der Anwesenden heute Abend Groll gegen sie gehegt hat?"

„Nein. Ich meine, wir waren alle so beschäftigt. Mir ist vor allem aufgefallen, wie faul sie war. Sie schien nie da zu sein, wenn Essen serviert oder ein Tisch abgeräumt werden musste. Ach ja, allerdings habe ich gesehen, dass sie mit Alex gesprochen hat. Auf eine Art, bei der es um mehr zu gehen schien als um „Sind Sie mit Ihrer Suppe fertig?"

„Aber was sie gesagt haben, hast du nicht gehört?"

Ich schüttelte den Kopf.

„Vielen Dank, Lucy. Ich kann dir jemanden bereitstellen, der dich nach Hause begleitet."

„Ist schon in Ordnung! Ich finde jemanden, der mich mitnimmt." Ich bezweifelte, dass William ohne mich aufgebrochen wäre. Und, wenn ich Rafe kannte, und das tat ich, würde er auf mich warten, um mich nach Hause zu bringen.

KAPITEL 9

*J*ch hatte recht. Rafe erwartete mich. Er hatte William gesagt, er solle mit Violet losfahren. Das überraschte mich nicht. Was mich allerdings überraschte, war, dass Lochlan Balfour mit uns zusammen nach Oxford zurückfuhr und bei Rafe übernachtete.

„Zu was für einem Abend du mich da eingeladen hast", sagte der blonde Vampir mit seinem sanften irischen Akzent.

„Ich kann nicht so tun, als hätte ich nicht mit Ärger gerechnet, aber mit so etwas Schlimmem sicher nicht."

„Nein. Ich glaube, du hast mich eingeladen, um ein Saufgelage und Vandalismus zu verhindern."

„Alles, was den Gargoyles noch einen schlechteren Ruf bescheren würde, ja."

Ich sagte nichts, war mir aber ziemlich sicher, dass ein Mord ihrem Ansehen nicht zugutekommen würde.

„Der Haushälterin zufolge hat Pamela behauptet, Alex sei ihr Freund." Ich berichtete ihm von der Geschichte, die Shannon Briggs mir erzählt hatte – die von Pam, die sich nackt in Alex' Bett gelegt hatte.

„Ja. Sein Vater hat ihm das auch an den Kopf geworfen, als wir in der Bibliothek saßen und darauf warteten, einer nach dem anderen von der Polizei vernommen zu werden."

Lochlan lachte leise. „Ich habe den Eindruck, das Hugo Percival Brown kein Mann ist, der sich gern von anderen herumkommandieren lässt, schon gar nicht von der Polizei. Er ist einer, der lieber selbst Befehle erteilt."

„Hat Hugo Alex verdächtigt, er hätte sie absichtlich eingeladen, um weibliche Gesellschaft zu haben?"

„Oder vielleicht, um seinen Dad zu reizen. Ich wette, Mr Percival Brown erwartet sehr viel von seinem Sohn, darunter auch die richtige Ehe."

Ich konnte Pamela zwar nicht ausstehen, aber ganz wertlos war sie nicht. „Sie studierte an der Universität von Oxford", erinnerte ich Lochlan. „Man muss hochintelligent sein, um da reinzukommen."

„Sogar, um Kunstgeschichte zu studieren?" Lochlan klang verächtlich. „Was ist aus der wahren Gelehrsamkeit geworden? Latein und Altgriechisch und Altphilologie?"

„Ich bin ständig schockiert darüber, in was für Fächern die Menschen heutzutage ihren Abschluss machen können", stimmte Rafe zu. „Studiengang Politikwissenschaft. So was haben wir früher bei Hofe gelernt."

„Und diejenigen, die in der Politik versagt haben, landeten im Kerker", pflichtete Lochlan ihm bei. „Oder sie wurden geköpft."

Ganz ehrlich: Die beiden erinnerten mich langsam an meine Eltern und ihre Freunde, die sich darüber beklagten, dass früher alles viel besser war.

„Was ich sagen will, ist: Pam war clever, und so wie ich sie kenne, hat sie dafür gesorgt, bei ihrer Scheidung einen Haufen Geld zu bekommen."

„Die Percival Browns brauchen kein Geld", sagte Lochlan.

Ich dachte an Hugo mit seinen zig Milliarden und seinen erfolgreichen Unternehmen und seiner exklusiven Kunstsammlung. An seinen Adelstitel. „Was brauchen sie?"

„Weiß ich nicht, aber Hugo ist ein Schachspieler. Ich habe immer gedacht, dass er seine Firma und sein Leben so führt, als wäre es ein Spiel." Und sein Sohn war eine Figur, die er auf dem Schachbrett bewegte? Ich bezweifelte, dass Alex der Bauer seines Vaters sein wollte. Zweifellos glaubte er, der König seines eigenen Schachbretts zu sein.

AM NÄCHSTEN ABEND HATTEN WIR EIN TREFFEN DER STRICKRUNDE DER VAMPIRE. Wie üblich ging ich gegen zehn Uhr abends von meiner Wohnung nach unten und sorgte dafür, dass im Hinterzimmer alles vorbereitet war. Die Stühle waren aufgestellt, und die Falltür, die zu den Tunneln unter meinem Laden führte, war geöffnet. Nicht, dass die Vampire bei verschlossener Tür nicht ein- und ausgehen konnten, aber sie versuchten zu akzeptieren, dass ich, wenn die Tür zu war, wahrscheinlich Grund hatte, sie nicht nach oben zu lassen.

Die Ersten, die in mein Hinterzimmer nach oben kletterten, waren meine Großmutter, die erst seit knapp zwei Jahren eine Vampirin war, und Sylvia, eine glamouröse ältere Dame, die in den 1920er Jahren Schauspielerin gewesen war. Immer noch strahlte sie Ruhm aus und war stets hochelegant gekleidet. Meine Großmutter und sie waren beste Freundinnen, und seit meine Oma sich in eine Vampirin verwandelt hatte, waren sie praktisch unzertrennlich. Sie hatten einen interessanten Einfluss aufeinander. Da sie natürlich keine Spiegel benutzen konnten, mussten sie sich gegenseitig schminken. Das bedeutete, dass meine Großmutter viel glamouröser aussah als jemals zu Lebzeiten, und dass Sylvia manchmal irgendwie unfertig aussah. Natürlich sagte ihr das nie jemand. Und doch gelang es ihr mit ihren hübsch geschnittenen silbernen Haaren, ihrem Knochenbau, ihrer großen, schlanken Figur und ihrer eleganten Garderobe immer, hinreißend auszusehen. Meine Großmutter trug wesentlich weniger flache Schuhe und altmodische Röcke und Strickjacken als früher. Natürlich konnte sie nun auf Stützstrümpfe verzichten und wirkte gesunder und kräftiger. Sie sah zwar immer noch wie eine alte Frau aus, aber wenn man sie ansah, musste man sagen: „Wow, für ihr Alter sieht sie echt gut aus."

Gran schloss mich in eine Umarmung. „Lucy. Ich bin so froh, dass du wohlauf bist. Was für eine schreckliche Sache! Ich weiß wirklich nicht, was das mit dem Kellnern überhaupt soll. Läuft der Laden so schlecht? Du weißt doch, dass meine Investitionen dank der Ratschläge von Sylvia, Rafe und den anderen gutes Geld bringen. Ich leihe dir gern etwas, bis es wieder aufwärts geht."

Auch wenn ich ihr dankbar war, war ich mich ein bisschen beleidigt. „Alles bestens, Granny. Der Laden wird mich genauso wenig zur Millionärin machen wie dich damals, aber ich komme über die Runden. Ich muss keine Schichtarbeit bei William leisten. Das mache ich, weil es mir Spaß macht. Und ich unterstütze ihn gern." Ich schaute mich um, um mich zu vergewissern, dass Rafe nicht in der Nähe war. Zur Sicherheit dämpfte ich meine Stimme, denn das Gehör eines Vampirs ist mindestens hundertmal besser als das menschliche, und ich wollte nicht belauscht werden. „Außerdem halte ich Ausschau nach der nächsten Mrs William Thresher."

„Ja, armer William. Er bekommt nicht oft die Gelegenheit, sich unter Sterbliche zu mischen, stimmt's?"

„Nein. Nicht, wenn er immer in Rafes Gutshaus festsitzt und die ganze Zeit arbeitet."

Granny sagte: „Ich denke, Rafe sieht das auch so. Ja, mein Liebes, alles, was du tun kannst, um eine Romanze anzustoßen, wäre eine riesige Hilfe."

„Und was ist mit diesem Mord? Wie ich von Rafe gehört habe, kanntest du das Opfer." Das war Sylvia, die keine Zeit für Small Talk verschwendete, wenn es ordentlichen Klatsch zu bereden gab.

Meine Erfahrung mit Vampiren – und ich kannte diesen Haufen nun schon eine ganze Weile – hatte mich gelehrt, dass ihr größtes Problem die Langeweile war. Ich vermute, wenn man ein Leben führt, das sich ohne voraussichtliches Ende hinzieht, das Geld keine Rolle spielt und man nicht mehr auf die Jagd nach Essen gehen muss, dann wäre die Langeweile für jeden das größte Problem. Die Aufklärung von Straftaten trainierte ihren scharfen Vampirverstand genauso wie das Stricken ihren beweglichen Fingern Beschäftigung bot, und beides half ihnen, die Zeit totzuschlagen.

„Ich erzähle euch alles, wenn alle da sind, dann muss ich es nicht immer wieder tun."

„Sehr vernünftig. Und wie sieht es mit deinen Fortschritten beim Stricken aus?"

Das war wahrscheinlich die einzige Frage, die mich

wünschen ließ, wir würden gerade über Mord reden. „Gut",
sagte ich mit irgendwie gepresster Stimme, die verriet, dass
das Gegenteil zutraf. Nicht gut, so sah es mit meinen Fortschritten im Stricken aus.

Beide kannten mich gut genug, um mich ohne Weiteres
zu durchschauen. „Sehen wir es uns mal an. Was hast du
falsch gemacht?"

„Gar nichts. Vielleicht ist da irgendein Fehler im Muster.
Habt ihr darüber schon mal nachgedacht?"

Sie wechselten einen Blick, und es war offensichtlich,
dass sie beide den Verdacht hatten, dass der Fehler eher bei
mir als beim Muster lag.

Ich stieß einen tiefen Seufzer aus. „Gut. Tut euer Schlech-
testes!" Eigentlich freute ich mich, denn ich hatte wieder ein
Schlamassel angerichtet und wusste, dass die beiden es im
Nullkommanix aus meiner Strickarbeit entfernen würden.
Ehrlich gesagt war das der einzige Weg, um überhaupt
jemals ein Stück zu Ende zu bringen. Jedes Mal, wenn ich
mich verhedderte, brachten sie wieder alles für mich in
Ordnung und strickten mir dann sogar noch ein paar Reihen
mehr, um mir ein bisschen Vorsprung zu verschaffen. Ich
hatte einen Pullover für meine Großmutter, auf den ich sehr
stolz war, zu Ende gestrickt. Okay, der war zwar nicht annähernd so schön wie alles, was sie selbst stricken konnte, aber
aus rein sentimentalen Gründen trug sie ihn regelmäßig.

Normalerweise ging es beim Schenken von Strickbeklei-
dung andersherum. Mein Schrank und meine Schubladen
waren voll mit den schönsten Kleidern, Schals und Hüten,
und in letzter Zeit hatte Sylvia mir Loungehosen aus
Kaschmir gestrickt. Die hatte ich jetzt in Schwarz, Rot,
Mitternachtsblau, und einer Art dunklem Grau mit Silberfä-

den. Solange man keine Loungehosen aus Kaschmir getragen hat, hat man eigentlich nicht richtig gelebt. Sylvia reichte mir eine weitere Tüte. Ich fragte mich, welche Farbe diese Hose wohl haben würde. Die Tüte enthielt einen langen, schwarzen Pullover aus derselben Wolle wie meine schwarzen Kaschmir-Loungehose. Glücklicherweise hatte ich genau diese an, also zog ich mir einfach die dicke, graue Strickjacke aus, die ich trug, und streifte mir den neuen Pullover über. Sie trat zurück und sah ziemlich zufrieden mit sich aus. „Was du brauchst, ist eine hübsche ärmellose Seidenbluse und eine lange Perlenkette." Sie schaute mich kritisch von oben bis unten an. „Ich habe genau das Richtige. Bin gleich zurück."

Ich war begeistert von dem Pullover. Er hatte genau meine Größe und war warm und flauschig. Das graue T-Shirt, das ich darunter trug, passte nicht dazu, und ich fragte mich, was Sylvia sich würde einfallen lassen. Es war ja nicht so, dass ich mich für die Vampire in Schale schmeißen musste, aber es machte Spaß, Verkleiden zu spielen, besonders, wenn ich dabei Sylvias Schmuckkästen benutzte. Diese Frau hatte so einiges an richtig hübschem Schmuck.

Während sie weg war, hatten Granny und ich ein paar Minuten für uns. Wir setzten uns nebeneinander und sie ergriff meine Hand. Ich hatte mich inzwischen so sehr an ihre kalte Berührung gewöhnt, dass sie mich nicht mehr störte. Stattdessen fand ich sie irgendwie beruhigend. „Wie läuft es, mein Liebes?"

„Gut, wirklich. Ich will nicht, dass du dir Sorgen ums Cardinal Woolsey's. machst. Wir schlagen uns ziemlich gut."

Ich wollte nicht angeben und vielleicht war es auch etwas kleinkariert von mir, mich irgendwie im Wettstreit mit meiner eigenen Großmutter zu fühlen, aber ich schaute mir gern an, wie meine Verkaufszahlen sich entwickelten, um sie mit denen aus den letzten Jahren zu vergleichen, in denen sie das Geschäft betrieben hatte. Zuerst, nach ihrem „Tod" waren die Umsätze in den Keller gegangen. Die Kunden hatten sie schon so lange gekannt, und ich war brandneu und wusste darüber hinaus nicht einmal, was ich da tat oder ob ich überhaupt bleiben würde. Aber als ich selbstsicherer wurde und immer mehr über die Leitung eines Woll- und Strickladens lernte, und ihre Kunden sich daran gewöhnt hatten, mich an ihrer Stelle im Geschäft zu sehen, war das Geschäft wieder aufgeblüht. Ich hatte ein paar Innovationen eingeführt. Ich nutzte soziale Medien und unsere Internetseite viel intensiver als meine Oma und hatte das Kursangebot erweitert. Mit meinen Ergebnissen war ich ziemlich zufrieden. Ich wusste, dass Granny und Sylvia auf der Suche nach einer Franchise-Niederlassung in einer anderen Stadt waren, was unsere Gewinne erhöhen würde. Doch ich würde hier bleiben. Oxford war inzwischen zu meiner Heimat geworden.

Ich stellte ihr dieselbe Frage: „Wie geht es dir?"

Sie antwortete mit ihrem liebevollen Lächeln. „Ich lebe mich langsam ein. Ich denke, das erste Jahr war das schwierigste. Es ist ganz schön schwer, wenn man Leute erkennt und ihnen nicht Hallo sagen kann. Und nicht einmal bei Tageslicht durch die Stadt spazieren darf, die man liebt. Tot sein, ohne tot zu sein. Es ist unmöglich, das zu beschreiben, aber es ist seltsam. Es gibt aber auch Vorteile. Ich habe gute Freunde und keine Wehwehchen mehr. Ich sehe sogar besser als in meinen jungen Jahren. Ich habe so viel Energie, Lucy. Die Ernährung ist etwas fade, aber man gewöhnt sich daran."

„Das freut mich." Zuerst war ich entsetzt darüber gewesen, dass meine arme Großmutter in eine Vampirin verwandelt worden war. Aber nun, da ich sie alle kannte, waren sie eine ausgezeichnete Gesellschaft. Wenn man ein bisschen Geschichtsunterricht bekommen wollte, braucht man nur eine Frage aufzuwerfen, und wenigstens einer von ihnen war in der jeweiligen Epoche bereits auf der Welt gewesen. Ich musste nie weite Wege zurücklegen, um Hilfe bei meinen Strickarbeiten zu finden, und sie gingen sehr großzügig mit den Kleidungsstücken um, die sie strickten. Ich glaube, sie wussten es zu schätzen, dass ich ihre Geheimnisse wahrte und mir nichts daraus machte, dass ihr streng geheimes Clubhaus unter meinem Laden lag.

Einzeln, zu zweit oder zu dritt kamen die anderen durch die Falltür herauf aus dem Tunnelsystem, das unter Oxford verlief, oder sie traten ganz weltlich durch die Eingangstür des Ladens. Um ungefähr zwanzig nach zehn hatten alle Vampire ihre Plätze eingenommen, und die meisten von ihnen waren schon beim Stricken. Ich machte die Eingangstür zu und schloss ab, dann ließ ich die Jalousien herunter, damit das Licht nicht auf der Straße zu sehen war, und ging schließlich ins Hinterzimmer. Nyx, meine schwarze Katze und Vertraute, kam mit mir in den Raum. Sie war merkwürdig, wenn es um die Vampire ging. Einige von ihnen, wie zum Beispiel Rafe, liebte sie, vor anderen scheute sie sich. Ich war mir nicht sicher, ob sie spürte, dass sie anders waren, oder ob es einfach war wie bei uns Menschen: Einige waren Katzenliebhaber, andere nicht.

Auf jeden Fall mochte sie Granny, und sobald meine Großmutter sich gesetzt hatte und ihre Nadeln anfingen, in rasendem Tempo zu klappern, sprang Nyx auf ihren Schoß und machte es sich dort bequem. Es war ein bezauberndes häusliches Bild. Ich war so glücklich, dass meine Großmutter noch bei mir war.

Die letzten beiden, die von unten hochkamen, waren Hester, ein ewig hormongeplagter Teenager, und Carlos, ein junger spanischer Vampir, der erst vor kurzem nach Oxford gezogen war. Ich hatte Hester noch nie mit so erwartungsvollem Blick gesehen. Normalerweise hatte sie einen so mürrischen Gesichtsausdruck und solch eine schwere Last auf ihren Schultern, dass es erstaunlich war, dass sie überhaupt aufstehen konnte. Aber ich hatte Mitleid mit ihr. Es war wirklich Pech, wenn man mitten in diesen schrecklichen Jahren der Pubertät zum Vampir wurde, aber sie war Weltmeisterin im Nörgeln. Allerdings hatte sie kürzlich Carlos kennengelernt, der Schüler am St. Mary's College war. Ich hatte gesehen, dass sie sich sofort bis über beide Ohren in den Kerl verknallt hatte, und mir Sorgen gemacht, dass er ihre Gefühle nicht erwidern würde. Allerdings schienen sie recht gut befreundet zu sein. Es war so eine Freude, Hester mit fröhlichem Gesichtsausdruck zu sehen, dass ich inständig hoffte, dass die Sache gut gehen würde.

Daraus, wie alle anderen Carlos begrüßten, konnte ich schließen, dass auch sie das Gleiche empfanden. Er hatte ja keine Ahnung, wie dankbar wir ihm waren, dass er Hesters Stimmung aufgehellt hatte.

Er entschuldigte sich für seine Strickerei und hoffte, wir würden alle nachsichtig mit ihm sein. Dann holte er die Wolle und die Nadeln heraus, die ich ihm erst vor einer Woche verkauft hatte. Ich hatte ihm geraten, mit etwas Leichtem anzufangen, deshalb arbeitete er an einem Schal. Das Schöne an einem Schal ist, dass man im Grunde genommen gerade Kanten hat und einfach immer weiterstrickt, bis er fertig ist. Sicher, es gibt unzählige tolle Möglichkeiten, einen Schal mit vielen ausgefallenen Maschen zu stricken, aber manchmal ist das simple alte Motto „eine rechts, eine links" am besten. Wenn man große Nadeln und dicke, flauschige Wolle verwendete, würde es auch ziemlich schnell vorangehen. Wir hatten Wolle in verschiedenen Schwarz- und Grautönen für ihn ausgewählt. Alle anderen Vampire strickten, als täten sie das schon seit Hunderten von Jahren, was in einigen Fällen tatsächlich zutraf. Nur selten mussten sie nachdenken, und wenn sie sich konzentrierten, bewegten sich die Nadeln so schnell, dass ich gar nicht richtig hinschauen konnte, ohne dass sich meine Augen verdrehten. Aber Carlos war die einzige andere Person im Raum, die genauso zu kämpfen hatte wie ich. Vielleicht war er sogar noch schlechter. Vielleicht war es engstirnig und gemein von mir, aber seine mangelnden Fähigkeiten erfüllten mein Herz mit Freude. Jedes Mal, wenn er einen frustrierten Laut von sich gab, jauchzte eine kleine Stimme in mir: *Ja!*

Und jedes Mal, wenn ich einen ähnlich frustrierten Laut von mir gab, schaute er zu mir hoch und unsere Blicke begegneten sich. Zumindest ging es uns zu zweit so.

Die Strickrunde war am heutigen Abend besonders gut besucht. Ich hatte den Verdacht, dass es wegen des Mordes war. Und ich war wirklich froh, ihre Unterstützung und Ratschläge zu erhalten. Ich wollte darüber reden und ihr Feedback bekommen. Pamela war nie meine Freundin gewesen, aber wenn sie mich nicht aufgespürt hätte, wäre sie vielleicht noch am Leben. Jetzt konnte ich nichts mehr für sie tun – nur noch versuchen, das Rätsel zu lösen, wer sie ermordet hatte. Und warum.

Wir begannen mit unserer üblichen Präsentation. Ich sah immer gern, woran alle gerade arbeiteten, und oftmals holten sie sich die neusten Bücher und Zeitschriften aus meinem Laden und strickten etwas, das ich dann ausstellen konnte. Einen Pullover, für den manche Wochen und ich eine Ewigkeit brauchen würden, stellten sie für gewöhnlich in einer Nacht fertig.

Alfred zeigte eine Herrenweste aus der letzten Zeitschrift von Teddy Lamont. Teddy setzte Wolle so ein, wie ein moderner Künstler Farben einsetzte. Seine Kreationen waren mutig, unerhört farbenfroh und außerordentlich beliebt, genauso wie Teddy selbst. Ich überhäufte ihn mit Lob, bis Alfred mich schließlich herablassend ansah. „Der hier ist für mich, aber gut, Lucy, ich werde dir einen stricken, den du in deinem Laden ausstellen kannst." Er sagte das so, als würde es riesige Umstände machen, noch eine Strickweste anzufertigen, aber ich wusste, dass er begeistert darüber war, dass ich seine Arbeit im Geschäft ausstellen wollte. Es gab ein bisschen Konkurrenz darum, wessen Strickerei den besten Platz im Cardinal Woolsey's bekommen würde. Ich versuchte, da demokratisch zu sein, aber offen gesagt ließen sich einige Dinge, die sie zustande brachten, einfach besser verkaufen als andere.

Mabel zum Beispiel war eine hervorragende Meisterin des Handwerks, aber ihr Geschmack hatte sich im Zweiten Weltkrieg gebildet, und sie konnte sich dem Drang nicht widersetzen, alte Wollreste wiederzuverwerten, um daraus Pullover zu stricken, die vielleicht im Bombenwinter gut ausgesehen hätten – aber wahrscheinlich nicht einmal dann.

Theodore, der zu Lebzeiten Polizist gewesen war und nun eine Privatdetektei führte, war mit Kaschmirsocken beschäftigt. Diese hatte er so entworfen, dass sie sein eingestricktes Monogramm trugen. Er sah, dass ich ihn anstarrte, also musste ich fragen, wie es das gemacht hatte. Die waren so cool. Er hörte auf zu stricken und fragte: „Hättest du gern so ein Paar?"

Na ja, ähm.

„Und bevor du fragst: Ja, ich kann dir ein Muster malen."

„Nimmst du Aufträge für individuelle Anfertigungen an?", fragte ich. Ich konnte erkennen, dass er nie darüber nachgedacht hatte, und erklärte ihm, dass solche Socken meiner Meinung nach sehr beliebte Geschenke für Männer sein könnten. Theodore hatte ein unschuldig wirkendes, rundes Babygesicht, was wahrscheinlich einer der Gründe war, warum er in seinem Leben als Polizeibeamter so einen Erfolg gehabt hatte und nun so ein guter Detektiv war. Die Leute neigten dazu, ihm alles zu erzählen, ihm Geheimnisse anzuvertrauen, wie man es einem unschuldigen Baby gegenüber machen würde. Seine geschürzten Babylippen hoben sich zu einem Lächeln. „Ja. Natürlich. Es wäre mir eine Freude."

Er brauchte das Geld nicht, und wahrscheinlich würde er es an eine städtische Wohltätigkeitseinrichtung für Kinder spenden. Aber nicht einmal ein neuer Strickauftrag konnte ihn lange vom Thema Mord ablenken. „Wie ich erfahren habe, warst du anwesend, als diese arme junge Frau getötet wurde. Und es ist auf dem Anwesen von Hugo Percival Brown passiert, stimmt's?"

Ich weiß nicht, warum er diese Frage stellte, da er doch ohnehin schon ganz genau wusste, was passiert war.

Trotzdem gab ich ihm aus reiner Höflichkeit eine Antwort. „Ja. Ich habe William Thresher geholfen. Es war ein Abendessen für den Gargoyle Club anlässlich des St. George's Day."

„Ich habe gehört, die Einrichtung sei bezaubernd", sagte Sylvia. „Ich bin einmal in diesem Haus gewesen, auf einer Wochenendparty, unter anderem mit Charlie Chaplin und Ronald Coleman."

„Ach, Ronald Coleman", seufzte Mabel. „Der Mann mit der Samtstimme."

„Privat war er ziemlich schüchtern, aber man hatte jede Menge Spaß mit ihm, wenn man ihn besser kannte. Das Herrenhaus war bezaubernd, aber ziemlich altmodisch, wenn ich mich richtig erinnere. Kein Zweifel, dass der aktuelle Besitzer Änderungen vorgenommen hat." Sie dachte einen Moment lang nach. „Die Ställe waren erstklassig. Für die, die reiten wollten. Und ich glaube mich zu erinnern, dass der Weinkeller ausgezeichnet war."

Mir schauerte bei ihren Worten. Soweit ich wusste, war er immer noch ausgezeichnet.

Theodore unterbrach sie, bevor sie uns mit ihren Erinnerungen zu weit abschweifen ließ. „Wie ich gehört habe, ist der Mörder noch auf freiem Fuß?" Die babyblauen Augen schauten begierig. „Wie wäre es, wenn du uns alles erzählst, was du weißt, Lucy?"

Ich schaute auf und begegnete Rafes Blick. Auch er war dabei gewesen, aber offensichtlich war er froh, wenn ich die Geschichte aus meiner Sicht erzählte. Also tat ich das. Wie bei der Polizei berichtete ich alles, woran ich mich erinnern konnte – von meiner Ankunft bis zu dem Moment, als ich wieder gegangen war.

Obwohl alle mit unglaublicher Geschwindigkeit strickten, wusste ich, dass sie aufmerksam zuhörten. Selbst Silence Buggins, die berüchtigte viktorianische Plaudertasche, schaffte es, ihren Mund zu halten, während ich die ganze Geschichte erzählte.

Allerdings war sie die Erste, die ihre Meinung zum Besten gab, als ich fertig war. „Ganz klar, es war Lochlan Balfour, der das Mädchen umgebracht hat."

Das war so eine abwegige Aussage, dass achtzehn Vampire mit dem Stricken aufhörten und sie anstarrten. Und ein Mensch tat dasselbe.

KAPITEL 10

*E*s war Rafe, der ihr antwortete. „Lochlan Balfour? Warum um alles in der Welt sollte er eine junge Frau umbringen, die er noch nicht einmal kannte?"

Silence hatte eine Baumwollbluse mit hohem Kragen an und trug eine Kamee-Brosche an ihrem Hals. Ein Kranz aus Blumen war an das Revers ihrer Jacke geheftet. Ich erkannte sie als Schmuckstück aus Menschenhaar. Diese zu basteln war ein neues Hobby, das sie vor kurzem aufgenommen hatte. Ihr langer, brauner Rock hing bis zum Boden, und ihre Stiefel berührten sich an den Knöcheln, so wie auch ihre Knie sich zweifellos berührten. Ihre Haare waren zur gleichen Frisur hochgesteckt, die sie wahrscheinlich schon getragen hatte, als sie fünfzehn war, also vor etwa einhundertfünfzig Jahren. Wenn Silence also steif wirken wollte, musste sie sich dafür keine große Mühe geben. „Das ist die einzige Lösung, die Sinn macht. Lucy hat beschrieben, dass das Mädchen wie das Wappen der Hosenbandritter ausgebreitet wurde. Das ist ein Ritterorden. Und Lochlan Balfour war zu Lebzeiten ein Ritter des Hosenbandordens. Deshalb muss er es gewesen sein."

„Aber warum?", drängte Rafe.

„Um jemanden zu beschützen", sagte sie, als wäre das so offensichtlich, dass sogar ein Blinder es erkennen müsste.

Ich sagte: „Aber heißt das Rittertum nicht, dass man Frauen beschützt?"

Dr. Christopher Weaver, der genauso verblüfft wie alle anderen gewesen war, nahm sein Strickzeug wieder auf. „Ich frage mich, ob du recht haben könntest, Silence."

Nun war Silence diejenige, die aus allen Wolken fiel. Das waren keine Worte, die hier oft gesagt wurden. „Oh, danke, Dr. Weaver. Schön zu wissen, dass jemand zuhört, wenn ich etwas zu sagen habe. Natürlich, damals, als Mr. Tennyson noch am Leben war –"

Christopher Weaver unterbrach sie ohne große Umschweife. „Ja, aber um auf Lucys Frage zu antworten: Das Rittertum ist ein Orden. Erst in den letzten Jahren bedeutet ritterliches Verhalten eher, dass Männer höflich zu Frauen sind. Ursprünglich ging es darum, für das zu kämpfen, was richtig war."

Die anderen hörten zu, und alle strickten weiter. Außer Rafe. „Lochlan Balfour ist kein Mörder. Er ist gerade Gast bei mir zu Hause. Der einzige Grund, aus dem er heute Abend nicht mitgekommen ist, ist, dass er sich nichts aus dem Stricken macht. Es zählt nicht zu meinen Gewohnheiten, Mörder unter meinem Dach zu beherbergen."

„Nicht wissentlich", sagte Silence.

„Schon gut", sagte Dr. Weaver schnell, um den Frieden zu bewahren. „Das war ja nur eine Theorie."

Ich fragte mich, warum Rafe sich so sicher war, dass sein Freund nichts damit zu tun hatte.

Es trat ein etwas betretenes Schweigen ein, das schließlich von Sylvia gebrochen wurde. „Erzähle uns mehr über das Opfer, Lucy. Wie ich gehört habe, kanntest du sie."

Und wie sehr ich mir wünschte, ich hätte sie nie gekannt! So knapp es ging fasste ich erneut Pamelas Geschichte zusammen. Wie sie mir in der Highschool meinen Freund ausgespannt hatte. Eine Erniedrigung, die ich wirklich nicht immer wieder aufs Neue erleben wollte. „Und dann haben wir uns aus den Augen verloren." Ich konnte mich noch lebhaft an den Moment erinnern, in dem sie wieder in mein Leben geplatzt war. „Bis vor ein paar Tagen." Ich berichtete ihnen davon, wie sie kurz vor William hereingekommen war, und wie er sie zu guter Letzt gefragt hatte, ob sie mit mir zusammen servieren wolle.

„Bist du sicher, dass das ein Zufall war?", fragte mich Sylvia.

„Wie sollte es anders sein?"

Sie schüttelte den Kopf. „Das weiß ich nicht. Ganz und gar nicht. Aber offensichtlich kannte man sie dort. Sie hatte der Haushälterin gegenüber behauptet, Alex Percival Browns Freundin zu sein."

„Ja. Was er strikt abgestritten hat", sagte Rafe. Er war bei den anderen Gargoyles gewesen, den alten und den jungen, als die Polizei alle vernommen hatte, also hatte er gehört, wie Alex lautstark darauf beharrte, dass sie nicht seine Freundin sei und er nicht gewusst habe, dass sie da sein würde.

„Glaubst du ihm?"

„Ich weiß es nicht", sagte Rafe.

Ich erzählte ihnen, dass Shannon Briggs Pamela beim

Rauchen mit Jeremy Pantages gesehen und geglaubt hatte, sie würden streiten.

Theodore hob den Blick von seinem Strickzeug. „Ich frage mich, ob sie schon die ganze Zeit die Absicht gehabt hatte, zu diesem Dinner zu gehen."

Das hatte ich mich auch gefragt. „Aber wie hätte sie von dem Dinner wissen sollen? Es wurde geheim gehalten, und sie hatte nicht wissen können, dass William das Catering übernehmen würde. Sie kam ins Cardinal Woolsey's, bevor William eingetroffen ist. Es sieht ganz nach einem Zufall aus", sagte Sylvia.

„Jede gute Schauspielerin weiß, dass ein gutes Timing alles ist. Man betritt die Szene genau im richtigen Moment, damit die Spannung steigt." Sie schaute uns alle an. „Ich bin immer skeptisch bei Zufällen."

Rafe sah mich an. „Hat Pamela nicht gesagt, sie wolle dich zu einer Party für ihren Professor in Kunstgeschichte einladen?"

Ich nickte. „Aber ich denke, das hat sie erfunden. Ich bin mir absolut sicher, sie ist nur in meinen Laden gekommen, um sich irgendwie eine Einladung zur Dinner-Party bei den Percival Browns zu verschaffen. Aber ich verstehe immer noch nicht, wie sie es eingefädelt hat."

Rafe wandte sich Theodore zu. „Kannst du herausfinden, wer ihr Dozent für Kunstgeschichte war? Bestimmt würde es sich lohnen herauszufinden, ob der besagte Professor wirklich in Kürze ein Buch herausbringt."

Ich konnte sehen, dass er seinen eigenen Gedanken folgte. Nachdem ich ihm einen Moment Zeit gegeben hatte, fragte ich: „Warum?"

Nun richtete er seine Aufmerksamkeit auf mich. „Es muss

einen Grund geben, warum Pamela in dieses Haus wollte. Wir wissen bereits, dass es nicht das erste Mal war, dass sie es versucht hat. Ihrer Aussage zufolge war sie dort, weil sie Alexanders Freundin war. Aber das bestreitet er."

Ich dachte, dass es jede Menge Gründe gab, warum Alex hätte abstreiten können, dass er ein Verhältnis mit Pamela hatte. Aber die Möglichkeit, dass er tatsächlich die Wahrheit sagte, hatte ich gar nicht in Betracht gezogen.

Theodore antwortete: „Du meinst, sie hat Alexander benutzt, um ins Haus zu gelangen?"

Nun ergriff Sylvia das Wort. „Oh, ich glaube, ich weiß, worauf du hinauswillst."

Ich war froh, dass sie es wusste, denn ich hatte keinen blassen Schimmer.

Sylvia nickte. „Die Kunstsammlung im Besitz von Hugo Percival Brown ist berühmt. Er und seine Frau sind beide Sammler. Genevieve Percival Brown wird nachgesagt, sie habe das richtige Händchen für Kunst."

Rafe antwortete trocken: „Und das richtige Budget."

Ich fragte mich, ob sie ihn bei irgendetwas überboten hatte. Darauf könnte ich wetten. Aber ganz gleich, wie hoch ihr Budget war – ich vermutete, Rafe hatte mehr Geld als sie. Wenn er aufgehört hatte zu bieten, dann wahrscheinlich eher aus Prinzip.

Endlich sah ich, worauf er hinauswollte. „Du meinst, sie hatte vor, eines der kostbaren Gemälde zu stehlen?" Als wir dort waren, hatte sie sicherlich genug Zeit damit verbracht, die Kunstwerke im Esszimmer aus nächster Nähe zu betrachten. Definitiv hatte sie mehr Interesse an den Bildern gezeigt als am Servieren des Abendessens.

Theodore sagte: „Es ist eine interessante Möglichkeit und

sicherlich eine Piste, die wir verfolgen sollten. Ich werde mehr über diesen Professor herausfinden, für den sie angeblich eine Party ausrichten sollte."

„Warte mal!", sagte ich. „Willst du andeuten, dass es in Oxford einen Professor gibt, der irgendwie an Kunstraub beteiligt ist?"

„Für alles offen sein, nur das will ich andeuten."

Granny sagte: „Ich habe vor ziemlich kurzer Zeit über den Kunstraub an einem College in Oxford gelesen. Drei Meisterwerke wurden gestohlen, glaube ich. Eines war ein van Dyck."

Rafe nickte. „Ganz genau. Und einige bedeutende Zeichnungen von da Vinci."

„Aber haben sie die nicht zurückbekommen?" Ich war beeindruckt davon, dass meine Oma sich so gut mit gegenwärtigen Geschehnisse auskannte, wo sie selbst doch nicht mehr gegenwärtig war.

Rafe nickte. „Fakt ist, dass der Diebstahl von sehr berühmten Gemälden selten gut ausgeht."

Ich verstand, was er meinte. „Ich nehme an, es ist schwer, van Goghs *Sonnenblumen* zu klauen und dann zu versuchen, das Bild auf eBay zu verhökern."

„Ganz so salopp würde ich es nicht ausdrücken, aber der Kern deiner Aussage ist richtig. Statistisch gesehen wird die Hälfte der gestohlenen Meisterwerke früher oder später wieder zurückgegeben." Die Hälfte war nicht gerade viel.

„Was ist mit der anderen Hälfte?"

„Tja. Zwei Möglichkeiten. Es gibt die Sammler. Sehr, sehr wohlhabende und verschwiegene Sammler, die nach bestimmten Kunstwerken für ihre Sammlungen gieren. Solche Leute würden riesige Summen Geld für ein Bild zahlen, nach dem sie lechzen. Aber meist ist der Grund viel nüchterner. Leute stehlen Bilder wie sie Mitglieder einer Familie kidnappen würden."

Ich war vollkommen verwirrt. „Um Lösegeld zu bekommen?"

„Im Grunde genommen ja. Versicherungen zahlen normalerweise gutes Geld, damit ein Bild zurückgegeben wird. Das ist immer noch billiger, als den Schadenersatz zu zahlen."

„Glaubst du, Pamela war irgendwie in so etwas verwickelt? Dass sie ein berühmtes Kunstwerk der Percival Browns gestohlen hätte?"

Das hörte sich nun wirklich nicht nach Pamela an. Obwohl die Pamela, die ich kannte, vor nichts und niemandem Halt gemacht hätte, wenn es zu ihrem Vorteil war. Aber so ganz konnte mich die Sache nicht überzeugen. Theodore hingegen war äußerst fasziniert von der Vorstellung. Ich glaube, ihm gefiel vor allem die Idee, seine Nase in die Welt des geheimen Kunsthandels zu stecken. „Ich kümmere mich sofort darum. Und beim nächsten Treffen erstatte ich Bericht."

Es war schön, zusätzliche Unterstützung zu haben. Wie Rafe sagte, war jede Piste es wert, verfolgt zu werden.

Sylvia fuhr fort: „Was ist passiert, als ihr mit der Highschool fertig wart? Was ist danach mit Pamela geschehen?"

„Das weiß ich nicht, und es ist mir auch egal."

„Ich denke, es würde sich lohnen, wenn du etwas mehr über deine ehemalige Freundin herausfinden würdest. Ich könnte euch Geschichten von Filmstars erzählen und von jener Art von Menschen, sowohl Männern als Frauen, die vor nichts zurückschrecken würden, um sie sich zu schnappen.

Es hört sich fast so an, als wäre deine Pamela auch eine davon. Eine, die immer nach den Sternen greift."

Ich dachte an meine Schulzeit zurück. „Nun ja, Sam war nicht gerade ein Star, aber –"

„Nein. Aber er gehörte dir, deshalb wollte sie ihn. Solche Leute streben immer nach dem Unerreichbaren. Die Katze lässt das Mausen nicht, Lucy. Wenn sich diese junge Dame als Jugendliche so benommen hat, dann interessiert es mich sehr, was für eine Karriere sie in den letzten zehn Jahren gemacht hat."

„Meinst du, das hat irgendetwas mit dem zu tun, was ihr zugestoßen ist? Meinst du, irgendeine Frau hat sich an ihr gerächt, weil sie ihr den Mann weggeschnappt hat?"

„Das weiß ich nicht. Aber ich denke, es würde sich lohnen, das herauszufinden."

Ich stimmte zu. Und sagte ihnen, dass ich ein paar Nachforschungen anstellen würde. Ich war zwar nicht mehr mit Pamela befreundet gewesen, aber ich war mir ziemlich sicher, dass ich irgendwo in der Gruppe meiner Freundinnen jemanden finden könnte, der genau wusste, was sie in den letzten zehn Jahren getrieben hatte.

„Okay", sagte ich, „ich werde mir letzte zehn Jahre mal genauer ansehen, aber ich habe keine Zeit, mich mit den Lebensgeschichten all derjenigen auseinanderzusetzen, die beim dem Essen dabei waren." Außerdem hätte ich auch keine Ahnung gehabt, wie ich das anstellen sollte. Ich war mir ziemlich sicher, dass einige aus der Strickrunde genügend Zeit und einige Ideen zu den anderen Gästen des Dinners hatten. Und ich wurde nicht enttäuscht.

Theodore sagte: „Wem von den acht jungen Männern beim Essen hätte sich die Gelegenheit geboten? Fangen wir damit an, dann können wir nach und nach einige als Tatverdächtigen ausschließen und uns auf diejenigen konzentrieren, die es gewesen sein können. Danach können wir über das Tatmotiv nachdenken."

Noch einmal ging ich die zeitliche Abfolge durch. Am Ende meiner Aufzählung war klar, dass jeder von ihnen Pamela getötet haben konnte. Ob es nun war, um draußen eine rauchen zu gehen oder zur Toilette oder in den Keller, um Wein zu holen, oder warum auch immer –während des Abendessens war jeder irgendwann einmal verschwunden.

„Stimmt", sagte Theodore. „Wir werden uns die Verdächtigen wohl aufteilen müssen. Ich übernehme Randolph Chase."

„Warum ihn?" Von Theodore als einzigem Profi-Ermittler unter uns hätte ich erwartet, dass er jemanden auswählt, der höchstwahrscheinlich der Schuldige ist.

„Weil ich im Falle seines Großvaters ermittelt habe." Das sagte er mit so einer Befriedigung, dass ich einfach mehr erfahren musste. Er kam meinem Wunsch nach. „Das war vor den Zeiten sozialer Medien, in denen jeder über die Angelegenheiten der anderen Bescheid weiß. Es gab Gerüchte, er sei ein Kriegsprofiteur." Er schüttelte den Kopf. „Der übelsten Art. Der allerübelsten."

„Und? Ist er das gewesen?"

Theodore schüttelte den Kopf und sah gelangweilt aus. „Ich habe es nie beweisen können. Aber ich glaube, dass er schuldig war."

Sylvia ergriff als nächstes das Wort. „Nun, ich will hier keine intimen Details enthüllen, aber ich war ziemlich eng befreundet mit Vikrams ... gütiger Himmel, es muss sein Urgroßvater gewesen sein. Der Maharadscha von Pune." Sie wirkte ziemlich kokett. „Die Rubine, die mir dieser Mann geschenkt hat! Eines der schönsten Geschenke, die ich je von einem Mann bekommen habe." So wie sie es sagte, vermutete ich, dass es eine ganze Reihe anderer sehr schöner Geschenke gegeben hatte. Sylvia hatte ihre Zeit im Rampenlicht genossen. Und auch die außerhalb des Rampenlichts.

„Und er hat mir meinen Matisse geschenkt." Das sagte sie genauso, als hätte sie gesagt, er habe ihr ein paar Schlafzimmerpantoffeln geschenkt.

Keiner der anderen sah überrascht aus, aber ich denke, meine Stimme klang schrill, als ich fragte: „Er hat dir einen Matisse geschenkt?"

„Oh, ja! Es hängt in meiner Wohnung in Paris. Irgendwann nehme ich dich mal mit."

„Er hat dir einen Matisse geschenkt."

Sie lächelte mit einer gehörigen Portion Selbstgefälligkeit. „Gertrude Stein war schrecklich verärgert. Sie hatte selbst ein Auge darauf geworfen. Eines seiner ersten Bilder von den tanzenden Frauen. Es ist entzückend. Natürlich konnte man damals einen Matisse oder einen Picasso für einen Spottpreis erwerben. Jetzt sind sie gute Sammlerstücke."

Gute Sammlerstücke wäre nicht die Bezeichnung gewesen, die ich für Werke gewählt hätte, die in den angesehensten Kunstgalerien der Welt hingen. Aber das war jetzt nicht das Thema. „Okay. Du übernimmst Vikram." Ich schaute mich um. „Wer noch?"

Hester sagte: „Na ja, Carlos sollte natürlich Gabriel Parkinson unter die Lupe nehmen."

Wir alle schauten sie an. „Er ist halb Kolumbianer." Das sagte sie, als würde sie „Ist doch logisch" sagen.

Carlos sah ziemlich verblüfft aus. Er drehte sich zu ihr um. „Hester, ich bin Spanier. Dieser junge Mann kommt aus Südamerika."

Sie verdrehte die Augen. „Das weiß ich. Ich weiß, wo Kolumbien liegt." Was darauf schließen ließ, dass sie es wahrscheinlich nicht wusste. „Aber ihr sprecht doch beide Spanisch, oder nicht?"

Okay, da hatte sie recht. „Gut. Ich werde sehen, was ich über diesen Gabriel Parkinson herausfinden kann. Und du wirst mir helfen." Was natürlich genau das war, was Hester gewollt hatte, also verwandelte ihre Verärgerung sich in Befriedigung.

Dr. Weaver sagte, er würde sich Charles' Hintergrund ansehen.

Theodore sah auf die Liste. „Was ist mit diesem Miles Thompson?"

Ich sagte: „Um Miles kümmere ich mich. Ich kenne ihn. Wir haben beide an der Produktion von *Ein Sommernachtstraum* teilgenommen. Theodore, du erinnerst dich bestimmt. Du hast die Kulissen für das Stück gemalt."

„Gütiger Herr! War das der junge Typ, der Lysander gespielt hat?"

„Genau der."

„Den hatten wir doch irgendwann als Mörder ausgemacht."

„Ja. Aber er war es nicht. Er war unschuldig."

„Bist du sicher, dass du der Sache gewachsen bist, Lucy? Vielleicht stehst du ihm ein bisschen zu nah. Bist du sicher, dass du unparteiisch sein kannst?"

„Ich würde ihn nicht decken, wenn er ein Mörder ist, falls du das meinst. Miles ist ein netter Kerl, aber seien wir mal ehrlich: Er ist ein Schlitzohr. Angeblich war er in Sophia Bazzano verliebt. Jetzt ist sie Vergangenheit."

Theodore sah ziemlich enttäuscht aus. „Du willst mir sagen, nach all dem, was diese arme, junge Dame durchgemacht hat, haben sie sich getrennt?"

Dass Miles Sophie nicht die Treue gehalten hatte, rückte ihn in kein gutes Licht.

„Was für ein übler Schuft", sagte Theodore. Auch darum war es so lustig, mit einem Haufen Vampire abzuhängen. Sie gaben genau solche Äußerungen von sich wie eben: „Was für ein übler Schuft!"

Aber so charmant seine Empfindung auch klang, er hatte schon recht damit. Trotzdem, Miles und ich waren Freunde. „Vielleicht hat Sophia ihn verlassen."

„Das können wir nur hoffen."

Da wir uns nun endlich darauf geeinigt hatten, dass ich diejenige war, die mit Miles reden konnte, bemerkte Theodore: „Somit bleibt nur noch Alexander Percival Brown übrig."

Rafe sagte: „Ich kenne seinen Vater schon seit Jahren. Die Familie kenne ich schon, seit er geboren ist. Ich kann ihn mir ansehen."

Theodore warf ihm denselben Blick zu, den er mir geschenkt hatte. „Du bist wohl kaum ein unparteiischer Beobachter."

Rafe erhob sich und schaute auf Theodore hinab, der sich auf seinem Stuhl plötzlich unwohl zu fühlen schien und die Stricknadeln abgelegt hatte. „Wenn Alexander irgendetwas mit dem Mord an der jungen Frau zu tun hat, dann werde ich euch darüber informieren, glaube mir!"

„Gut", sagte Theodore und sah irgendwie nervös aus.

Wieder einmal beendete Sylvia die peinliche Stille. „Ausgezeichnet. Ich wünschte nur, wir könnten mehr leisten. Aber es wird mir Spaß machen, mehr über die Familie des Maharadschas herauszufinden. Lucy, wie ist der Urenkel?"

„Umwerfend. Mit ausgezeichneten Manieren. Wirklich unglaublich charmant."

Sie nickte und wirkte zufrieden. „Ganz wie der Urgroßvater also. Weißt du Lucy, du könntest weitaus Schlimmeres tun als –"

Rafe unterbrach sie, und sah wutentbrannt aus. „Lucy wird ganz gewiss nicht einem überzüchteten Studenten aus Oxford nachstellen, der ein Mörder sein könnte. Ist das klar?"

KAPITEL 11

*V*ielleicht sah er dabei Sylvia an, aber ich hatte den Verdacht, dass seine Worte sich an mich richteten.

Fast hätte ich ihm seine kontrollierende Art übelgenommen, hätte ich nicht gewusst, wie viel Rafe an mir lag. Außerdem interessierte mich Vikram nicht. Aber als Frau durfte man doch wohl hinschauen, oder nicht?

Es gab einige Personen, von denen ich wusste, dass sie eventuell noch mit Pamela in Kontakt gestanden hatten. Ich beschloss, mit Sarah Levinson zu beginnen, da sie eine der wichtigsten Organisatorinnen unseres zehnjährigen Klassentreffens gewesen war. Zwar hatte ich natürlich nicht teilnehmen können, weil ich in England lebte, aber ich war mir ziemlich sicher, dass Sarah mit allen Kontakt hielt. Rasch schrieb ich ihr eine E-Mail, und sie antwortete mir erfreulich schnell. Ich erzählte ihr, dass ich schon so lange nichts mehr von den Leuten aus meiner Heimat gehört hatte, und dass ich mich fragte, ob sie wohl Zeit zum Skypen hätte. Sie schien erfreut darüber, mich zu hören, und wir machten einen

Termin am nächsten Tag aus, wenn es bei mir Abend und bei ihr Nachmittag sein würde.

Wenn irgendjemand wusste, was Pamela in den zehn Jahren nach unserem Schulabschluss getrieben hatte, dann Sarah. Und wenn sie es nicht selbst wusste, dann würde sie jemanden kennen, der besser informiert war.

Da ich mein zehnjähriges Klassentreffen von der Highschool verpasst hatte und wusste, was für ein Lästermaul Sarah war, zog ich mich für das Skype-Gespräch schick an, schminkte und frisierte mich fast genauso sorgfältig, als wäre ich tatsächlich zum Jubiläumstreffen gegangen. Kein Zweifel, dass sie all unseren Bekannten erzählen würde, dass sie mit mir geskypt hatte, und ich wollte nicht, dass sie sagte, ich sei wirklich schlecht gealtert.

Als sich die Verbindung aufbaute, fühlte ich mich plötzlich wieder in die Highschool zurückversetzt, zu Metallspinden, die zuknallten, und zu Mädchen, die auf der Toilette lästerten. Sarah sah richtig begeistert aus, mein Gesicht zu sehen. Wie ich hatte sie sich sehr viel Mühe mit ihrem Aussehen gegeben. Gleichzeitig sagten wir: „Du siehst super aus!"

Sie war ein bisschen runder im Gesicht und ihr Haar war eine schickere Version des langen, glatten Vorhangs, den sie ein Jahrzehnt zuvor getragen hatte, aber ansonsten war sie ganz die Alte. Es war wie eine Zeitreise in die Vergangenheit. „Lucy. Lang, lang ist's her. Wo bist du gewesen? Was treibst du so? Erzähl mir alles! Wie geht es dir? Ich habe gehört, dass du so eine Art Zusammenbruch nach der Trennung von Todd gehabt hast. Bis nach England bist du geflohen!"

Echt jetzt? Das erzählte man sich? Oh, ich war froh, dass ich mit dem größten Lästermaul sprach, das es an meiner

Highschool je gegeben hatte. Ich korrigierte sie prompt. „Todd war ein Arschloch, und ohne ihn geht es mir so viel besser." Alles die Wahrheit.

Ich erzählte ihr, dass ich mein Leben in Oxford liebte. Auch wahr.

„Und bist du mit jemandem zusammen?", fragte sie mit dieser leisen, mitleidigen Stimme, die Menschen verwenden, wenn sie davon ausgehen, dass man mutterseelenallein sterben wird, umgeben von zwei Dutzend Katzen.

Ich hätte ihr sagen können, dass ich von dem unglaublichsten Mann umworben wurde, der in jeder Hinsicht perfekt war, mit einer Ausnahme. Stattdessen sagte ich, ich sei so beschäftigt mit meinem Laden und dem stressigen gesellschaftlichen Leben, dass ich keine feste Beziehung wollte. Dann erkundigte ich mich höflich nach ihr.

Zwanzig Minuten später redete sie immer noch. Ihr Mann war der liebevollste, lustigste, attraktivste Mann der Welt. Ihr Zweijähriges war so ein Wunderkind und so niedlich, dass die Leute sie auf der Straße anhielten, um ihr Komplimente zu machen, und gerade erwartete sie ihr zweites Baby. Sie hatten sich das Haus ihrer Träume in einer Kleinstadt gekauft, wo die Preise erschwinglicher waren und es wundervolle Schulen für ihre Kinder gab, die definitiv einmal Begabtenförderung brauchen würden. Ja, sogar das, welches sich gerade noch in der Gebärmutter befand.

Ich freute mich wirklich für sie, denn selbst wenn sie eine Tratschtante war, so war sie doch nett. So nett, dass ich mich fast fragte, ob sie noch Kontakt zu Pamela hatte, aber nachdem ich mir noch die Geschichten von zwei anderen Klassenkameradinnen angehört hatte, brachte ich Pamela zur Sprache.

Es folgte eine kurze Pause. „Sie hat es auch nicht zum Klassentreffen geschafft."

Das war ein Schlag, aber keine Überraschung. Falls nicht aus irgendeinem Klassenkameraden ein Milliardär geworden war, konnte ich mir nicht vorstellen, dass Pamela so ihre Zeit verschwenden würde. „Weißt du, was sie so treibt? Ich dachte, ich hätte sie neulich in Oxford gesehen."

„Ja. Ich habe mit ihr geredet, nachdem sie sich hat scheiden lassen. Ich war so überrascht. Wir hatten uns schon ewig nicht mehr gehört. Ich glaube, sie wollte sichergehen, dass ich ihre Version von der Scheidungsgeschichte höre."

„Bestimmt!" Sodass der richtige Tratsch in Umlauf geriet.

„Sie sagte, sie sei in Oxford angenommen worden. Ich habe ihr gesagt, dass du in Oxford bist und sie Kontakt zu dir aufnehmen sollte."

Das weckte meine Aufmerksamkeit. „Also wusste sie, dass ich hier war?"

„Ja. Ich habe ihr gesagt, dass du diesen Strickladen führst. Und sie sagte, sie würde bestimmt mal vorbeischauen."

„Und was hat sie in den letzten zehn Jahren so gemacht?"

„Na hast du es denn nicht gehört? Sie hat Conrad Forbes geheiratet. Er war einer auf der Liste der ‚reichsten Männer unter vierzig'. Pam war regelrecht in die High Society aufgestiegen."

„Nein. Davon hatte ich nichts gehört." Bis Pamela selbst dafür gesorgt hatte, dass ich es erfuhr. Ich hatte mir riesige Mühe gegeben, nichts mehr von Pamela zu hören. „Was ist passiert?"

„Sie hat eine Kunstgalerie in Boston geleitet." Sarahs Gesicht nahm diesen begierigen Blick an, den sie, wie ich mich erinnerte, immer gehabt hatte, wenn sie etwas Spannendes zu erzählen hatte. Obwohl wir in einem Videoanruf waren, beugte sie sich näher an den Monitor, sodass ich eine weiße Linie sehen konnte, wo sie ihren Lidschatten nicht gut verwischt hatte. Sie dämpfte ihre Stimme, als könnten wir belauscht werden. „Okay, das ist jetzt ganz schön gehässig, aber ich habe gehört, dass sie ihn betrogen hat und sich dann einen richtig guten Scheidungsanwalt genommen hat, der ihn sich vorknöpfte."

Das hörte sich ganz nach Pamela an – einen Mann übel zu verletzen und es dann noch auf sein Geld abgesehen zu haben. „Also hat sie einen guten Vergleich erzielt?"

„Eine riesige Summe. Die Frau kennt keine Scham. Sie hat ihn betrogen, ihm das Herz gebrochen und dann noch das Opfer gespielt."

Tatsächlich hatte Pamela vor kurzem die bedeutendste Opferrolle ihres kurzen Lebens gespielt, aber ich wollte Sarahs Lästerei nicht unterbrechen, indem ich ihr sagte, dass unsere alte Freundin tot war.

Wieder dachte ich darüber nach, warum jemand mit so viel Geld wohl einen Abend lang Kellnerin sein wollte.

„Sie hat sich wie eine Kriminelle aus dem Staub gemacht."

„Warum ist sie nach England gezogen?"

„Sie hatte jede Menge Geld, aber ihre Freunde haben ihr den Rücken gekehrt. Ich weiß nicht, ob ihre Galerie ohne seine Finanzierung hätte bestehen können. Oder vielleicht hat sie sich einfach gelangweilt. Wer weiß? Und auf einmal war sie auf dem Weg nach Oxford."

„Ist es nicht merkwürdig, wieder die Schulbank zu drücken, nachdem man ein eigenes Geschäft geleitet hat?"

„Wenn du mich fragst, war sie scharf auf einen

Adelstitel."

„Was?" Ich war bestürzt, aber als ich die Worte auf mich wirken ließ, erkannte ich ihren Sinn.

„Na ja, sie hat gesehen, wie so ein amerikanischer Fernsehstar sich einen Prinzen geangelt hat, und ich denke, da hat Pamela beschlossen, dass sie auch einen will."

Ich schüttelte ungläubig den Kopf. „So viele Prinzen gibt es ja nun auch nicht. Und die meisten sind schon verheiratet."

„Offensichtlich kein Prinz, aber, ich weiß nicht, vielleicht ein Herzog oder ein Graf oder irgend so etwas. Sie hat so viel Geld, wie sie sich nur wünschen kann, und sie ist immer noch jung und schön, und intelligent war sie schon immer. Warum sollte sie sich keinen Adelstitel holen?"

Irgendwie hörte sich das an wie aus einer anderen Epoche. Wie ein Vanderbilt, der im Goldenen Zeitalter in See stach, um einen mittellosen britischen Aristokraten mit amerikanischem Geld im Gegenzug für einen Titel zu unterstützen. Machte man das heutzutage noch?

„Denk daran: Kate hat William an der Uni kennengelernt. Die meisten Menschen lernen ihren Partner in der Schule oder auf der Arbeit kennen." Sie warf ihr Haar über ihre Schulter zurück. „Mein Opa sagte immer: ‚Wenn du reich werden willst, raub eine Bank aus. Da ist das Geld.'"

Ich hatte schon bessere Lebensweisheiten gehört. Trotzdem war es eine interessante Theorie. „Hatte sie Glück?"

„Wir stehen uns nicht so nah. Ich folge ihr auf Instagram."

Wir plauderten noch ein wenig über ehemalige Freunde, dann fragte sie: „Hast du zu Todd noch Kontakt?"

Ich versuchte, lässig zu klingen, als ich verneinte. Ich wollte gar nicht wissen, was Todd der Flop machte, aber Sarah war nicht die Art von Person, die solche Feinheiten heraushörte, und sie fuhr fröhlich fort und erzählte mir, dass Todd wieder mit Monica zusammen war und dass sie gehört hatte, sie hätten geplant, sich zu verloben.

Ich wünschte dem Paar nichts Schlechtes, aber es wurmte mich schon, dass er darüber nachdachte, die Frau zu heiraten, mit der er mich betrogen hatte. Aber andererseits bedeutete das vielleicht nur, dass sie wahrhaftig füreinander bestimmt waren. Und dieser hoch entwickelte Gedanke, der eines Zen-Meisters würdig war, hielt ungefähr eine Sekunde lang an, bevor ich beschloss, dass es nichts weiter bedeutete, als dass zwei schmierige Betrüger sich gegenseitig verdient hatten.

Nachdem wir uns mit einem „Lass uns das bald wieder machen" verabschiedet hatten, ging ich auf Pamelas Instagram-Account. Es widerstrebte mir. Ich hätte die kuratierte Version ihrer selbst nicht einmal zu ihren Lebzeiten verfolgen wollen, und nun, da sie tot war, war es sogar noch schlimmer. Ich scrollte hinunter, schaute mir das Profil an und las die kurzen Untertitel. Pams Instagramm sah aus wie die Rubrik „Aus der Welt der Jungen und Schönen" in einem Hochglanzmagazin. Natürlich sah sie auf jedem Foto umwerfend aus und war immer mit Leuten zu sehen, die elegant wirkten und gut vernetzt zu sein schienen – genauso wie sie es sein wollte. Einmal war sie bei der Henley Regatta und dann beim Damentag in Ascot mit einem Hut, der aussah, als wäre eine fliegende Untertasse auf ihrem Kopf gelandet.

Ich kannte die Frauen dort nicht, obwohl sie wie die weibliche Version der Gargoyles aussahen, auf Hochglanz poliert, aber in Henley wurde sie von einem Mann begleitet, den ich kannte: Jeremy Pantages. Interessant. Dem Datum zufolge war sie im letzten Juli am Arm von Jeremy in Henley gewesen. Da hatte sie noch gar nicht mit der Universität begonnen. Was hatte das zu bedeuten?

War sie wirklich nicht nach Oxford gekommen, um einen Abschluss zu machen, sondern um sich einen Adelstitel zu holen? Zweifellos wäre sie da nicht die Erste.

Ich schrieb Miles, um zu fragen, ob er Lust auf einen Drink hatte. Da ich mich ohnehin schon in Schale geschmissen und geschminkt hatte, konnte ich ja wohl gleich ein bisschen Spionieren, dachte ich. Er antwortete mir, dass ich zum College kommen solle, dann könnten wir uns treffen. Miles sagte, er sei beim Lernen und brauche noch eine halbe Stunde, aber dann würde er mich gern im Pub treffen. Da ich zum Cardinal College von mir aus nur die Harrington Street entlanggehen musste, einigten wir uns darauf, uns im *Bishop's Mitre* zu treffen.

Da ich noch eine halbe Stunde totschlagen musste und immer noch über das nachgrübelte, was ich von Sarah erfahren hatte, rief ich Rafes Butler und selbständigen Caterer William an. Als er meine Stimme hörte, sagte er: „Lucy. Wie geht es Ihnen? Ich fühle mich so schrecklich, weil ich Sie in diesen grauenhaften Schlamassel verwickelt habe."

„Es war nicht Ihre Schuld, William. Aber ich habe eine Frage an Sie. Ich habe darüber nachgedacht, ob es wirklich ein Zufall war, dass Pamela genau dann in meinem Laden aufgetaucht ist, als Sie gekommen sind, um mir einen Job beim Catering anzubieten. Wussten die Percival Browns, wen Sie als Ihre Mitarbeiterinnen ausgewählt hatten?" Das war vielleicht etwas weit hergeholt, aber ich konnte mir nicht

NANCY WARREN

vorstellen, wie sie es geschafft hatte, genau dann in meinem Laden zu sein, als William eintraf. Ich wusste, dass Zufälle vorkamen, aber das hier war ein bisschen viel für einen simplen Zufall.

„Ja. Ich habe sowohl mit Alex als auch mit seinem Vater geredet. Sie wollten das Menü mit mir durchgehen, und sein Vater machte klar, dass es in der Vergangenheit einige Probleme mit Frauen gegeben hatte. Er fragte mich, wen ich als Bedienung anheuern wolle, und ich habe ihm von Ihnen erzählt."

„Wie haben Sie mich beschrieben?"

„Ich beschrieb ihm genau, wer Sie sind. Dass Sie ein bisschen älter als die Jungen sind, eine sehr bodenständige Person, die einen Strickladen führt und bei guter Gesundheit ist."

Nicht unbedingt die schmeichelhafteste Beschreibung. „Bei guter Gesundheit?" Das hörte sich an, als wäre ich ein pausbäckiges Bauernmädchen, das um fünf Uhr früh aufstand, um Kühe zu melken.

„Nun ja, womöglich habe ich verschwiegen, wie attraktiv Sie sind, aber ich wusste auch, dass Hugo Percival Brown und sein Sohn bei Ihnen nichts zu befürchten hatten."

Okay, jetzt ging es mir gleich besser. „Haben Sie Ihnen gesagt, dass Sie auch Violet fragen wollten?"

„Wahrscheinlich. Sicherlich habe ich sie als Ihre Verkäuferin im Strickladen beschrieben."

Strickläden hatten irgendetwas an sich, was einen sofort an eine Frau denken ließ, die wahrscheinlich älter und vielleicht unansehnlicher war als das Bild, das Violet und ich von uns selbst haben wollten. „Haben Sie ihnen gesagt, dass Sie nach einer dritten Kellnerin suchten?"

„Daran kann ich mich nicht erinnern. Möglich ist es. So etwas wäre typisch für mich – laut zu denken. Oder vielleicht haben sie gefragt, wie viele Mitarbeiter ich mitbringe. Ich kann mich nicht erinnern."

„Okay. Es tut mir wirklich leid für Sie, dass der Auftrag so ein schlimmes Ende genommen hat."

„Mir auch. Aber ich hoffe, das wird Sie nicht davon abhalten, mir auch in Zukunft zu helfen?"

„Jederzeit gern, William. Alles, was Sie tun müssen, ist, mich zu füttern, dann bin ich dabei."

ICH TRAT INS BISHOP'S MITRE EIN UND MACHTE MILES SOFORT AUSFINDIG. Er saß abgeschieden in einer Ecke und hatte ein Bier und einen Roman vor sich. Ich entdeckte ihn, bevor er mich sah, und ich dachte, wenn man dieses Bild in einer Werbung für das Cardinal College verwendete, würden Frauen aus aller Welt hier auf der Matte stehen. Er hatte so etwas an sich, das sexy, schäbig und intellektuell zugleich wirkte und unwiderstehlich war. Ich konnte sehen, dass ich nicht die einzige Frau war, die ihn bemerkt hatte. Wahrscheinlich störte ihn niemand, weil er gerade am Lesen war, aber ich dachte, sobald er das Buch aus den Händen legte, würde er bestimmt Gesellschaft bekommen. Als hätte er meinen Blick gespürt, schaute er auf und ein Lächeln trat auf sein Gesicht. Er stand auf, kam auf mich zu und umarmte mich, wodurch er mir einige neue Feindinnen in der Bevölkerungsgruppe der alleinstehenden jungen Frauen einbrachte. „Lucy, wie schön, dich zu sehen. Was darf ich dir bestellen?"

Ich schaute auf sein Bier und sagte, ich würde auch eins

nehmen. Ich machte es mir auf dem Platz gegenüber von ihm bequem, und während er mir das Bier holte, griff ich zum Roman. Ich hätte es besser wissen sollen. Es war kein Roman. Es war Homers *Ilias*.

Als er zurückkehrte, sagte er: „Danke, dass du mich vor griechischen Klassikern gerettet hast."

„Und? Ist es gut?"

Er schaute mich fragend an. „Verglichen womit?"

Richtig. Meine Lieblingsautoren liefen keinerlei Gefahr, von diesem neuen Schriftsteller, auf den ich gestoßen war, verdrängt zu werden.

Ich nippte an meinem Bier und wünschte mir sehnlichst, ich würde hier mit einem gut aussehenden Typ in einen Studentenkneipe sitzen, ohne dass etwas anderes als ein zerfleddertes Penguin-Taschenbuch zwischen uns stand. Aber so war es nicht. „Ich kann nicht aufhören, an den Abend neulich zu denken, an dem die arme Pam ermordet wurde."

Seine ausdrucksstarken Augen wurden traurig. „Es war schrecklich. Ich kann auch nicht aufhören, daran zu denken."

„Wenn wir alle einfach versuchen herauszufinden, wo wir wann waren, dann könnten wir vielleicht herausfinden, wer das getan hat."

Er schien nicht besonders überrascht darüber, dass ich meine Nase in Detektivangelegenheiten steckte, aber er hatte mich ja auch schon bei der Arbeit gesehen. „Es hätte jeder Beliebige in diesem Haus sein können, Lucy. Ich habe darüber nachgedacht. Irgendjemand muss von draußen reingekommen sein. Das ist die einzige Lösung, die Sinn macht."

Ich dachte, die Tatsache, dass sie wie das Wappen der Hosenbandritter ausgebreitet worden war, machte das sehr unwahrscheinlich, aber erst einmal diskutierte ich nicht mit ihm.

„Ich habe gehört, dass du mit Charles in den Weinkeller gegangen bist, um mehr Wein zu besorgen."

Er nickte, und ich konnte erkennen, dass er seit dem Essen, wie wir alle, kaum an etwas anderes gedacht hatte. „Stimmt. Alex bat mich und Charles, uns um den Wein zu kümmern, weil Pamela ihn nicht gebracht hatte. Er gab uns einen Plan zur Orientierung, damit wir ihn finden."

Der Weinkeller war so groß, dass man einen Plan dafür brauchte?

„Seid ihr zufällig in den Billardraum gegangen? Auf dem Weg dorthin?"

Er nickte. „Wir dachten uns, wir könnten später ein Spiel machen. Charles hat vorgeschlagen, nach dem Abendessen Billard zu spielen."

„Und es war keiner drin?"

„Pamela lag nicht auf dem Tisch, falls du das meinst."

Genau das hatte ich gemeint. „Okay. Tut mir leid, dass ich dich unterbrochen habe."

„Also gingen wir durch den Keller und holten den Wein."

„Moment, zurück zum Billardraum. War dort etwas nicht in Ordnung? Irgendetwas, das euch aufgefallen ist?"

Er legte den Kopf schief. „Lucy, du hast doch gesehen, wie viel wir alle getrunken haben."

„Licht an? Licht aus?"

Er blinzelte, und ich hatte das Gefühl, er habe Schmerzen, als ich an seinen vom Alkohol benebelten Gedanken zerrte. „An. Es muss an gewesen sein, weil ich mich daran erinnere, zur Bar in der Ecke geschaut und gedacht zu haben, dass man in diesem Haus immer etwas zu trinken findet."

„Gut. Jetzt erzähle mir von dem Weinkeller."

Er sah mich an, als wäre ich nicht die Hellste. „Es ist ein Keller. Mit Wein drin."

„Okay, in Frankreich habe ich einmal einen Rundgang gemacht, und diese Weinkeller erstrecken sich meilenweit, es gibt einen Korridor nach dem anderen, alles voller Kisten bis zur Decke, und man kann verloren gehen, wenn man keine Karte hat. Ist er so?"

„Na ja, ganz so groß nicht, aber schon irgendwie ein Labyrinth. Die Weinsammlung in diesem Gut ist mindestens einhundert Jahre alt. Da unten ist es dunkel und kühl und alles voller staubiger Flaschen."

„Und nichts schien ungewöhnlich?"

„Nichts, was ich bemerkt hätte." Er nippte an seinem Bier. „Aber in dem Zustand, in dem ich war, hätte ich einem Elefanten begegnen können und ich hätte ihm einen guten Abend gewünscht."

„Aber wenn du Pamela gesehen hättest, tot oder lebendig, dann würdest du dich daran erinnern?"

„Natürlich."

„Und dann seid ihr beiden wieder direkt nach oben ins Esszimmer gegangen."

Er wollte gerade bejahen, da hielt er inne. „Nein. Charles brauchte frische Luft."

„Er brauchte frische Luft?" Was war das denn für einer, vielleicht eine viktorianische Dame, deren Korsett zu eng geschnürt war?

Miles sah ein bisschen beschämt aus. Er starrte in sein Bier und sagte: „Auf der Etage da unten gibt es keine Toilette."

Ekelhaft. „Wenn du also sagst, dass er frische Luft

brauchte, meinst du, er ist zum Pinkeln raus in die Büsche gegangen?"

„Ich habe nicht zugeschaut, aber ich vermute es."

„Also ist er durch die Tür unten nach draußen gegangen."

„Ja."

Hm, das war ja wohl interessant. Oder nicht? War er einfach nach draußen gegangen, hatte sich erleichtert und war dann durch dieselbe Tür wieder hereingekommen? War er draußen herumgelaufen? Angesichts der Alkoholmenge, die diese Kerle intus hatten, konnte ich mir gut vorstellen, dass er einmal quer durch den Garten gegangen war, um wieder zu Verstand zu kommen. Vielleicht war er sogar durch die Eingangstür ins Haus gegangen.

„Ich war an dem Abend natürlich immer wieder drinnen und draußen, aber gab es irgendeinen Streit oder hat irgendjemand über Pamela geredet?"

„Nicht wirklich, weil sie da war, aber sie hat definitiv für Wirbel gesorgt."

„Hat sie Ärger gemacht?" Das wäre keine Überraschung. „Kannte sie die anderen schon?"

„Ja Es überraschte mich, sie dort zu sehen. Ich hatte sie ein paar Mal mit Alex gesehen." Er spielte mit dem Homer und ließ seinen Daumen seitlich über die Seiten gleiten. Ich wartete. „Sie tat so, als wäre das alles ein urkomischer Witz. Als würde sie die Kellnerin spielen, obwohl sie eigentlich eine von uns war, aber irgendwie fühlte sich das verkehrt an. Jeremy sah aus, als wolle er sie erwürgen." Plötzlich schaute er auf und riss seine ausdrucksstarken Augen auf. „Sinnbildlich gemeint."

Ich wunderte mich.

„Weil Alex und Pamela ein Paar waren?"

„Ich weiß nicht, was sie waren. Alex ist nicht der Typ, der einem alles erzählt. Und er hat nicht vor, sich fest zu binden, wenn du verstehst, was ich meine."

Miles hätte damit genauso gut sich selbst beschreiben können. „Du meinst, er tobt sich lieber aus."

Miles beugte sich vor und dämpfte die Stimme. „Es gibt jede Menge tolle Mädchen in Oxford. Warum sollte er sich einschränken?"

Und genau da wusste ich, dass er sich all der jungen Frauen, die ihn schmachtend anstarrten, während er seine klassische Literatur las, genauso gut bewusst war wie ich.

„Wusste Pamela, dass sie eine von vielen war?"

„Wie ich schon sagte, ich weiß nicht, was für eine Art von Beziehung sie hatten. Vielleicht waren sie nur befreundet."

„Was ist mit Jeremy?"

Er fing wieder an, mit seinem Daumen über die geschlossenen Seiten seines Buches zu fahren. „Sie sind nicht meine engsten Freunde. Alex, Jeremy und Dolph sind alle gemeinsam in Eton am College gewesen. Sie kennen sich schon lange, aber ich habe sie erst vor ungefähr einem Jahr kennengelernt. Ich dachte, Pamela wäre mit Jeremy zusammen. Vielleicht war es sogar Jeremy, der ihr Alex vorgestellt hat. Ich weiß es nicht. Aber irgendetwas stimmte zwischen den beiden an dem Abend nicht. Definitiv herrschte Spannung. Normalerweise hat Jeremy bei solchen Abendessen immer neben Alex gesessen, aber dieses Mal saß er am anderen Ende des Tisches."

Ich dachte an das Instagram-Foto von Jeremy und Pamela im letzten Juli. Hatte Jeremy als Sprungbrett zu Alex gedient? Zu dem, den sie eigentlich wollte?

„Wie viel Zeit ist vergangen, bis Charles ins Esszimmer

zurückgekehrt ist?", fragte ich Miles.

Er schaute mich mit schmerzerfülltem Gesichtsausdruck an. „Das war ziemlich spät am Abend, Lucy. Es tut mir leid, sagen zu müssen, dass alles ein bisschen verschwommen ist."

Ich überlegte, welche Fragen ich ihm noch stellen konnte. Ganz besonders wollte ich wissen, worüber sie geredet hatten, während ich nicht im Raum war. Aber ich bezweifelte, dass Miles sich bereitwillig über Dinge auslassen würde, über die acht besoffene Studenten geredet hatten, als ich nicht dabei war. Ich grübelte immer noch, wie ich taktvoll anfangen konnte, da hob er seine Hand zum Winken, und als ich mich umdrehte, sah ich den Kolumbianer Gabriel Parkinson hereinkommen. An seiner Seite war ein umwerfend hübsches Mädchen, und fast hätte ich mich an meinem Bier verschluckt, als ich sah, dass hinter ihm Carlos und – wesentlich fröhlicher als bei unserer letzten Begegnung – Hester folgten. Sie sah gar nicht erfreut aus, als sie bemerkte, dass ich an dem Tisch saß, auf den sie zusteuerten, aber da waren wir schon dabei, Stühle von anderen Tischen heranzuziehen und unsere Zweier- in eine Sechsergruppe zu verwandeln.

Miles begrüßte alle und fragte: „Kennt ihr euch alle?"

Dann rettete er mich vor einer Lüge, indem er automatisch alle in der Runde vorstellte.

Gabriel sagte: „Ich war dabei, mit Carlos Spanisch zu üben. Es ist erstaunlich, wie schnell man einrostet. Ich vermisse es, meine Muttersprache zu hören."

Das konnte ich mir vorstellen. Mir fehlte manchmal auch der amerikanische Akzent meiner Heimat. Und ab und zu wäre es nett, das Wort *Chips* zu hören und es nicht in meinem Kopf in *Pommes Frites* übersetzen zu müssen. Oder für Mülltonne einfach *Trash Can* sagen zu dürfen, ohne das Wort immer mit dem britischen Ausdruck *Bin* zu ersetzen. Wie auch immer, es war schön zu sehen, dass Carlos und Gabriel einen gemeinsamen Zeitvertreib gefunden hatten.

Hester saß vielleicht etwas näher als nötig an Carlos, aber das schien ihn nicht zu stören. Gabriels Freundin – ein Date? – war blond und so dünn, dass sie entweder magersüchtig oder ein Model oder beides sein musste. Aber sie war hinreißend schön. Natürlich verband Gabriel und Miles der Mord, und sie fragten einander sofort, ob der andere etwas gehört habe. Beide schüttelten die Köpfe. Sie kamen mir besorgt vor, und ich fragte mich, was Miles mir verschwiegen hatte.

In der Hoffnung, dass auch die anderen Kerle von der Dinner-Party auftauchen würde, schaute ich mich um, aber ich wurde enttäuscht. „Wie geht es Alex?" fragte ich.

Als Gabriel und Miles wieder einen Blick wechselten und ihre Mienen noch besorgter wurden, wusste ich, dass ich ins Schwarze getroffen hatte. Gabriel war derjenige, der antwortete: „Seine Eltern haben ihn gebeten, zu Hause zu bleiben. Zumindest vorerst."

„Aber wir sind fast am Ende des Trimesters. Kann er es sich wirklich erlauben, den Unterricht zu verpassen?"

„Ich glaube nicht, dass er die Wahl hat", sagte Miles mit zusammengekniffenen Lippen.

Gabriel sprach aus, was wir alle dachten. „Die Polizei glaubt, er könnte diese junge Frau getötet haben."

„Aber warum? Warum eher er als alle anderen?" Ich war die zeitliche Abfolge selbst durchgegangen. Mir schien es, dass jeder irgendwann einmal den Raum verlassen hatte oder allein gewesen war. Jeder von ihnen hätte Pamela töten können.

„Er hat einen Anruf von ihr erhalten. Und dann ist er aus dem Zimmer gegangen und weg war er für ..." Gabriel rieb über seine Stirn. „Diese Dinner. Ich sollte echt nicht so viel trinken."

Miles nickte. „Wir haben alle dasselbe Problem. Alle haben wir ihn gehen sehen, aber keiner sah ihn zurückkommen. Aber er muss mindestens zwanzig Minuten weg gewesen sein."

Gabriel fragte: „Sind zwanzig Minuten wirklich genug Zeit, um jemanden zu töten?"

Carlos und Hester wechselten einen Blick, der vor Selbstgefälligkeit strotzte. Dann sagte Hester mit leiser Stimme: „Ihr würdet euch wundern."

Wow. Es sah wirklich nicht gut aus für Alex. Gerade hatte er auch auf meiner Liste der Verdächtigen den ersten Platz eingenommen, und ich war wirklich bemüht, keine voreiligen Schlüsse zu ziehen. Eins hatte ich aus meinen bitteren Erfahrungen gelernt: Sobald man von der Schuld einer Person überzeugt war, setzte das Gehirn all seine Kraft dafür ein zu beweisen, dass die eigene Theorie stimmte.

Es war viel besser, offen zu sein. Man musste alle für schuldig halten und die Verdächtigen dann einen nach dem anderen ausschließen. Das Problem an der Sache war, dass es mir bisher noch nicht gelungen war, irgendjemanden von der Liste zu streichen. Könnte ich doch nur in dieses Haus zurückkehren! Ich hatte das Gefühl, wenn ich mich konzentrierte, könnte ich eine Ahnung davon bekommen, was in dem Billardraum geschehen war. Wenn Pamela noch nicht ganz im Jenseits war, konnte sie mir vielleicht irgendeine Botschaft zukommen lassen. Irgendwie musste ich ihr mitteilen, dass ich dazu beitragen wollte, ihren Mord aufzuklären.

KAPITEL 12

*I*ch sagte: „Ich würde Alex gern besuchen und ihm sagen, dass ich ihm nicht die Schuld am Tod meiner Freundin gebe. Vielleicht hat er irgendeine Information, die uns helfen könnte, seine Unschuld zu beweisen."

Ich wusste nicht, ob Pamela hatte durchblicken lassen, dass wir eher Feindinnen als Freundinnen waren, oder zumindest, dass das auf mich zutraf. Hoffentlich wusste Alex nur, dass wir gute Freundinnen waren, die ihre Bekanntschaft wieder hatten aufleben lassen. Dann würde es viel logischer erscheinen, wenn ich bei ihm hereinplatzte, um ihm einen Haufen neugierige Fragen zu stellen.

Miles schien recht begeistert von meiner Idee. „Ja. Das ist ein ausgezeichneter Plan, Lucy. Ich dachte auch, dass es gut wäre, ihn zu besuchen. Ich kann ihm seine Bücher mitbringen. Dann kann er wenigstens ein bisschen lernen, während er unter Hausarrest steht."

„Und der wurde ihm wirklich nicht von der Polizei erteilt?"

„Nein. Von seinen Eltern."

Er sagte, er würde Alex seine Bücher mitbringen. Bedeutete das, dass er hier im Cardinal College Zugang zu Alex' Zimmer hatte? Ich sagte ihm, dass ich das für eine fantastische Idee hielte und dass wir vielleicht gemeinsam gehen könnten. Gabriel beschloss, dass er uns auch begleiten wollte. Ich erkannte sofort, dass auch Hester liebend gern mitgekommen wäre, aber sie hatte nicht den geringsten Grund, eingeladen zu werden. Gott sei Dank. Ein mürrischer Teenager-Vampir war das Letzte, was ich brauchte, wenn ich einen Mord aufklären wollte.

Als wir alle aus dem Pub gingen, sagte ich leise zu Miles: „Kennst du wirklich einen Weg, um in Alex' Zimmer zu gelangen?"

Er schaute mich an. „Ja. Er hat einen Schlüssel versteckt. Ich auch. Manchmal ist das praktisch."

Ich bohrte nicht weiter nach, warum es praktisch war, Schlüssel für das Zimmer anderer zu haben. Ich sah ihn an. „Erinnerst du dich daran, als wir den Mord bei *Ein Sommernachtstraum* aufgeklärt haben?"

Er erschauderte. „Sprich mich bloß nicht auf diese schreckliche Zeit an. Hätte es dich nicht gegeben, Lucy, hätte man vielleicht tatsächlich mir die Schuld gegeben. Sogar jetzt noch könnte ich im Gefängnis sitzen."

Ich wollte ja nicht prahlen, aber das sah ich genauso. Das ließ ich auf mich wirken. „Ich habe tatsächlich Talent, wenn es darum geht, Straftaten aufzuklären. Ich weiß, es ist unkonventionell, aber meinst du, ich könnte mitkommen, wenn du Alex' Bücher aus seinem Zimmer holst?"

Ich sah, wie er hin und hergerissen war zwischen dem, was richtig war und dem, was, na ja, richtig war. Schließlich sagte er: „In Ordnung. Aber erzähle es bloß niemandem!"

Ich konnte mir nicht vorstellen, dass ich jemals jemandem davon erzählen würde, dass ich in einer Studentenbude herumgeschnüffelt habe. Detective Inspector Ian Chisholm würde mir den Kopf abreißen. Rafe würde mich daran erinnern, dass ich mich in die Privatwohnung eines möglichen Mörders begab, und alle anderen würden einfach nur denken, dass ich eine neugierige Schnüfflerin war. Eine neugierige Schnüfflerin war ich tatsächlich, aber ich wollte diese Information nicht unbedingt überall verbreiten.

Am nächsten Vormittag sagte ich dem Portier – der mich inzwischen kannte, so oft, wie ich dagewesen war – guten Morgen und erzählte ihm, dass ich mit Miles verabredet war, und er ließ mich durch. Miles hatte bereits eine kleine Reisetasche gepackt, und obwohl niemand im Flur war, sagte er laut: „Dann hole ich nur kurz Alex` Bücher." Ich nickte und folgte ihm den Flur entlang. Wir gingen ins Zimmer, und während er direkt zum Schreibtisch ging, blieb ich einfach einen Moment lang stehen und schaute mich um.

Ich wusste nicht, wonach ich suchte. Ich hatte keine Ahnung, ob Alex irgendetwas mit Pamelas Tod zu tun hatte oder ob sie jemals hier gewesen war. Ich versuchte, der Hexe in mir die Kontrolle zu überlassen – dem Teil von mir, der voller Intuition und merkwürdigen Kräften war.

Von Miles wurde ich abgelenkt, als er nach Büchern griff und in Unterlagen blätterte, aber ich zwang mich dazu, ihn aus meinem Bewusstsein zu drängen. Ich konzentrierte mich und schaute mich noch einmal im Raum um, diesmal langsamer. „Pamela", sagte ich leise, „bist du hier gewesen?"

Fast unmittelbar wusste ich, dass es so war. Es war wie der Hauch von Duft, den eine parfümierte Frau hinterlässt, wenn sie den Raum verlässt. Alex' Zimmer war eins der luxuriösesten, die ich je gesehen hatte, mit einem Doppelbett, schweren Gobelin-Vorhängen vor den schönen alten Fenstern, einem Schreibtisch unter dem Fenster, ein paar Sesseln und sogar einem eigenen Badezimmer, was völlig untypisch war.

Als Miles gerade ein paar Sachen zusammenpackte, schlüpfte ich dort hinein. Ich wusste: Wenn ich irgendwo Spuren von Pamela finden würde, dann hier. Als ich die Tür hinter mir geschlossen hatte, damit er dachte, ich ginge auf Toilette, öffnete ich rasch alle Schubladen und den Schrank.

Wieder erhaschte ich einen flüchtigen Hauch von ihr, aber nichts, was mir weiterhelfen konnte.

Das Zimmer, in das ich gehen musste, war nicht das von Alex. Sondern ihres.

Ich biss mir auf die Lippe. Wie sollte ich das anstellen?

Als ich wieder herauskam, hatte Miles eine Handvoll Bücher und einen Stapel Papier zusammengesucht. „Okay, das müsste alles sein."

Als wir hinausgingen, fragte ich Miles, ob er wisse, wo Pams Raum sei. Er schaute mich über Alex' Lehrmaterial hinweg an. „Vage, aber falls sie einen Schlüssel versteckt hatte, weiß ich nicht, wo er ist."

Ich warf ihm mein unverschämtestes Grinsen zu. Dann zog ich eine Haarklammer aus meinem Haar. „Gib mir fünf Minuten mit der hier und einem Schloss, und ich bringe uns rein."

„Wird die Polizei nicht etwas dagegen haben?"

„Die wird mit ihrem Zimmer inzwischen fertig sein", sagte ich, als hätte ich eine Ahnung. Aber da Miles mir praktisch sein Leben zu verdanken hatte und außerdem glaubte, ich sei eine waschechte Detektivin, ließ er sich auf meinen Vorschlag ein.

„In Ordnung. Aber ich werde mich feige im Treppenhaus verstecken, während du einbrichst. Ich kann es mir nicht erlauben, von der Uni verwiesen zu werden."

„Verstanden." Ich war froh, dass er nicht dastehen und mir über die Schulter blicken würde, denn natürlich würde ich nicht die Haarklammer verwenden, um in den Raum zu gelangen. Ich würde Magie anwenden.

Er führte mich in ein anderes Stockwerk und einen Flur entlang. Dann ging er langsamer und fing an, von einer Tür zur anderen zu schauen – alle sahen gleich aus. „Es ist irgendwo hier", sagte er vage.

Wieder einmal ließ ich mich von meiner Intuition leiten. Es war lächerlich einfach zu entdecken, welches Zimmer ihres war. Da ich sie im Leben so gehasst hatte, traf mich ihre verbliebene Energie wie ein schlimmer Stromschlag. Ich blieb stehen und klopfte sanft gegen die Tür. „Die hier!", sagte ich.

Die Polizei hatte die Tür nicht mit einem Klebeband versperrt, es gab also nichts, was einen davon abhalten konnte, hineinzugehen, wenn man es konnte. Miles kam seinem Versprechen nach und sagte, er würde unten auf mich warten. „Es sei denn, du brauchst mich."

„Nein." Er sah sehr erleichtert aus. Auch ich war erleichtert. Ich wollte ihn nicht dabei haben, während ich hier herumschnüffelte.

Ein schneller Blick in beide Richtungen sagte mir, dass der Flur immer noch verlassen war.

Ich spannte meine Finger wie eine Diebin oder eine Klavierspielerin, obwohl ich Magie und nicht meine Finger verwenden würde. Ich wünschte, Margaret Twigg, meine Hexenmentorin, wäre bei mir, aber in letzter Zeit hatten wir viele Zaubersprüche geübt, und es war mir gelungen, meine eigene Wohnung, mein Auto und meinen Laden auf- und zuzusperren. Das hier würde nicht allzu schwierig sein.

Was mich hemmte, war das Gefühl, etwas Unrechtes zu tun. Darüber musste ich hinwegkommen.

Ich atmete erst langsam ein, dann wieder aus. Ich spürte, wie die negative Energie verebbte.

Dieses Schloss öffne mein Wunsch allein.

So will ich es, so soll es sein.

Ich drehte den Griff, und war etwas überrascht, als die Tür aufging. Fast fragte ich mich, ob sie überhaupt abgeschlossen gewesen war. Als so brillante Detektivin hatte ich natürlich nicht einmal am Knauf gedreht, bevor ich versucht hatte, die Tür mit Magie zu öffnen.

Ich schlüpfte hinein, machte die Tür hinter mir zu und verriegelte sie auf mechanische Art ganz ohne Zauber. Dann stand ich mit dem Rücken zur Tür in Pamelas Zimmer. Sofort packte mich das Entsetzen über ihren so ungerechten Tod. Sie hatte keine Warnung erhalten, keine Zeit gehabt, sich darauf vorzubereiten, und der Sinn eines vorzeitig beendeten jungen Lebens ergab sich aus ihrer To-Do-Liste an einer Pinnwand über dem Schreibtisch in ihrem Zimmer.

Ich konnte sehen, wo normalerweise ihr Laptop stand. Dort führten Kabel ins Nichts und man sah eine rechteckige freie Stelle, wo er offensichtlich gestanden hatte. Bestimmt hatte ihn die Polizei. Und auch ihr Abfalleimer war leer. Die Polizei hatte ihn sicher durchsucht und vielleicht sogar den Inhalt mitgenommen.

Das, was übrig geblieben war, war nur traurig. Ich

studierte die Liste der Vorhaben, die sie nie zu Ende bringen würde. Ich las sie mir durch, dann machte ich ein Foto mit meinem Handy.

Sie hatte geplant, nächste Woche eine Kunstprämiere in London zu besuchen. Ich fragte mich, ob das für ihr Studium oder zu ihrem persönlichen Vergnügen war.

Ich sah ein Referat über die Perspektive in der Renaissance, das sie niemals einreichen würde.

Das Interessanteste an der Pinnwand war aber ein Artikel über die drei vermissten Gemälde, die aus dem College gestohlen worden waren. Könnte Rafe recht haben? War es möglich, dass sie irgendwie in Kunstraub involviert war?

Da ich mich ohne Erlaubnis in ihr Zimmer geschlichen hatte, hatte ich keine Gewissensbisse, die Schubladen ihres Schreibtischs zu durchsuchen. Die Polizei hatte das bereits getan, und ich vermutete, sie hatten einen Großteil des Inhalts mitgenommen.

Ich fand ein paar Kataloge von Kunstausstellungen. Als ich sie durchblätterte, fand ich die Bestände von Kunstausstellungen und Auktionen, die bereits stattgefunden hatten. In einem davon steckte etwas, das offensichtlich von der Polizei übersehen worden war: ein Umschlag, den sie als Lesezeichen verwendet hatte. In dem Umschlag befand sich der Auszug ihres Anlagekontos, und der Betrag, den sie investiert hatte, war schwindelerregend. Eine weitere Bestätigung dafür, dass Pamela kein Geld gebraucht hatte.

Flink suchte ich den Rest des Zimmers ab. Ihr Badezimmer enthielt, wie erwartet, teure Kosmetikartikel, und ihr Schrank brachte genau die Art von Freizeitbekleidung zum Vorschein, die ein Vermögen kostete, ähnlich wie das, was sie getragen hatte, als sie zum ersten Mal in meinen Laden gekommen war.

Ich griff hinein und berührte eine Seidenbluse, die dort hing. Ich sagte: „Es tut mir leid, dass du so ein schreckliches Ende genommen hast, Pamela. Wir hatten unsere Meinungsverschiedenheiten, aber wenn es mir gelingt, werde ich denjenigen finden, der deinem Leben ein Ende gesetzt hat. Gute Reise! Sei gesegnet!"

Einen Augenblick stand ich da und atmete ihren Duft ein. Ihre Kleider waren gnadenlos geordnet, so wie es sich für eine derartige Kriegsmontur gehörte. Ich griff nach einem Stapel Schals und suchte einen aus schwarzem Kaschmir aus, der nach ihr roch. Er war zu dick, um ihn in meine Jackentasche zu stecken, also setzte ich darauf, dass Miles genauso ein schlechtes Auge für Mode hatte wie die meisten Männer, und schlang ihn mir um den Hals.

Nachdem ich diese Gedanken laut ausgesprochen hatte, fühlte ich mich ruhiger, klarer, und als ich wieder im Flur stand und die Tür hinter mir schloss, fühlte sich die Energie nicht mehr so wütend und gereizt an.

KAPITEL 13

$\mathcal{A}$m nächsten Morgen traf Miles kurz vor zehn für unseren Ausflug zu Alex bei mir ein. Ich trug Jeans und einen hübschen lavendelblauen Pullover, den Christopher Weaver für mich gestrickt hatte. Ich hatte mein Haar schlicht gehalten und ordentlich nach hinten gebunden, sodass es mir nicht ins Gesicht fiel. Wir beluden mein kleines rotes Auto, und machten uns auf dem Weg zum Gutshaus. Glücklicherweise war Miles schon öfter dort gewesen und wusste, wo es lag, denn ich war nur das eine Mal mit William dort gewesen und glaubte nicht, dass ich es allein wiedergefunden hätte. Und ich wagte stark zu bezweifeln, dass Sir Hugo Percival Browns Haus auf Google Maps zu finden war.

Als wir aus der Stadt fuhren, erzählte mir Miles, dass er nicht mehr ganz sicher war, den Gargoyles angehören zu wollen. „Als ich eingeladen wurde, hörte es sich nach jeder Menge Spaß an, aber ich glaube, meine Leber verträgt nicht viel mehr davon." Er warf mir einen Blick von der Seite zu. „Ganz zu schweigen davon, dass es ein bisschen schäbig ist, in einen Mord verwickelt zu werden."

Ich verstand nur zu gut, wie er sich fühlte. „Diese Verbände kommen mir so altertümlich und rückständig vor. Tun sie einem wirklich gut?"

„Du wirst schon sehen, Lucy. Dieselben betrunkenen Rüpel, die neulich an diesem Dinnertisch saßen, werden in ein paar Jahren dieses Land regieren. Mein Vater meint, es lohnt sich durchaus dazuzugehören." Dann sagte er mit der vornehmen Stimme eines älteren Herren, die ganz bestimmt die seines Vaters imitieren sollte: „Man kann die Bedeutung von Beziehungen in der Geschäftswelt gar nicht hoch genug einstufen. Unverzichtbar, mein Sohn, unverzichtbar."

Ich versuchte, meinen Blick auf die Straße gerichtet zu halten, drehte mich aber trotzdem zu ihm um und musste über seine derbe Interpretation schmunzeln. „Aber Miles, du willst doch Schauspieler werden. Keine Zuckerfirma leiten."

„Ganz genau." In meinen kleinen Wagen gezwängt zu sein, schien ihn unruhig zu machen. Er schaute aus dem Fenster, rutschte ein bisschen auf seinem Sitz herum und drehte sich wieder zu mir, um mich anzusehen. „Um ehrlich zu sein, ist eigentlich meine Schwester diejenige, die etwas von Geschäften versteht. Ich vermute, ich werde so ein Chaos anrichten, dass mein Vater zu guter Letzt sie zum Vorstand machen wird."

Beim Gedanken daran, von seiner jüngeren Schwester abgelöst zu werden, klang er nicht gerade so, als wäre er am Boden zerstört, und ich fing an zu lachen. „Miles, du kannst mich nicht an der Nase herumführen! Ich habe dich schauspielern gesehen. Du hast vor, den Unfähigen zu spielen, stimmt's? Du hast keinerlei Absicht, in die Fußstapfen deines Vaters zu treten."

Sein Grinsen war einfach zu charmant. „Du kennst mich zu gut, Lucy. Und ja. Genau das ist mein Plan."

Miles war seinem großen Durchbruch in der Theaterwelt vor weniger als einem Jahr ganz nah gekommen. Er hatte eine zweite Chance im Rampenlicht verdient. Vielleicht würde er es nie weiter bringen als in regionale Theater oder zu kleinen Rollen hier und da in Fernsehsendungen und - filmen, aber aus ihm konnte auch ein großer Star werden. Ich dachte, er würde nie wirklich glücklich sein, solange er seinem Traum keine Chance gab. Ich fühlte mich viel besser angesichts der Gewissheit, dass er genau das vorhatte, auch wenn es bedeutete, dass er seinen Vater täuschte.

Wir unterhielten uns über Filme, die wir beide gesehen hatten und tauschten unsere Meinungen aus, und es war schön zu reden und zu lachen und den Mord für den Rest unserer Fahrt zu vergessen. Doch schon bald bogen wir in die Auffahrt zum Gutshaus ein, und das gute Gefühl begann nachzulassen.

Das hier war der Schauplatz eines Verbrechens. Ein Polizeiwagen war in der Auffahrt geparkt. Noch schlimmer war, dass dort auch ein schwarzer Tesla in neuster Version stand. Ein Auto, das ich nur zu gut kannte. „Oh nein", murmelte ich vor mich hin.

„Was ist los?"

„Nichts", sagte ich gespielt fröhlich. „Ich habe vergessen, Violet von einer Bestellung zu erzählen, das ist alles. Später rufe ich sie an."

Wir stiegen aus, und Miles warf sich die Tasche mit dem Studienmaterial, das er für Alex mitgebracht hatte, über die Schulter. Wir spazierten den Weg zum Haus entlang, und er klingelte. Die Tür wurde von Mrs Briggs geöffnet, die hocherfreut schien, uns zu sehen. „Lucy. Wie schön, Sie wiederzusehen. Und Miles, Alex wird sich freuen, ein paar Freunde zu sehen. Kommen Sie herein!"

Kaum waren wir drinnen, da kam eine elegant aussehende ältere Frau mit schickem blondem Haar und einer schlanken, sportlichen Figur aus dem Esszimmer. Anders als Mrs Briggs schien sie nicht erfreut, uns zu sehen. „Miles. Nett von dir, dass du Alexander seine Bücher vorbeibringst. Aber benutzen wird er sie wahrscheinlich nicht."

Miles sah angesichts ihrer kühlen Begrüßung ein bisschen vor den Kopf gestoßen aus. „Hallo. Ich hoffe, es ist gerade kein schlechter Moment."

„An einen schlechteren kann ich mich nicht erinnern."

Was konnten wir beide dazu sagen? Sie schaute mich an, als hätte er mich vielleicht aus Versehen zur Tür hereingezerrt. „Nein, schon gut. Es ist nur so, dass das Haus heute von Leuten überlaufen zu sein scheint." Sie seufzte schwer. „Ich werde den Billardtisch neu bespannen lassen. Und dabei hatten wir ihn gerade mit neuem Filz bezogen."

Ich musste mich zusammenreißen, um die Frau nicht fassungslos anzugaffen. Sie benahm sich, als wäre eine Ermordete in ihrem Haus eine Unannehmlichkeit. Eine ärgerliche Haushaltsangelegenheit, wie wenn man eine Maus in der Speisekammer fand.

Ich schaute zu Mrs Briggs, die immer noch sorgsam ihr gelassenes Lächeln aufgesetzt hatte. Ich hatte den Eindruck, dass sie hart daran gearbeitet hatte, diesen Gesichtsausdruck perfekt zu beherrschen, und es würde einiges nötig sein, damit er ihr in Beisein ihrer Hausherrin entglitt.

Mrs Briggs sagte: „Ihr habt uns in einem etwas ungünstigen Moment erwischt. Aber ich weiß, dass Alex sich freuen wird, euch zu sehen." Einen Augenblick lang schien sie zu zögern, dann sagte sie: „Kommt doch mit in die Küche!" Oh ja, bitte. In den Zimmern der Hausangestellten würde ich sehr viel glücklicher sein. Außerdem: In der Küche war es weniger wahrscheinlich, dass ich jemand Bestimmtem über den Weg lief.

„Lucy?"

Verdammt. Ich versuchte, einen unschuldigen Blick aufzusetzen, als ich mich zu dem Mann umdrehte, der durch den Flur aus dem Wohnzimmer kam, das dem Esszimmer gegenüber lag. „Rafe. Was machst du denn hier?"

Natürlich schaute er mich an, als wäre das sein Text gewesen.

Glücklicherweise kam da gerade Alex die Treppe heruntergelaufen. Er sah müde aus, dachte ich. Wahrscheinlich verkatert. Er hatte eine Rasur nötig, und sein Haar konnte definitiv einen Kamm gebrauchen. Nun war er nicht mehr stilvoll zerzaust, sondern einfach nur noch zerzaust. Trotzdem tat er sein Bestes, um sein unbekümmertes, freches Grinsen aufzusetzen. „Hey, Kumpel", sagte er zu Miles. Als er mich ansah, war er nicht ganz so abfällig wie seine Mutter, aber fast. „Und die Kellnerin von neulich."

Ich lächelte ihn an. „Genau."

Miles hielt die Tasche voller Bücher hoch.

Er sah zufrieden aus. „Ja gut. Kommt doch mit nach oben!"

Mrs Briggs sagte: „Ich bringe euch Tee hoch. Wollt ihr Sandwiches?

Ich hätte abgelehnt, aber Alex sagte: „Ja, das wäre super. Danke Mrs B."

Ich muss zugeben, dass ich begeistert war, einen Blick ins

Obergeschoss werfen zu können. Als ich hinter den beiden Kerlen die Treppe hochging, tat ich so, als würde ich nicht bemerken, dass sich zwei sehr kalte Augen in meinen Rücken bohrten.

Alex hatte fast das gesamte Obergeschoss des Hauses für sich. Ein riesiges Schlafzimmer, sein eigenes Wohnzimmer, zu dem auch ein riesiger Fernseher und jegliches Zubehör für Videospiele und Computer und Jungskram gehörten, und ein kleineres Zimmer, in dem Fitnessgeräte und ein Schreibtisch standen, der nicht so aussah, als würde er viel genutzt werden, und außerdem ein großes, modernes Badezimmer.

Wir setzten uns alle ins Fernsehzimmer. Ich bewunderte den alten Kamin, die hohen Decken und die schönen Fenster, die einen Blick ins Grüne und auf die friedlichen Felder von Oxfordshire boten. Dort standen grasende Schafe und eine Reihe von Bäumen, die wahrscheinlich die Autobahn dahinter verbargen. Aber als ich aus diesem Fenster schaute, vermutete ich, dass der Ausblick sich in den letzten zweihundert Jahren kaum verändert hatte.

„Wie geht es dir?", fragte Miles, sobald wir uns gesetzt hatten.

Alex versackte in einem Sessel, der offensichtlich sein Lieblingsplatz war. „Absolut beschissen", sagte er. „Ich schwöre dir, wäre mein Vater nicht der, der er ist, säße ich schon im Knast."

„So schlimm ist es doch wohl auch wieder nicht, oder?", fragte ich.

Er schaute mich an, dann wieder Miles, und dann schien er hinzunehmen, dass ich auch dazugehörte. Er sagte: „Oh, noch viel schlimmer."

„Weil Pamela dich während des Abendessens angerufen hat?", fragte ich und duzte ihn ganz automatisch.

Er schüttelte den Kopf. „Sie hat mir eine Mitteilung geschickt. Sie schrieb, ich solle zu unserem Stammtreffpunkt kommen."

„Um wie viel Uhr war das?"

Ich hatte das Gefühl, dass er diese Fragen schon so oft gestellt und beantwortet hatte, dass er nicht einmal darüber nachdenken musste. Er zückte einfach sein Handy, tippte ein paar Mal auf dem Display herum und schob es mir zu.

Im Gegensatz zum löchrigen Gedächtnis eines Menschen, sagte mir das Mobiltelefon ganz genau, um wie viel Uhr er diese Nachricht erhalten hatte. Sie war um einundzwanzig Uhr siebenunddreißig eingegangen und sagte nur: „Schatz. Treffen wir uns am üblichen Ort!" Und ein paar Küsschen-Emojis.

„Wo war der Treffpunkt?"

„Der Stall. Dort gibt es eine Wohnung, die nie einer benutzt. Wir sind einige wenige Male dort gewesen. Ich ging hin, um sie zu treffen, aber sie ist dort nie aufgetaucht."

Das behauptete er zumindest. Wir alle wussten, dass sie um diese Zeit herum ermordet worden war. Und wenn sie aufgetaucht wäre?

„Dad besorgt mir gerade einen Strafverteidiger", sagte Alex. Das sagte er mit einer Mischung aus Wut und Prahlerei, aber ich erkannte die Angst hinter seiner Maske.

„Verdammt!", sagte Miles. „Meinst du, du brauchst einen?"

Alex zuckte mit den Schultern. Doch er konnte niemanden hinters Licht führen. Er war zutiefst verängstigt.

„Woher soll ich das wissen? Die Polizei will mich auf jeden Fall dafür drankriegen."

Immer noch dachte ich, dass der Mörder höchstwahrscheinlich er war, doch ich war entschlossen, weiterhin offen für alles zu bleiben. „Als sie nicht aufgetaucht ist, was hast du da gemacht?"

Er schaute mich böse an. „Ich habe auf sie gewartet. Warum sollte sie schreiben, dass sie mich treffen will, wenn sie mich gar nicht treffen will? Was für ein blöder Streich soll das denn sein?" Er sah verärgert darüber aus, dass Pamela ihn irgendwie in ihre Ermordung verwickelt hatte. In diesem Moment erinnerte er mich stark an seine Mutter.

„Wie lange hast du auf sie gewartet?"

Er zuckte die Achseln. „Das weiß ich nicht. Fünfzehn Minuten lang? Vielleicht zwanzig?"

Wieder fiel mir ein, wie betrunken sie alle gewesen waren. Zeit hatte wahrscheinlich keine große Bedeutung. „Hast du etwas gesehen? Wenn du sie nicht ermordet hast, dann muss es jemand anderes getan haben."

Er sah etwas beschämt aus. „Vielleicht bin ich ein paar Minuten lang eingeschlafen."

Gerade wollte ich ihn weiter löchern, da kam es zu einer unerwünschten Unterbrechung. Rafe kam herein.

KAPITEL 14

*I*ch schaute zu ihm hoch und sah, dass er nicht gerade freundlich aufgelegt zu sein schien. Er sah kühl, abweisend, und – wenn man ihn so gut kannte wie ich – wütend aus. *Na super.*

„Lucy!" Oh, seine Stimme war so angenehm und sanft. Nur ich konnte den scharfen Unterton hören. „Hast du kurz Zeit?"

Natürlich wollte ich kindisch und feige sein und ihm sagen, dass ich keine hatte. Ich war viel zu beschäftigt damit, mit Miles und Alex abzuhängen, aber ich wusste, dass es hoffnungslos war. Er würde einen Weg finden, um mich von hier fortzubringen, also sagte ich so fröhlich, wie ich konnte: „Na klar."

Ich entschuldigte mich und folgte Rafe aus dem Zimmer. Sobald man uns nicht mehr sehen konnte, packte er meine Hand und zerrte mich durch den Flur in das Arbeitszimmer, das Alex benutzte. Er schloss die Tür. „Was machst du hier?" Er klang wirklich fuchsteufelswild. Aber ich kannte Rafe. So wurde er nur, wenn er sich Sorgen um mich machte. Trotzdem konnte ich, wie ich ihm schon Hunderte Male gesagt hatte, sehr gut auf mich selbst aufpassen. „Ich bin mit Miles hergekommen. Pamela war meine – okay, sie war nicht meine Freundin, aber es war meine Schuld, dass sie an dem Abend überhaupt hier war. Ich versuche herauszufinden, was ihr zugestoßen ist."

„Ich glaube nicht."

„Was meinst du damit, dass du das nicht glaubst?"

„Das ist jetzt egal. Du musst gehen. Du unterhältst dich gerade mit dem Hauptverdächtigen in einer Mordermittlung. Darf ich dich daran erinnern, dass ein Mann, der eine allein stehende Frau aus Boston getötet hat, vielleicht auch eine andere umbringt?"

Ich schaute ihn zornig an. „Ich glaube wohl kaum, dass Pamela aufgrund ihrer Beziehungssituation oder ihres Herkunftsortes ermordet wurde."

„Warum, glaubst du, wurde sie denn ermordet?"

Und war das nicht die Frage, die wir uns inzwischen seit Tagen stellten? „Das weiß ich nicht. Das ist einer der Gründe, warum ich hier bin. Und warum bist du hier?"

Er sah von oben auf mich herab. Kalte Missbilligung konnte er besser zum Ausdruck bringen als jeder andere, den ich kannte. „Ich wurde eingeladen."

„Du Glückspilz!"

„Hugo hat mich gebeten, heute mitzukommen und ihm moralische Unterstützung zu bieten, nehme ich an. Die Polizei untersucht den Tatort noch."

„Ich weiß. Draußen habe ich die Polizeiwagen gesehen. Was wissen wir?"

Rafe hatte überall Kontakte, und einer meiner Favoriten war eine Insiderquelle, durch die er Kopien von Autopsieberichten bekam, manchmal sogar noch vor den Ermittlern. Normalerweise teilte er sein Wissen gern mit mir, aber da er sauer auf mich war, konnte ich sehen, dass er mit sich rang. Schließlich sagte er: „Sie ist erstickt."

„Also wurde sie erwürgt?"

„Ja. Und der Gürtel war die Mordwaffe."

Er schaute mich an, und ich wusste, dass er mir etwas verheimlichte. Ich kannte ihn schon lange genug, um zu wissen, dass ich ihn nicht bedrängen sollte. Schweigend stand ich da und wartete. Schließlich sagte er: „Komm mit!"

Er gab mir keine Erklärung, öffnete nur die Tür und ging den Flur entlang. Offensichtlich war er sicher, dass ich ihm folgen würde. Ich war versucht, es nicht zu tun, aber normalerweise war es besser, wenn ich ihm folgte. Schließlich hatten wir über den Autopsiebericht geredet. Was wusste er? Mich so anzustacheln war, als hätte er mir eine Leine um den Hals gebunden und würde mich hinter ihm herziehen. Er wusste, dass ich ihm folgen würde. Und das tat ich. Ich folgte ihm den ganzen Weg bis in den Billardraum.

„Warum sind wir hier?"

„Die Spurensicherung hat die Arbeit hier vor etwa einer halben Stunde beendet."

„Du meinst, wir können reingehen?"

Er nickte. Dann öffnete er die Tür und bedeutete mir voranzugehen. Ich kam herein. Ich konnte diesen leicht chemischen Geruch wahrnehmen, den ich inzwischen mit Fingerabdruckpulver assoziierte. Der Billardtisch mit seinem leuchtend roten Filzbezug jagte machte mir Gänsehaut. Aber ich zwang mich, näher heranzugehen. Langsam ging ich um den ganzen Tisch herum. Hier hatte Pamela ihre letzten Augenblicke verbracht. Hier war sie gestorben. Irgendetwas musste doch geblieben sein. Rafe sagte kein Wort. Er beobachtete mich nur mit diesen eisigen blaugrauen Augen.

In ihrem Zimmer hatte ich Pamela gestern so deutlich gespürt. Sogar in Alex' Zimmer hatte ich einen Hauch ihrer Essenz gewittert. In diesem Raum spürte ich bisher rein gar nichts.

Bestimmt brachte Rafe mich durcheinander. Ich suchte meine Mitte und konzentrierte mich nicht auf den Vampir, der den Raum dominierte, sondern auf die Frau, die hier gestorben war. Ich machte noch einen Rundgang im Zimmer und wandte mich an meine ehemalige Freundin.

Und ich spürte nichts.

Schließlich öffnete ich die Augen, als mir die Wahrheit wie Schuppen von den Augen fiel. „Sie ist nicht hier gestorben."

Er nickte langsam, und ich fühlte mich, als hätte ich einen Preis gewonnen. „Die Polizei ist sich nicht sicher, glaubt aber auch nicht, dass sie hier gestorben ist."

Wir schauten uns an, die offensichtliche Frage stand zwischen uns. Wenn sie nicht hier gestorben war, wo dann?

Als ich zurück nach oben ging, stieß ich auf Miles und Alex, die Sandwiches und Bier verschlangen. Sie boten mir ein Bier an, aber ich blieb bei Sprudelwasser. Ein Sandwich aß ich allerdings schon, und dabei fand ich heraus, dass sie von ihrem Gespräch über den Mord zu einer Unterhaltung über ihr Studium übergegangen waren. Ich musste wieder zum Thema kommen, wollte aber nicht so klingen, als wäre ich eine polizeiliche Ermittlerin. Da Schuldgefühle und

Entsetzen schwer auf Alex lasten mussten, hoffte ich, er würde wieder darauf zurückkommen. Oder Miles.

Also lauschte ich ihrem Gespräch über Homer und irgendetwas, das womöglich Mathematik war, dann sagte Miles: „Ach, ich weiß nicht, ob du das hier brauchst, oder ob es nützlich ist, aber ich habe es in meiner Hosentasche gefunden."

Er zog die Karte heraus, die er benutzt hatte, um die Weinflaschen im Weinkeller zu finden.

Alex schaute sie an und erschauderte. „Steck sie wieder ein! Ich will sie nicht."

Aber ich wollte sie. Das würde ich allerdings nicht sagen. Ich schaute zu, wie Miles das Papier zusammenknüllte und ihn in den Abfalleimer in der Ecke warf.

Alex schaute eine Minute lang tief in sein Bier. Ich hätte Miles küssen können. Der Anblick der Karte lenkte Alex' Aufmerksamkeit wieder auf den Mord. „Ich kann es nicht glauben. Ich kann nicht glauben, dass sie tot ist."

Meine Geduld hatte sich ausgezahlt. Ich fragte: „Wie kommt es überhaupt, dass sie bei diesem Dinner war?"

Er schaute mich an, als glaubte er, das wäre meine Schuld. „Sie war doch deine Freundin. Du weißt, warum sie hier war."

„Aber war es deine Idee, dass sie an dem Abend servieren sollte? Oder war es ihre?"

„Es war ihre. Ich dachte, sie macht Witze. Wisst ihr, mein Dad war so erpicht darauf, dass es keine scharfen Frauen hier geben sollte, dass er irgendeine Tussi aus einem Strickladen angeheuert hat, damit sie bei uns kellnert. Das habe ich Pamela zum Spaß gesagt, und dann hat sie gesagt, dass sie dich kennt und wie lustig es doch wäre, wenn sie auch hier auftaucht und ein bisschen kellnert." Er nippte an seinem Bier. „Wie gesagt, ich dachte, sie würde das als Scherz meinen."

Als „Tussi aus einem Strickladen" fühlte ich mich nicht gerade geschmeichelt.

„Ich hätte nie geglaubt, dass sie es wirklich tut, weil ..." Er brach mitten im Satz ab und tauchte wieder in seinem Bier ab.

„Weil sie schon einmal hier gewesen ist, stimmt's?"

Jetzt schaute er mich an, als wäre ich vielleicht eine Hexe oder so etwas. „Woher weißt du das?"

Ich würde ihm nicht verraten, dass er eine äußerst gesprächige Haushälterin hatte, für den Fall, dass ich Shannon Briggs damit in Schwierigkeiten brachte. „Ich habe Gerüchte gehört."

Wieder einmal sah er so trotzig aus wie ein Schuljunge. „Sie hat sich nur ein bisschen amüsiert und wollte mich überraschen. Nur, dass mein Dad hier war und das Ganze in einem Riesenstreit geendet ist. Also, ja, ich hätte nicht gedacht, dass sie allen Ernstes in dieses Haus zurückkehren würde. Schließlich wusste sie, dass er auch hier war."

Sie musste einen guten Grund gehabt haben. Wieder fragte ich mich, ob sie irgendwie in Kunstraub involviert war. Als ehemalige Händlerin hatte sie ihren perfekten Platz gefunden, und dann wurde sie zur Kunststudentin in Oxford. Ich fragte mich langsam, ob sie vielleicht gar nicht hinter einem Adelstitel her war, sondern eher nach den wertvollen Kunstsammlungen.

Inzwischen wusste ich, dass Pamela nicht im Billardraum ermordet worden war, sondern dorthin gebracht wurde, als sie schon tot war. Ich hätte wetten können, dass die Spurensi-

NANCY WARREN

cherung sich jetzt gerade die Ställe vornahm, wo Alex hinge-
gangen war, um sie zu treffen, wie er zugegeben hatte. Wenn
sie herausfanden, dass sie dort gestorben war, konnten weder
das Geld noch die Beziehungen seiner Familie ihn retten.

Manchmal, wenn ich einen neuen Zauberspruch übte,
beobachtete Nyx mich, offensichtlich besorgt von der Vorstellung, dass ich die Wohnung oder irgendeinen Gegenstand
aus Versehen in Brand setzen könnte. Sie behielt mich immer
im Auge und war stets bereit, im Nullkommanix aus dem
offenen Fenster zu springen. Genau so schaute Alex mich
jetzt an. Als könnte er die Worte nicht aufhalten, platzte er
schließlich heraus: „Ich habe sie nicht umgebracht."

Leider gehörte das Gedankenlesen nicht zu meinen
Talenten, deshalb hatte ich keine Möglichkeit zu sagen, ob
das die Wahrheit war. Ich würde mich auf die guten alten
Spionagetechniken verlassen müssen. Wie zum Beispiel jede
Menge neugierige Fragen. Ich entwickelte mich gerade zur
Meisterin in der Kunst neugieriger Fragen.

„Wussten die anderen Gargoyles, dass ihr euch regelmäßig saht?"

Stirnrunzelnd schaute Alex Miles an. Miles zuckte mit
den Achseln. „Ich habe dich mit ihr gesehen. Ich wusste
nicht so recht, was da läuft." Die Pause zwischen den beiden
Sätzen war so lang, dass ein Lastwagen dazwischen gepasst
hätte. Das, was Miles sagte, schien nebensächlich zu sein, im
Vergleich zu dem, was er ausließ.

Ich hatte keine Zeit für versteckte Andeutungen. „Du
meinst, sie war nicht die Einzige, mit der du Alex gesehen
hast?"

„Ich habe nie gesagt, dass wir eine exklusive Beziehung

170

führen", sagte Alex, als würden wir streiten. „Wenn sie andere Ansichten hatte, dann war das ihr Ding."

Niemand sagte etwas, und er errötete. Wenn er das der Polizei sagte, hätte er sich seiner Verurteilung zum Mörder einen weiteren Schritt genähert.

$\mathcal{A}$n diesem Abend berief ich eine Krisensitzung der Strickrunde der Vampire ein. Nicht alle konnten es einrichten, da auch Vampire dazu neigten verplant zu sein, aber Granny und Sylvia kamen, begleitet von Rafe und Theodore, und gerade als ich dachte, dass unsere Gruppe klein genug war, um nach oben in meine Wohnung zu gehen, kamen Hester und Carlos von der Straße durch die Eingangstür herein.

„Ich freue mich so, dass du uns heute Abend zusammengetrommelt hast, Lucy", sagte Sylvia. „Ich häkle gerade eine Tunika für dich. Ich will kontrollieren, ob sie passt." Ich war heilfroh, dass Stricken und Häkeln heute Abend auf dem Programm stehen würden, denn ich hoffte inständig, irgendjemand würde mir helfen, das, was ich gestrickt hatte, zu entwirren. Schon wieder.

Nyx kam hereingeschlendert, sie hatte ihren Lieblingsschlafplatz in meinem Schaufenster aufgegeben und rannte nun auf Rafe zu. Normalerweise waren Katzen so distanziert,

Nyx aber nicht. Zumindest nicht Rafe gegenüber. Er hob sie hoch, legte sie über seine Schulter und sie kuschelte sich zufrieden an ihn.

Sylvia holte die Tunika heraus, und ich seufzte erfreut. Die Farbe lag irgendwo zwischen Smaragdgrün und Petrolblau. Sie hielt sie mir an und nickte, offensichtlich zufrieden mit sich selbst. „Ich dachte mir schon, dass das zu deinem Hauttyp passen würde, und ich hatte recht."

Ich berührte das Kleidungsstück aus Spitze. „Wunderschön!"

Granny kam näher. „Ananasmuster. Was für eine bezaubernde Farbe. Im Frühling perfekt."

„Ja, das habe ich auch gedacht. Ich kann mich nur nicht entscheiden, ob die Tunika hier aufhören sollte" – sie fasste an den Bund meiner Jeans – „oder ob sie bis über die Oberschenkel gehen sollte." Meine Oma und sie machten einen Schritt zurück und legten ihre Köpfe schief, als wären sie Dior und Givenchy und ich wäre das Model, das bei der Frühjahrskollektion absolut kein Mitspracherecht hat. Ich versuchte gerade zu entscheiden, welche Variante ich häufiger tragen würde, da sagte Sylvia: „Ich mache sie in beiden Längen."

Da mich das sehr freute, hielt ich den Mund. Die kürzere würde gut zu Jeans oder einem Rock passen, die längere konnte ich perfekt über Leggings tragen. Sylvia setzte sich hin und fing an, ihre Häkelnadeln so schnell zu bewegen, dass ich den Blick abwenden musste, damit mir nicht schwindlig wurde.

Granny holte den Überwurf heraus, den sie für meine Couch oben strickte. Das Muster hatte ich aus einer der neuen Zeitschriften herausgesucht. Es ahmte hübsche Cotswold-Rosen nach und sollte über die Rückseite meiner Couch gehängt werden, obwohl ich vermutete, dass wir alle wussten, dass das Stück als Katzendecke für Nyx enden würde.

Ich holte meinen Fadensalat heraus, und Granny sah sofort zu mir herüber. „Oh Liebes, was hast du denn da angestellt?" Leicht verlegen reichte ich ihr den Schlamassel, und sie machte sich sofort ans Werk.

Ich schämte mich nicht ganz so sehr wie sonst, denn Hester machte gerade dasselbe für Carlos, der ebenfalls mit seinem Schal zu kämpfen hatte.

Als wir alle Platz genommen hatten, berichteten Rafe und ich ihnen von dem, was wir im Herrenhaus herausgefunden hatten, und dann fragte ich Sylvia, wie sie sich geschlagen hatte. Sie sah ziemlich zufrieden mit sich aus. „Du hattest recht, Lucy. Vikram ist ein hübscher junger Mann. Er erinnert mich so sehr an seinen Urgroßvater.

„Du hast ihn also gesehen?" Sie hatte schnell gehandelt.

Ziemlich selbstzufrieden sagte sie: „Ich habe ihn zum Nachmittagstee eingeladen."

Das war unvorstellbar. „Sag bloß nicht, du hast ihm erzählt, dass du seinen Urgroßvater kanntest? So etwa vor einhundert Jahren."

Sie sah mich vorwurfsvoll an. „Lucy. Meinst du, ich habe keinerlei Scharfsinn? Ich sagte ihm, dass ich eine alte Freundin der Familie bin. Und er war zu höflich, um nachzubohren."

Ich war mir nicht so sicher, ob es mir gefiel, dass sie mit Vikram Tee trinken war. Er war so hinreißend, dass sogar ich ihn zum Anbeißen fand. Und ich hatte immerhin nicht ihre Gelüste." „Worüber habt ihr beide gesprochen?"

Sie wedelte mit ihren Händen, sodass ihre Edelsteine funkelten. „Worüber spricht man schon beim Tee? Über sein wunderschönes Land. Was ich davon noch in Erinnerung habe. Wir haben über sein Studium geredet. Er ist ein bezaubernder junger Mann mit ausgezeichneten Manieren."

„Und dann hast du ihn nach dem Mord gefragt?" Denn der Rest war nur nette Plauderei zu einer Tasse Tee.

„Nicht so ganz. Ich habe ihm gesagt, ich wäre jetzt Heiratsvermittlerin."

Aus irgendeinem Grund stellten sich mir plötzlich die Nackenhaare auf. „Du hast was?"

„Oh, ja! Er ist ziemlich gewöhnt an so etwas, du weißt schon, in seiner Kultur."

„Und hast du ihm eine Partnerin angeboten?"

„Na ja, du hast doch gesagt, dass er gut aussieht, und ich wusste, dass er sich ziemlich für dich erwärmt hatte." Sie wirkte ziemlich kokett und warf mir einen Blick von der Seite zu. Sie führte etwas im Schilde, aber Rafe stand hinter ihr und hatte ihr Gesicht nicht gesehen.

Er stieß einen Laut aus, der fast wie ein Knurren klang. „Unterstehe dich, Lucy mit irgendjemandem aus diesem Gargoyle Club zu verkuppeln! Ist das klar?"

Als hätte er gar nichts gesagt, fuhr sie fort: „Wenn er darauf eingegangen wäre, hatte ich vorgehabt, ihm Violet vorzustellen."

Ich musste mich zusammenreißen, um nicht loszuprusten. Sie hatte Rafe so ausgezeichnet hinters Licht geführt, und er war ihr direkt in die Falle getappt. „Violet?"

„Selbstverständlich. Sie stammt aus einer ausgezeichneten Familie. Natürlich würde sie von mir eine sehr schöne Mitgift bekommen."

„Und? Hatte Prinz Vikram Interesse?" Ich hatte keine Ahnung, ob sie den Verstand verloren hatte oder ob sie ein raffiniertes Spiel spielte.

„Er ist bereits einer Frau in Indien versprochen."

„Wirklich?"

„Ja."

Theodore hatte aufmerksam zugeschaut. Er sagte: „Wenn er an Pamela oder jemandem wie ihr interessiert gewesen wäre, würde das bei seiner zukünftigen Ehefrau nicht gut ankommen, oder?"

Sie erwiderte seinen Blick und nickte. „Das habe ich mir auch gedacht, aber es war klar, dass er niemals solche Gedanken an Pamela gehegt hat. Es sei denn, er ist begabter im Schauspielern als ich, was natürlich nicht möglich ist. Eine interessante Information ist ihm allerdings rausgerutscht."

„Ich bin ganz Ohr. Was denn für eine?"

„Ich habe ihn dazu gebracht, über den Mord zu reden, was nicht schwierig war. Immerhin ist der ein ziemlich dramatischer Vorfall gewesen. Und da ich eine ältere Dame und eine Freundin der Familie war, vertraute er sich mir an. Er fragte sich, ob er der Polizei etwas sagen soll."

Sie musste eine großartige Schauspielerin gewesen sein. Ihr Timing war genial. Sie hatte uns alle dazu gebracht, nach vorn gebeugt an ihren Lippen zu hängen.

„Und zwar?", fragte Rafe sie mit seidiger Stimme.

Sie spielte mit dem prächtigen Rubinring an ihrem Finger, und ganz gleich ob es nun meine Hexenintuition oder mein guter alter Frauenverstand war, jedenfalls wusste ich sofort, dass dieser Ring ein Geschenk von Vikrams Urgroßvater gewesen war. „Vikram hat gesagt, dass er am Abend des Dinners auf die Toilette gegangen ist. Und dass er einen Streit gehört hat."

Niemand würde ihr den Gefallen tun und nachfragen, wer gestritten hatte. Wir alle schauten sie nur an. Doch sie ließ die dramatische Pause immer länger werden, bevor sie schließlich sagte: „Zwischen Jeremy Pantages und Alexander Percival Brown."

„Worüber?" Okay, meine Geduld war irgendwann einmal am Ende.

„Über Pamela. Er sagt, es sind hitzige Worte gefallen."

„Hat er sich daran erinnert, was für hitzige Worte das waren?" Dieses Mal war es Granny, die ihre Freundin dazu drängte, bei der Berichterstattung über diese aufwühlenden Ereignisse etwas schneller vorzugehen.

„Er konnte sich nicht ganz sicher sein. Und obwohl er es mir gegenüber nicht zugeben wollte, vermute ich, er war alkoholisiert. Aber er hat mir bestätigt, dass es eine hitzige Diskussion war, und er glaubte, dass sie darüber gestritten haben, wer Pamela bekommt."

Als wäre sie ein Spielzeug gewesen, um das man kämpft. Diese Typen waren so hochmütig, dass ich es kaum ertragen konnte. „Wer hat gewonnen?"

„Scheinbar war es eher eine hitzige Diskussion, als dass irgendeine Lösung erreicht worden wäre."

„Die scheinen für ihr Alter echt unreif zu sein. Mich hat es überrascht, dass Pamela sich für Alex interessiert haben soll. Klar, er ist attraktiv und stinkreich, aber sie brauchte das Geld nicht." Noch einmal dachte ich darüber nach, was sie für Alex für Mühen in Kauf genommen hatte. „Sie muss wirklich scharf auf diesen Adelstitel gewesen sein."

Rafe legte sein Strickzeug ab, sodass es Nyx, die sich auf seinem Schoß zusammengerollt hatte, ganz entzückend einhüllte. „Was für einen Adelstitel?"

„Den Titel, den Alex erben wird, wenn sein Vater stirbt. Der muss das Ziel sein, das sie verfolgte." Neben einer Million anderer.

Er schüttelte den Kopf. „Hugo Percival Brown ist Peer auf Lebenszeit. Er nimmt seinen Titel mit ins Grab."

Ich war so schockiert, dass ich eine Masche fallen ließ. Vielleicht auch zwei. In meinen Händen vertrugen sich Stricken und Spionieren nicht gut miteinander. „Du meinst, selbst wenn sie Alex geheiratet hätte, wäre sie nie zur Lady Percival Brown geworden?"

„Nein. Es sei denn, Alex hat selbst etwas Beachtliches geleistet, und angesichts dessen, was ich von diesem jungen Mann gesehen habe, halte ich das nicht für wahrscheinlich."

Theodore hatte eine Zeitung aus Oxford dabei. Natürlich prangte Pamelas Ermordung auf der Titelseite. Er reichte sie herum, aber nur Granny nahm sich die Zeit, den Artikel zu lesen. Ich ging davon aus, dass der Rest von uns ihn schon gelesen hatte, und dass es nichts zu berichten gab, was wir nicht bereits wussten. Doch es gab ein Foto, und Granny seufzte, als sie es sah. „So ein hübsches Mädchen. Was für ein trauriges Ende."

Sie kam zum Ende des Artikels auf Seite eins, und genauso wie ich es getan hatte, blätterte sie ein paar Seiten weiter und setzte ihre Lektüre fort. Sylvia schaute auf die Zeitung, die auf Omas Schoß ausgebreitet war, und gab plötzlich einen erstickten Schrei von sich.

Wir alle schauten sie an. Selbst Granny schaute von dem Artikel auf. den sie gerade las. „Was ist los? Ist dir ein Indiz aufgefallen, das uns allen entgangen ist?"

Doch Sylvia betrachtete gar nicht den Artikel über den Mord. Sie schaute auf eine Überschrift neben diesem Artikel. Und dort war ein Foto abgebildet. Heilfroh legte ich meine Stricksachen nieder und ging hinüber, um einen Blick auf die Zeitung zu werfen. Sylvia zeigte mit ihrem Finger auf das Bild und bohrte ihn ins Papier. „Das können sie nicht machen. Etwas Perfektes kann man nicht verbessern."

Als sie endlich aufhörte, auf das Bild einzustehen, konnte ich sehen, dass es ein Standfoto war. Der Titel lautete: Neuauflage von „Die Frau des Professors. Beginn der Dreharbeiten in Oxford."

Ich war etwas verwirrt, aber Granny wusste offenbar mehr als ich. „Die Frau des Professors. Das war einer deiner berühmtesten Filme, stimmt's?"

„Und ob. Und ich war brillant. Genau deshalb ist der Film ein Klassiker."

„Warum machen sie von den guten Filmen immer Neuauflagen?", wollte Granny wissen. „Es gibt so viele schlechte Filme, die verbessert werden könnten."

„Ganz mein Gedanke. Ich muss sehen, was ich angesichts dieses Skandals tun kann."

Ich starrte sie an. „Wie meinst du denn, dass du es verhindern kannst?"

Sie nahm eine Pose ein. „Ich hoffe, ich bin nicht Niemand."

Nun, in Vampirkreisen war sie vielleicht eine Bekanntheit, aber in der Welt der Lebenden hatte sie wenig Macht.

Wir alle starrten sie an, und ihr muss klargeworden sein,

dass sie ziemlich in der Klemme steckte, denn sie ließ sich gegen ihre Stuhllehne zurücksacken. „Okay, ich kann mich nicht persönlich dafür einsetzen, aber wozu habe ich mein Vermögen? Es muss doch irgendetwas geben, was wir tun können, um diesen Film zu stoppen."

„Nicht, wenn du die Rechte daran nicht besitzt", sagte Rafe. Als Experte für Antiquitätenbücher wusste er sicherlich so einiges über das Urheberrecht bei Büchern, und wahrscheinlich unterschied sich das nicht von dem bei Filmen.

„Ich habe Geld. Ich werde die besten Anwälte anheuern. Dem werde ich ein Ende setzen!"

„Nichts für ungut, meine Liebe", sagte Granny zu Sylvia, „aber dein Film war ein Stummfilm. Wenn sie eine vertonte Neuauflage machen, wird die Erfahrung vielleicht ganz anders sein." Sie sagte nicht das, was wir alle vermutlich dachten. Wer würde heutzutage noch einen Stummfilm anschauen? Vielleicht ein ausgefallener Kinoliebhaber, aber sich einen Film ohne Ton anzusehen, war hart für jedermann. Ich neigte dazu, ihr zuzustimmen. Eine Version, in der zum Teil gesprochen wurde, war wahrscheinlich gar keine schlechte Idee. Man muss dazu sagen, dass ich ohnehin noch nie von diesem berühmten Film gehört hatte. Ich würde mal nach ihm suchen müssen.

Sylvia sah schwer verärgert aus und sagte: „Man hat schließlich seine Standards. Wer weiß, ob das nicht eine geschmacklose, billige Wiedergabe einer Geschichte ist, die zu ihrer Zeit so schön war?"

Mir entfuhr ein Keuchen.

Sylvia drehte sich zu mir um und sah erfreut aus. „Also stimmst du mir zu?"

„Nein. Ich meine ja. Wahrscheinlich. Aber du hast mir eine Idee gegeben. Auf gewisse Standards verzichten. Wir haben die ganze Zeit damit verbracht, uns auf die acht jungen Gargoyles zu konzentrieren. Aber was ist mit den älteren?"

Rafe sah mich an, als hätte er Probleme, mich zu hören. „Wovon redest du? Du dachtest, Lochlan Balfour wäre der Mörder. Er ist mit Abstand der älteste Gargoyle, der an dem Abend beim Dinner war."

„Okay. Das stimmt. Aber dann ging alles so schnell. Und seither haben wir uns nur auf die acht Kerle unten konzentriert. Hauptsächlich auf Alex."

„Weil sie diejenigen waren, die Pamela kannten, und Alex hatte offensichtlich eine Beziehung zu ihr, auch wenn sie vielleicht so unverbindlich war, wie er behauptet. Es sieht nicht gut für ihn aus, Lucy."

Alex war mir so oder so nicht besonders wichtig. Ich hielt ihn für einen hochnäsigen Schwachkopf, aber wenn nicht er Pamela umgebracht hatte, wollte ich nicht, dass er dafür bestraft wurde. „Ich denke Folgendes: Was ist mit seinem Vater?"

„Du denkst, Hugo hätte Pamela ermordet?"

„Ich denke gar nichts. Ich schlage hier nur Ideen vor. Aber was ist, wenn er keine niedrigeren Standards für seine Familie wollte? Offensichtlich war er ein strenger Vater, und die Frau sah total versnobt aus. Wenn sie irgendwo am Tatort gewesen wäre, hätte ich sogar versucht, ihr den Mord anzuhängen. Sie hätte niemals gewollt, dass eine geschiedene Amerikanerin ihren kostbaren Sohn heiratet. Ich meine, Pamela hatte vielleicht eine Menge Geld, aber Geld brauchen sie nicht."

„Also willst du sagen, dass Hugo Percival Brown die Freundin seines Sohnes ermordet hat, weil er dachte, sein Sohn würde ihr zu nahe kommen?"

„Nun, vielleicht weiß er mehr über die Beziehung als wir? Vielleicht war es Alex ernster mit ihr als er zugibt? Dieses ganze Gehabe von wegen ‚wir hatten nur Spaß' könnte nur ein Deckmantel sein."

Rafe nahm sich Zeit, um zu antworten. Schließlich schüttelte er den Kopf. „Das Timing stimmt nicht. Wir waren mit Hugo zusammen, als seine Frau anrief."

Okay, ich versuchte, nicht enttäuscht zu sein, schließlich versuchte ich ja nicht, jemandem einen Mord in die Schuhe zu schieben, wenn er es nicht verdient hatte. Und doch gefiel mir meine neue Theorie. „Es ist nur diese ganze Geschichte mit der Ritterlichkeit, über die ich immer wieder nachdenke, und die Art, wie ihr Körper ausgebreitet war. Wenn es bei der Ritterlichkeit darum geht, die anderen vor etwas Schlimmem zu bewahren, dann hat er vielleicht versucht, seinen Sohn vor einer schlimmen Ehe zu bewahren."

„Er ist ein sehr ehrgeiziger Mann, dieser Hugo. Ich würde ihm nicht unbedingt einen Mord zutrauen, auch wenn er seinen Zwecken dient, aber er hat sich in der Geschäftswelt als rücksichtsloser erwiesen als in seinem Privatleben."

„Und du sagtest, er hätte ein Alibi?"

„Ja. Denk daran: Seine Frau hat um zehn Uhr angerufen.

„Bist du sicher, dass es seine Frau war?"

„Ja. Er hatte uns gewarnt, dass sie anrufen würde. Sie telefonieren immer um zehn, wenn sie nicht zusammen sind. Ich habe ein ausgezeichnetes Gehör, Lucy. Ich habe ihre Stimme erkannt. Sie sagte ihm, dass sie überlegte, ob sie ihren Friseur feuern sollte, falls du es wissen willst. Sie hat das Gefühl, dass er nun, da sein Salon so berühmt geworden ist – anscheinend dank ihr –, zu dominant geworden ist."

Gut, das hörte sich voll und ganz nach einem Gespräch zwischen Ehefrau und Ehemann an. Und es war genau die Art von Sache, auf die Alex' Mutter sich konzentrieren würde. „Und wie lange dauerte das Gespräch?"

„Na ja, er ist aus dem Raum gegangen, um mit ihr zu reden. Und ist nach ungefähr zwanzig oder fünfundzwanzig Minuten zurückgekehrt."

„Du hast recht. Das Timing stimmt nicht."

Seine Augen funkelten vor Belustigung. „Du klingst enttäuscht."

„Bist du sicher, dass es nicht Lochlan Balfour war?" Ich war durchaus bereit, die Theorie hinter mir zu lassen und andere Täter in Erwägung zu ziehen.

„Es könnte schon Lochlan Balfour gewesen sein. Wie du sagtest, ist er der Einzige der tatsächlich ein Hosenbandritter war. Aber ich kann mir nicht vorstellen, warum er ihren Körper so positionieren sollte. Und ein plausibles Motiv finde ich auch nicht."

„Aber eine Zeit lang wart ihr voneinander getrennt?"

„Ja, waren wir. Als Hugo mit seiner Frau sprach, sind Lochlan und Henry sich den Picasso am anderen Ende des Flures anschauen gegangen." Er schien noch mehr zu sagen zu haben, also wartete ich. „Henry ist überzeugt, dass es sich um eine Fälschung handelt, und er wollte Lochlans Meinung hören."

„Ich habe das Gefühl, dass alle Anwesenheit an jenem Abend hin und hergelaufen sind. Bleiben die Leute heutzutage nicht mehr anständig sitzen, um zu essen?"

„Nun gut, es war ein ziemlich langes Dinner. Und natürlich waren Lochlan und ich nicht so sehr am Essen interessiert wie manch anderer."

„Stimmt!" Er gab dem Begriff Lebensmittelunverträglichkeit eine ganz neue Bedeutung. Mir fiel etwas ein, und ich zog ein zerknülltes Blatt Papier aus meiner Jeanstasche. „Miles hat das hier zurückgelassen. Das ist die Karte, mit der er den Wein an jenem Abend gefunden hat."

Alle schauten mich an, als würden sie auf den Rest des Satzes warten. Als würden sie darauf warten, dass ich meinen Gedanken zu Ende dachte. Er war immer noch verschwommen und unförmig. Ich war mir nicht einmal sicher, dass er einen Sinn ergab. „Ich weiß, dass Miles und Charles in den Weinkeller gegangen sind, um den Wein zu holen. Ich frage mich nur, ob wir prüfen sollten, wie lange man dazu braucht."

Theodore schaute mich neugierig an. „Du verdächtigst Miles?"

„Nicht wirklich. Aber dieser Charles hat mir gar nicht gefallen. Er wirkte auf mich wie ein großspuriger Frauenheld."

Theodore gab ein höhnisches Lachen von sich. „Ich denke, das trifft auf so gut wie alle Mitglieder des Gargoyle Clubs zu." Rafe schaute er dabei nicht an, aber das war auch nicht nötig. Ich versuchte, mein Grinsen zu verbergen.

Trotzdem antwortete Rafe: „Zu meinen Zeiten benahmen wir uns etwas besser."

Dass das stimmte, wagte ich stark zu bezweifeln, aber ich wollte nicht den Faden verlieren. Ich zeigte allen die Karte. „Wie ich gehört habe, ist dieser Weinkeller beachtlich."

Keiner der anderen sah besonders beeindruckt aus. In ihrem Alter und als Vampire hatten sie vermutlich Keller für

Wein und anderes gesehen, die sehr viel großartiger waren als dieser hier. „Na ja, ich fand ihn beeindruckend. Jedenfalls glaube ich immer noch, dass es sich lohnen würde, auf ihren Spuren in den Keller zu gehen und zu kontrollieren, wie lange man dafür braucht. Charles ist nämlich nicht mit Miles zurückgegangen. Er ist durch die Tür im Untergeschoss nach draußen gegangen."

Rafe hob seine Hände. Nyx stieß mit ihrem Kopf immer wieder gegen seinen Oberarm, bis er sie wieder streichelte. „Und trotzdem: Was für ein Motiv hätte er gehabt, um Pamela zu töten?"

„Das weiß ich nicht. Aber wenn das Timing hinhaut, können wir ihn vielleicht genauer unter die Lupe nehmen."

Rafe schien nachzudenken. „Ich könnte in den Weinkeller gelangen."

„Rafe, ich will nicht, dass du nachts einbrichst und herumspionierst."

„Nein. Tagsüber. Hugo und ich haben über Weine gesprochen. Er hat mir angeboten, mir eine Kiste Château Margaux zu verkaufen."

„Wirklich? Er hat einen besseren Weinkeller als du?"

Er schaute mich an, als würde mir das halbe Hirn fehlen. „Natürlich nicht. Aber es ist ihm gelungen, eine Kollektion zu erstehen, bevor ich überhaupt davon gehört hatte."

Wie ich es mir verkneifen konnte, mit den Augen zu rollen, werde ich niemals verstehen. „Okay. Du bringst uns rein. Ich nehme mein Handy mit und stoppe die Zeit."

Ich wusste, dass er mich nicht mitnehmen wollte, aber was konnte er schon dagegen sagen? Es war meine Idee. Schließlich sagte er: „In Ordnung. Aber du weichst mir nicht von der Seite. Solange der Mörder nicht gefasst ist, ist das ein sehr gefährlicher Ort."

Ich willigte ein. Allein durch einen dunklen, verstaubten Keller gehen, wollte ich ohnehin nicht. Ich hatte nicht den Wunsch zu sterben. Rafe war sicher vieles, aber ganz gewiss war er ein ausgezeichneter Beschützer.

KAPITEL 16

*V*iolet beschwerte sich, dass ich sie im Geschäft schon wieder alleine ließ, aber es schien ihr nicht besonders leidzutun, den Laden für sich allein zu haben. Sie neigte dazu, in meiner Abwesenheit zu faulenzen und die neuesten Strickzeitschriften zu lesen anstatt sie auszulegen, und ich hatte den Verdacht, dass sie mit ihrem Handy herumspielte, wenn keine Kunden da waren, statt die Regale aufzuräumen und neu zu bestücken. Aber dafür war sie begabt im Umgang mit Kundinnen und Kunden und eine ausgezeichnete Strickerin, außerdem gehörte sie zur Familie. Da auch sie eine Hexe war, musste ich meine Fähigkeiten nicht verstecken, wenn sie in der Nähe war, und das war ein echter Vorteil.

Rafe kam mich abholen und wir fuhren zum Wohnhaus der Percival Browns. „Wie willst du erklären, dass ich mitgekommen bin?", fragte ich ihn, als sein schwarzer Tesla uns summend in Richtung unseres Ziels brachte.

„Das überlass mal mir! Deine einzige Aufgabe ist es, den Mund zu halten und zu tun, was ich sage."

Dieses Mal konnte nichts in der Welt mich davon abhalten, mit den Augen zu rollen. Es war möglich, dass er das dank seines ausgezeichneten peripheren Sehens als Vampir bemerkte, aber das war mir egal. „Vielleicht ist dir aufgefallen, dass es uns Frauen im letzten Jahrhundert gestattet wurde, Eigentum zu besitzen, zu wählen und unsere eigene Meinung zu haben. Wir dürfen außer Haus arbeiten. Die Welt ist ganz anders als zu deinen Zeiten."

„Das sagst du mir ständig." Er klang nicht so, als hielte er diese Entwicklung für positiv, aber ich vermutete, dass er mich nur ärgern wollte, und sah deshalb davon ab, mich auf nutzlose Diskussionen einzulassen.

Stattdessen sah ich mir die vorbeiziehende Landschaft an. Es war ein schöner Frühlingstag, die Felder waren grün, die Lämmer waren niedliche weiße Wattebäuschchen, die ganz nah bei ihren Müttern blieben, und die wilden Glockenblumen fingen an zu blühen. Wir kamen an alten Pubs, an neuen Wohnsiedlungen und dem einen oder anderen historischen Denkmal vorbei.

Gegen Mittag bogen wir in die Auffahrt zum Haus der Percival Browns ein, und ich war erfreut zu sehen, dass dort dieses Mal keine Polizeiwagen standen.

Rafe klingelte an der Tür, und Briggs, der Butler, machte auf. Er schien erfreut, uns zu sehen. Er war ein äußerst liebenswerter Butler. „Rafe, was für eine angenehme Überraschung. Und Lucy. Herzlich willkommen!"

„Ich hoffe, die Überraschung ist nicht zu groß. Hugo hat eine Kiste Wein für mich."

„Ja, er hat mir Anweisungen erteilt. Leider musste er heute in die Stadt. Aber er hat mir gesagt, ich solle Ihnen den Schlüssel zum Weinkeller geben. Ich kann Sie nach unten begleiten, wenn Sie möchten, aber er sagte, Sie würden sich auskennen."

„Das stimmt. Lucy versucht gerade zu lernen, wie Wein gelagert wird, deshalb habe ich sie mitgebracht." Oh, das war schlagfertig. Ich konnte sehen, dass Briggs sich fragte, was ich hier sollte. Da er mich eher mit dem Kellnern als mit dem Stricken in Verbindung brachte, war das ein guter Vorwand, und umgehend verschwand der verwirrte Ausdruck auf der Stirn des Butlers.

„Möchten Sie sich etwas stärken, bevor Sie in den Keller gehen? Tee? Sandwiches?"

„Nein, danke. Wir werden Ihnen nicht viel Zeit rauben."

Verstohlen zückte ich mein Handy, und als wir durch das Esszimmer kamen, startete ich die Stoppuhr.

Ich folgte Rafe nach unten in den Keller. Er schloss das Gitter am Eingang auf und öffnete es für uns, dann schaltete er das Licht ein. Die Glühbirnen waren düster und verstaubt, aber zumindest machten sie genügend Licht, damit wir den Weg durch das Labyrinth vor uns fanden.

Rafe und ich gingen hinein. Sofort spürte ich, wie die Stimmung umschlug. Es war kühl und still hier. Irgendwo musste es eine Belüftung geben, denn es roch nicht nach Nässe oder Feuchtigkeit. Ich schaute mich um und sah nichts anderes als reihenweise Weinflaschen. Es war wie ein Buchladen, nur waren die Regale nicht mit Büchern vollgestopft, sondern mit Flaschen über Flaschen gefüllt. Jeder der quadratisch unterteilten Bereich war mit der Weinsorte, dem Jahrgang und offenbar der Anzahl der Flaschen beschriftet. Die meisten davon waren staubig, so alt waren sie. „Total cool", sagte ich.

Ich holte die Karte heraus und wir gingen zu dem Ort, an dem sich der Wein fürs Abendessen befunden hatte.

„Er steht ziemlich auf Burgunder", murmelte Rafe, als wir an Weinen vorbeikamen, die auf die 1930er Jahre zurückgingen.

Als wir tiefer im Keller angelangt waren, packte mich ein merkwürdiges Gefühl. Es war wie Traurigkeit, Dunkelheit. Ich hatte das Gefühl, mein Herz würde zu schnell schlagen. Litt ich jetzt an Platzangst? Ich verlor das Interesse daran, Etiketten und Daten zu lesen. Ich wollte hier raus, und zwar schnell. Wir fanden den Wein von der Dinner-Party. Ich konnte die Stelle sehen, wo der Wein gelegen hatte. Nichts kam mir ungewöhnlich vor. Ich schaute Rafe an. „Können wir jetzt gehen? Dieser Ort ist mir nicht geheuer."

Aber er stand ganz still, hob seinen Kopf ein wenig und schnüffelte wie ein Polizeihund, der eine Fährte verfolgt.

„Spürst du irgendetwas, das anders ist?", fragte er mich. Meistens behandelte er mich ziemlich abschätzig, aber mein Hexentalent nahm er definitiv ernst. Na ja, jedenfalls ernster, wo ich doch nun lernte, es tatsächlich einzusetzen.

„Ich spüre Dunkelheit und fast eine Art Platzangst", gab ich zu.

Er sagte: „Stoppe die Zeit! Wir können sie in etwa verdoppeln, wenn wir wissen wollen, wie lange die Jungen von hier zurück ins Esszimmer hätten brauchen sollen. Aber sehen wir uns ein bisschen um!"

Das wollte ich ganz und gar nicht. Ich wollte da raus. Aber ich wusste, dass meine Panik sinnlos war. Mit Rafe war ich absolut in Sicherheit, und die Wahrscheinlichkeit, dass ein Herrenhaus, das seit zweihundert Jahren stand, plötzlich beschloss, über uns einzubrechen, war extrem unwahrscheinlich. „Wir haben sieben Minuten gebraucht, um herzukommen, also braucht man hin und zurück vierzehn Minuten." Rafe war schon losgegangen, also holte ich tief Luft, erdete mich, sagte einen kurzen Schutzzauber auf und folgte ihm. „Kannst du irgendetwas riechen?", fragte ich ihn.

„Sehr schwach. Aber ich denke, dass die Kellnerin hier drin war."

„Na ja, sie sollte herkommen und den Wein holen, aber zu guter Letzt haben Miles und Charles ihn besorgt."

Wir gingen bis zum Ende eines Kellergangs. Ich stand vor einem Regal mit Champagner. Wer hatte schon eine ganze Wand voller Champagner? Am Ende kehrten wir um und begannen, in die andere Richtung zu gehen, und das Gefühl in meiner Brust wurde immer schwerer. Es war keine Platzangst. Das, was ich spürte, war der Tod. Wir gingen weiter, dann blieb ich stehen. „Hier. Irgendetwas Schreckliches ist hier passiert." Mir wurde fast übel. Und meine Haut wurde klamm. Ich zwang mich dazu, weiterzuatmen und mich zu konzentrieren, und schaute mich achtsam um. Aber dieser Korridor sah genauso aus wie der letzte. Reihenweise staubige Flaschen. Und dann sprang mir etwas ins Auge. Unten, fast am Boden. Ich ließ mich auf die Knie fallen.

„Was ist das?", fragte Rafe.

„Sieh mal!", sagte ich und streckte meinen Finger aus. Er hockte sich neben mich, und erst da konnte er sehen, was ich entdeckt hatte. Einen Bereich, in dem der Staub von einigen Flaschen gewischt worden war.

Er nickte. „Auch ihr Geruch ist hier etwas stärker."

„Denkst du, sie wurde hier umgebracht?"

„Ja. Und du?"

Ich nickte. Aber ich empfand auch Verwirrung. „Was bedeutet das?", fragte ich Rafe.

„Ich denke, es bedeutet, dass du sehr vorsichtig sein solltest, wenn du mit deinem Freund Miles allein bist."

„Nein!" Mir widerstrebte der Gedanke, dass Miles ein Mörder sein könnte. Er war schon einmal zu Unrecht beschuldigt worden.

Die Flaschen im Weinkeller lagen mit dem Korken zur Wand, sodass ich nur den runden Boden der Flaschen sehen konnte. Eine Reihe nach der anderen. Sie waren nicht nur mit Staub bedeckt, sondern auch mit Spinnweben. Aber in diesem einen Bereich in der Nähe des Bodens sah es so aus, als hätte jemand einen Staubwedel genommen und sie damit gesäubert. Ich glaubte, dass Pamela genau hier gestorben war. Rafe schien einer Meinung mit mir zu sein. Ich war überrascht, dass es ihm nicht gelungen war, ihren Tod intensiver zu riechen, aber im Falle eines Erstickungstodes gab es natürlich kein Blut. Ich selbst hatte das Gefühl, dass sich mir die Kehle zuschnürte, als ich schluckte. „Aber Miles und Charles waren doch zusammen. Du willst doch wohl nicht sagen, dass sie es gemeinsam getan haben, oder?"

Er sah genauso verwirrt aus, wie ich mich fühlte. „Ich habe keine Ahnung. Ich weiß nicht, warum die beiden zusammen sie hätten töten sollen oder warum es einer von beiden hätte allein tun sollen."

„Ich habe mal einen alten Hitchcock-Film gesehen, in dem es um Leute ging, die nur deshalb einen Mord geplant haben, weil sie sehen wollten, ob sie dazu in der Lage waren." Ich grub die Erinnerung wieder aus. „Cocktail für eine Leiche. Ich glaube, so hieß er."

Rafe sah mich mit leicht gehobenen Brauen an. Ach ja.

Filme waren nicht so sein Ding, obwohl ich versuchte, seine kulturelle Bildung zu verbessern. Ich hatte ihm *Star Wars* und ein paar andere meiner Lieblingsfilme aufgezwungen, aber Hitchcock hatten wir nie gesehen. Ein paar seiner Filme würde ich auf die Liste setzen.

„In *Cocktail für eine Leiche* ging es auch um College-Studenten. Sie sahen Mord als eine intellektuelle Übung an." Ich versuchte mir vorzustellen, wie Miles einen kaltblütigen Mord plante, scheiterte aber. Er wollte Schauspieler werden. Nicht Mörder.

Aber Charles? Ich konnte mir ausmalen, dass er unangenehm wurde, wenn er nicht bekam, was er wollte. Und er sah sich selbst ganz offensichtlich als den Traum aller Frauen. Könnte Pamela ihm eine Abfuhr erteilt haben? Und selbst wenn, dann konnte ich mir immer noch nicht vorstellen, dass er sie ermordet hatte – es sei denn, es war ein Unfall, der seiner Trunkenheit geschuldet war.

„Also wissen wir jetzt, dass sie hier ermordet und dann in den Billardraum gebracht wurde, aber was ändert das?" Rafe schaute sich zwischen den Flaschen um, als hoffte er, eine davon würde aufbrechen und ihm die Antwort liefern, oder vielleicht studierte er die Sammlung.

Auch ich schaute mich um. „Ich denke, das ändert alles."

Das lenkte seine Aufmerksamkeit wieder auf mich. „Wie das?"

Ich folgte meinem Instinkt und einer gewissen Ahnung, die noch nicht ganz vollständig war. Das Letzte, was ich wollte, war, sie mit ihm zu teilen. Ich wusste nur eins: „Wir müssen Ian verständigen."

Rafe sah nie besonders glücklich aus, wenn das Thema Detective Inspector Ian Chisholm zur Sprache kam. Wahrscheinlich, weil er wusste, dass ich ein paar Male mit ihm ausgegangen war. Unsere Liebelei hatte uns nirgendwohin geführt, aber ich denke, Rafe hatte immer die Sorge, dass sie eines Tages wieder aufflammen würde. Das, was er zu bieten hatte, und das, was Chisholm zu bieten hatte, waren zwei ganz unterschiedliche Dinge. Ich mochte Ian, aber meine geheimen Fähigkeiten würden immer unser Geheimnis bleiben. Vor Rafe musste ich mein wahres Wesen nicht verstecken. Das, was ich für ihn empfand, war tiefe und komplizierte Gefühle, und ich wusste nicht, wie das ein gutes Ende nehmen könnte. Und doch bestand kein Zweifel daran, dass wir mehr als gute Freunde waren.

„Verlassen wir diesen kalten Keller", sagte ich und ging in Richtung Ausgang. Es fühlte sich sogar noch bedrückender an, wenn man so eine Last an verwirrten Emotionen in einen ohnehin schon engen, staubigen Keller mitnahm. Ich hatte das Gefühl, im Erdgeschoss frische Luft schnappen zu müssen.

Das Erste, was ich tat, als wir den Keller verließen, war, Ian von meinem Handy aus anzurufen. Er nahm sofort ab. „Lucy. Was kann ich für dich tun?"

„Wo bist du?"

„Ich parke gerade in der Auffahrt von Hugo Percival Browns Gutshaus. Kann ich dich zurückrufen?"

„Nein, ich bin hier. Dein Timing könnte nicht besser sein."

Er klang nicht so erfreut darüber, dass ich im Herrenhaus war. „Was machst du denn da?" Seine Stimme war schneidend und vorwurfsvoll. „Du spionierst doch nicht etwa, oder?"

Was für einen anderen Grund könnte ich denn sonst

haben, um hier zu sein? Natürlich spionierte ich. Trotzdem würde ich mich einem scharfsichtigen Ermittler nicht so leicht ausliefern. „Ich bin zu Besuch bei Alex."

„Bist du jetzt etwa mit Alexander Percival Brown befreundet?"

„Ja." Nein, aber das würde er hoffentlich nicht herausfinden. „Ich bin mit Miles Thompson hergekommen. Du kennst Miles ja." Da ich tatsächlich mit Miles befreundet war, oder zumindest in der Vergangenheit mit ihm zu tun gehabt hatte, musste Ian nachgeben. „Sei vorsichtig, Lucy! Dort ist ein Mord verübt worden, und der Mörder ist immer noch auf freiem Fuß."

Ein Schauer lief mir über die Arme. „Ich weiß. Genau darüber wollte ich mit dir sprechen. Kannst du zu uns kommen? Wir sind am Eingang zum Weinkeller."

„Wir?"

Ich verdrehte meine Augen, auch wenn er mich nicht sehen konnte. „Rafe Crosyer ist bei mir."

„Natürlich ist er das." Worte, die vor Sarkasmus trieften.

Ach, war das nett. Nun würde ich als Seil zum Tauziehen dienen, mit zwei Männern, die von beiden Seiten emotional an mir zerrten. Ich hatte weder die Zeit noch die Kraft, damit umzugehen.

Aber ganz gleich, wie mürrisch er beim Auflegen geklungen hatte: Nach fünf Minuten war Ian da. Er musste direkt durch den Haupteingang und nach unten gekommen sein, um zu sehen, was ich gefunden hatte. Zu Ian war eins zu sagen. Er war vielleicht manchmal gereizt mir gegenüber, aber er kannte mich inzwischen lange genug, um zu wissen: wenn ich ihm etwas zeigen wollte, dann war lohnte es sich wahrscheinlich, es sich anzusehen.

Er trug seinen üblichen Anzug mit weißem Hemd und Krawatte. Er warf Rafe ein kurzes Nicken zu, welches genauso erwidert wurde, dann fragte er: „Worum geht es, Lucy?"

Ich konnte ihm nicht von meinem Hexensinn erzählen, und noch weniger von Rafes Vampirsinn, also sagte ich das Beste, was mir einfiel. Lucy, die Superdetektivin. „Ich denke, ich habe etwas gefunden. Folge mir!"

Rafe sagte, er würde seine Kiste Wein ins Auto bringen und dort draußen auf mich warten. Zweifellos glaubte er, Ian würde meiner Theorie, dass Pamela hier gestorben war, eher Gehör schenken, wenn er selbst nicht dabei war. Und zweifellos hatte er recht.

Ich führte Ian zurück in den Weinkeller, an dem Bereich vorbei, in dem der Wein von neulich gelagert wurde, und er hielt inne. „Wolltest du nicht hierher?" Also war auch er war den Spuren von Miles und Charles gefolgt, und sicherlich hatte er die Zeit für Hin- und Rückweg gestoppt.

„Nein. Was ich dir zeigen will, ist hier drüben."

Unsere Schritte schlurften über den gefliesten Kellerboden, als er mir kommentarlos folgte. Ich führte ihm zu der Stelle, an der Pamela höchstwahrscheinlich getötet worden war. Ian schaute sich um, sah mich an, und dann wurde mir klar, wie superschwach das Indiz war, welches ich ihm bot. Wenn er die übersinnliche Energie, die ich fühlte, nicht spüren konnte, dann würde er nicht mehr finden als eine Stelle, an der ein bisschen Staub von einigen Flaschen gewischt worden war. Dafür konnte es Hunderte von Gründen geben. Jemand, der mit einem Besen hereingekommen war, ein Tier, das sich vorbeigeschlichen hatte – was hatte ich mir bloß dabei gedacht? Und doch wusste ich, dass dies der Ort war, an dem Pamelas Leben zu Ende gegangen war. Ich musste Ian dabei helfen, zur gleichen Schlussfolgerung zu kommen. Ich hockte mich hin und zeigte auf den Bereich, wo der Staub von den Flaschen abgewischt worden war. „Ich glaube, dass Pamela hier gestorben sein könnte."

Wie ich befürchtet hatte, sah er mich an, als hätte ich nicht mehr alle Flaschen im Weinregal. „Und worauf gründet sich diese Annahme?"

Auf meine Hexenkräfte, von denen er nichts wusste. Ich versuchte, überzeugend zu klingen. „Ist das nicht möglich? Das ist der einzige Bereich, in dem der Staub von den Flaschen gewischt wurde. Sieh mal hier und hier! Stell dir vor, ich würde erwürgt." Ich legte meine Hände um meinen Hals und tat so, als würde ich gegen das Weinregal auf der einen Seite und dann gegen das auf der anderen Seite gedrückt werden und dann zu Boden fallen. Eine gute Schauspielerin war ich zwar nicht, aber es gelang mir, die sauberen Flaschen zu berühren.

„Viele Dinge könnten den Staub von diesen Flaschen gewischt haben. Ist das alles, was du hast?"

„Man könnte es Intuition nennen. Du solltest wenigstens Nachforschungen anstellen!"

Er machte keine Anstalten die Spurensicherung einzuberufen, sondern machte die Taschenlampe auf seinem Handy an, ging in die Knie und leuchtete die Gegend ab. Er wollte gerade aufstehen, und ich wusste, dass nun eine vernichtend abfällige Bemerkung folgen würde, da hielt er inne. Und murmelte etwas.

„Was ist los?"

Würde er mir doch glauben?

Fast an sich selbst gerichtet sagte er: „Die Forensiker

haben Spuren von rotem Staub auf ihrer Kleidung gefunden. Wir dachten, er würde aus dem Stall kommen, fanden aber keine Übereinstimmung. Vielleicht stammt der rote Staub vom Backstein."

Als ich näher hinschaute, verstand ich, was er meinte. Als sie zu Boden gegangen war, hatte sie nicht nur den Staub von den Flaschen abgewischt, sondern sie hatte auch die abbröckelnde, alte Backsteinwand gestreift, die Teil des Kellers war.

Ich fühlte einen Rausch der Euphorie. Hauptsächlich, weil mir geglaubt wurde. „Also glaubst du, dass ich recht habe?"

Er schaute mich mit merkwürdig entschlossenem Blick an. „Ich denke, du hast bemerkenswerte Instinkte." Das sagte er nicht, als wäre es ein Kompliment, sondern fast so, als würde irgendein fauler Trick dahinterstecken. Natürlich stimmte das, aber er war schließlich ein Mann der Belege und der Wissenschaft. Ein Mann rationaler Erklärungen und Hinweise, um Beweismaterialien zusammenzutragen, die den Fall dann vor Gericht belegten. Sollte ich ihm da sagen, dass ich eine Hexe war, die den Tod spürte? Das würde Detective Inspector Ian Chisholm nicht gerade gut verdauen.

Also versuchte ich, seine Worte abzutun. „Nenne es einfach weibliche Intuition."

„Ich glaube nicht an weibliche Intuition."

Da ich nicht vorhatte, noch länger hierzubleiben, um mich von ihm noch weiter über meine ausgezeichnete Intuition ausfragen zu lassen, sagte ich: „Gut, ich lasse dich weiter ermitteln."

Als ich aus dem Keller ging, spürte ich, dass er mich beobachtete.

KAPITEL 17

As wir uns Oxford näherten, wandte Rafe sich mir zu und fragte: „Woran denkst du gerade, Lucy?"

Das sagte er, weil ich einen Großteil der Fahrt über still gewesen war. Und Rafe kannte mich gut genug, um zu wissen, dass das ein ungewöhnliches Verhalten war. Er neigte eher dazu, der starke, ruhige Typ zu sein, während ich eher in Richtung Plaudertasche ging. Aber meine Gedanken gingen gerade in eine Million Richtungen gleichzeitig. Und egal, in welche Richtung sie flossen – sie schienen immer wieder in eine Sackgasse zu gelangen.

„Es ist alles eine Sache des Timings", sage ich. „Jedes Mal, wenn ich denke, das Rätsel gelöst zu haben, passt die Abfolge der Ereignisse nicht dazu. Oder ich schaffe es, dass der Zeitplan stimmt, aber mein Verdächtiger hat keinen Grund, Pam zu töten."

„Auch Mörder lügen, was nicht hilfreich ist."

Damit hatte er natürlich recht. „Lass uns heute Abend gemeinsam zur Strickrunde der Vampire gehen. Ich will jeden einzelnen Hinweis, jede Geschichte, die wir gehört haben, alles, was uns einfällt, zusammentragen. Lass uns alles zusammenführen und sehen, ob ein zusammenhängendes Bild daraus entsteht."

„Das ist eine ausgezeichnete Idee. Macht es dir etwas aus, wenn ich Lochlan mitbringe?"

„Ist er nicht ein Verdächtiger?"

„Er hatte überhaupt keinen Grund, diese Frau umzubringen. Was er uns liefern kann, ist eine neue Perspektive."

Vermutlich war es kein Problem, wenn noch ein umwerfender Vampir bei uns war, also willigte ich ein, dass Rafes Hausgast heute Abend zur Strickrunde erscheinen durfte.

„Ich habe über Pamelas Ex-Mann nachgedacht."

„Was ist mit dem?"

„Er ist ein bekannter Baulöwe in Boston. Sehr reich und mit vielen Beziehungen."

„Und?"

„Ich denke, ich rufe ihn mal an."

„Meinst du, er redet mit dir?"

„Keine Ahnung, aber vielleicht hat er eine Ahnung, warum sie ermordet wurde."

Rafe bot mir an, mich zum Mittagessen einzuladen, aber ich sagte ihm, ich müsse in den Laden zurück. Das stimmte zwar, aber ich musste auch nachdenken und den Anruf tätigen. Als er mich absetzte, wandte er sich mir zu. „Es ist mir lieber, du bist mit irgendjemandem, der meilenweit entfernt ist, am Telefon, als mit potentiellen Mördern unterwegs."

Ehrlich gesagt ging es mir genauso.

Im Laden stieß ich auf William, der mit Violet sprach. Ich sagte Hallo und fragte mich, ob er uns um Unterstützung bei einem weiteren Catering-Auftrag bitten wollte, aber er schien um eine Erklärung für seine Anwesenheit im

Cardinal Woolsey's verlegen zu sein. Er stammelte, dass er zufällig vorbeigekommen war und sich vergewissern wollte, dass Vi sich nach dem Schock an jenem Abend wieder erholt hatte.

Ich schaute von einem zur anderen und dachte mir, dass sie beide aussahen, als führten sie etwas im Schilde. Ich war so in meine Gedanken über den Mord und die Motive vertieft, dass ich einige Sekunden brauchte, bis ich merkte, dass es hier nach Romantik roch – ein so viel süßerer Duft als Tod und Mord. Aber Moment – ich witterte auch noch etwas anderes, als William in eine Tasche zu seinen Füßen griff und ein eingewickeltes Baguette herausholte. „Vi und ich haben schon gegessen, aber ich habe Ihnen etwas zum Mittag mitgebracht."

„Definitiv der Weg zu meinem Herzen", scherzte ich und nahm das eingewickelte Sandwich an mich. Allerdings dachte ich mir, dass er wohl eher an Violets Herz interessiert war.

„Bleiben Sie noch ein bisschen", sagte ich. „Ich habe oben einiges zu tun."

Und damit ließ ich sie allein. Nyx folgte mir nach oben in meine Wohnung. Vielleicht ging ihr die Flirterei auf die Nerven. Ich war mir nicht sicher, welche Gefühle diese mögliche Liebesbeziehung in mir auslöste. Ob die beiden die Richtigen füreinander waren? Dafür sprach, dass William genau wusste, dass Violet eine Hexe war, und dass sie alles über Rafe wusste. Auf der anderen Seite war ich mir nicht so sicher, dass sie zusammenpassten. Aber vielleicht war das eine natürliche Angst meinerseits, weil ich sie beide so gern hatte und nicht an den Folgen leiden wollte, falls die Beziehung scheiterte.

Ich fragte mich, ob Rafe davon wusste und was er darüber dachte.

Sobald Nyx und ich in meiner Wohnung über dem Laden waren, bereitete ich das Mittagessen für uns beide zu. Eine Dose hochwertigen Thunfisch für meine wählerische Vertraute, und für mich holte ich einen Teller und wickelte das Baguette aus, das William mir gegeben hatte. Sofort sah ich mir die Füllung an. Hm, lecker! Camembert mit dünnen Apfelscheiben. Vor mich hin mampfend dachte ich über Pamela und den Weinkeller nach und überlegte, wie sich die Sache dadurch verändert hatte.

Als ich fertig war, rief ich noch einmal Sarah in Boston an – die Schulkameradin, die Pamela gekannt hatte. Und von ihr erhielt ich den Namen und alle Informationen, um Kontakt zu Pamelas Ex-Mann aufzunehmen.

Ich fand es nicht gerade reizvoll, einen Mann anzurufen, der von Pamela geschieden war. Wenn ich schon Bitterkeit empfand, was würde er erst empfinden. Ich hatte da so eine Ahnung. Zwar wusste ich nicht, ob das alles irgendeinen Sinn hatte, aber wie Ian gesagt hatte, war mein Instinkt ziemlich gut.

Pamelas Ex-Mann war nicht die Art von Mann, der selbst ans Telefon ging. Ich erreichte eine Assistentin und schaffte es dann, zu seiner persönlichen Assistentin durchgestellt zu werden, und als ich ihr meinen Namen sagte, bestand sie darauf, zu erfahren, worum es ging. Wenn ich mit dem Ehemann sprechen wollte, würde ich ehrlich sein müssen. „Es geht um den Tod seiner Ex-Frau."

„Mr Forbes hat bereits mit der Polizei aus Oxford gesprochen", informierte sie mich kühl.

„Ich weiß." Das stimmte zwar nicht, aber es ergab Sinn,

dass sie ihn angerufen hatten. Ich fragte mich, ob ich mir diesen Anruf hätte sparen können. Aber ich konnte auf andere Art mit ihm reden als die Polizei. Ich wollte nicht meinen „Ich bin eine Freundin seiner Ex-Frau"-Trumpf ausspielen, weil Pamela nicht meine Freundin war und ich nicht lügen wollte. „Bitte! Es ist wichtig."

„Ich werde mal sehen, ob er erreichbar ist", sagte sie mit einem Tonfall, als könne es bis zum St. Nimmerleinstag dauern, bis ich mit Pamelas Ex sprechen durfte. Aber zu meiner Überraschung und zu ihrer ganz sicher, sagte ein Mann nach kürzester Zeit: „Conrad Forbes am Apparat. Wie kann ich Ihnen helfen?"

Er hatte eine sehr sachliche Stimme und, wie ich vermutete, sehr wenig Zeit, die er für mich aufbringen konnte. Ich musste mein Anliegen vortragen, und zwar schnell. Das führte natürlich dazu, dass ich schwafelte und über meine eigene Zunge stolperte. „Hallo. Es tut mir leid, Sie zu stören. Mein Name ist Lucy Swift. Ich kannte Pamela aus Oxford."

„Ja. Und wie kann ich Ihnen helfen?" Keine Wärme. Wenn es möglich war, klang er noch kühler als seine persönliche Assistentin. Kein Zweifel, dass seine Zeit etwa eine Milliarde Dollar pro Stunde wert war, also war jede Sekunde kostbar. Ich kam direkt zur Sache. „Ich muss Sie fragen, warum Ihre Ehe gescheitert ist."

„Und was geht Sie das an?"

„Weil ich versuche, ihren Mord aufzuklären." Ich dachte, er würde einfach auflegen, wenn ich ihm keinen Grund nannte, warum er mir helfen sollte. „Mich hat sie auch hintergangen. Damals in der Highschool. Ich tippe einfach mal darauf, dass Pamela auch Ihnen untreu war."

Sein Lachen war leise und verbittert. „Sie haben sie ja gut

gekannt. Wie ich der Polizei gesagt habe, werde ich Pamela nicht vermissen, und den monatlichen Unterhaltsscheck erst recht nicht. Aber ich habe sie nicht umgebracht." Es trat Stille ein, und ich spürte, dass noch mehr kam. „Und ich habe auch niemanden angeheuert, der es tun soll."

An einen Auftragskiller hatte ich nicht einmal gedacht. Er musste sie wirklich gehasst haben.

„Für wen hat sie Sie verlassen?"

„Keine Ahnung."

„Aber Sie waren sich sicher, dass es einen anderen gab?"

„Hätten Sie Pamela wirklich gekannt, dann wüssten Sie, dass sie immer nach etwas noch Größerem suchte. Nach einem dickeren Fisch, den sie an Land ziehen konnte."

Ich kannte diesen Mann zwar nicht, war mir aber sicher, dass er sie nicht einfach so hatte gehen lassen. „Und wer war ein dickerer Fisch als Sie? Kommen Sie! Sie haben bestimmt einen Privatdetektiv eingeschaltet." Er gehörte definitiv zu dem Schlag von Mensch, der Privatermittlern jede Menge Arbeit verschaffte. Ich hatte keine Ahnung, ob er etwas Derartiges getan hatte – aber so ein Typ? Wenn sein Ego und so viel Geld auf dem Spiel standen? Noch während ich die Worte aussprach, war ich mir sicher, dass er genau das getan hatte. Und die Tatsache, dass er den Anruf nicht beendete, war die einzige Antwort, die ich brauchte.

„Das ist persönlich."

Ich hörte seinen Schmerz und nutzte ihn schamlos aus. „Aber es könnte helfen, ihren Mord aufzuklären. Sie haben sie einst geliebt – so sehr, dass Sie sie geheiratet haben. Wollen Sie denn nicht wenigstens wissen, wer sie umgebracht hat? Und warum?"

In der eintretenden Stille hörte ich, wie sich seine

Atmung veränderte. Wahrscheinlich war ihm nicht bewusst, dass seine Atemzüge nun kurz und abgehackt waren. „Sie war clever und hat nie Spuren hinterlassen. Ich ließ sie beschatten, war aber nie erfolgreich. Irgendjemand muss ihr dabei geholfen haben, ihre Spuren so gründlich zu verwischen. Wen auch immer sie kennengelernt hat – er verfügte über hohe Sicherheitsstandards." Ich hatte den Eindruck, er stellte sich einen ziemlich riesigen Fisch vor. „Wenn Sie mich nun entschuldigen würden, ich habe ein Meeting."

Verdammt! Ich dankte ihm für das Gespräch und bat ihn, mich anzurufen, falls ihm noch etwas einfiel. Aber ich wusste, dass er das nicht tun würde. Wenn er so war wie ich, dann wollte er diese Frau, die ihm so viel Ärger eingebracht hatte, einfach vergessen. Ich wollte gerade auflegen, da sagte er fast so, als würde er denken, ich wäre weg und er würde zu sich selbst sprechen: „Ich hätte ihr niemals diese verdammte Galerie schenken sollen."

Als ich den Anruf beendet hatte, schaute ich zu Nyx, die sich zufrieden ein Nickerchen nach dem Essen gönnte und sich auf der Couch zusammengerollt hatte, wo ein Sonnenstrahl ihr glattes Fell glänzen ließ. „Und was wollte er damit sagen?", fragte ich sie.

Sie bewegte sich, sodass ihre Nase noch tiefer unter ihrer Pfote vergraben war.

Den Nachmittag verbrachte ich damit, Bestellungen aufzugeben, während ich die Kunden Vi überließ. Ich zog mich lieber ins Hinterzimmer zurück, sodass ich das zahlende Publikum nicht damit störte, dass ich Löcher in die Luft starrte, wenn ich den Faden verlor.

Denn ich war ganz schön abgelenkt. Kunst. Pamelas Kunstgalerie, ihr Abschluss in Kunstgeschichte und die Art, wie sie die Gemälde im Hause Percival Brown studiert hatte – zwischen all dem gab es eine Verbindung. Aber welche?

Während ich Bestellungen zusammenstellte und Adressetiketten beschriftete, fragte ich mich das immer wieder. Ich würde noch verrückt werden. Warum konnte ich es nicht einfach sein lassen? Kompetente Polizeikräfte befassten sich mit der Sache, und ich hatte ein Geschäft zu führen und Pullover zu stricken. Warum mischte ich mich immer wieder in die Arbeit der Polizei ein?

Aber ich kannte die Antwort. Ich hatte sie nicht gemocht. Sie war gemein zu mir gewesen. Aber früher einmal war Pamela meine Freundin gewesen. Und sie war eine Frau wie ich, eine Amerikanerin in England, ohne viele Freunde hier. Würde man mich umbringen, würde ich wissen wollen, dass es jemanden wie mich gab, der versuchte herauszufinden, was geschehen war.

Außerdem würde ich es dann vielleicht schaffen, endlich damit abzuschließen.

Also grübelte ich weiter über Pamelas Tod nach, während Vi sich um die Kunden kümmerte. Violet war gut gelaunt und machte sich nützlicher als sonst, deshalb fragte ich mich, ob zwischen ihr und William irgendetwas lief, das sie in so fröhliche Stimmung versetzte. Allerdings erzählte sie mir nichts davon, und ich bohrte auch nicht nach. Im Moment wollte ich das gar nicht wissen.

Vi war nach Hause gegangen und ich hatte gerade den Laden abgeschlossen, da tauchten Sylvia und Granny auf. Sie hatten diesen Blick, den sie immer bekamen, wenn sie einen neuen Pullover hatten, den ich anprobieren sollte. Auch die Tasche in Sylvias Händen war ein Fingerzeig.

Ich wurde ihrer Geschenke nie überdrüssig, besonders, wenn sie von jemandem mit gutem Geschmack und einem Sinn für Mode angefertigt worden waren. Wie von Sylvia.

Begierig holte ich die Spitzentunika heraus, die sie für mich gehäkelt hatte. Vom Ananasmuster hatte ich zwar keinen blassen Schimmer, aber das Ergebnis war himmlisch, luftige Spitze in einer Farbe, die mich ans Baden an den ägyptischen Mittelmeerstränden erinnerte, als ich zu Besuch bei meinen Eltern gewesen war.

„Die ist wunderschön!", rief ich. Sie war zwar zu durchsichtig, um allein getragen zu werden, aber ich sagte ihnen, dass ich ein weißes T-Shirt besäße, das ich darunter anziehen könne.

„Das könntest du", stimmte Sylvia nicht sehr begeistert zu, dann griff sie mit der Hand in die Tasche, die ich nun für leer gehalten hatte, und holte ein Seidenleibchen in einem helleren Türkiston heraus.

„Perfekt!"

„Und probiere mal diese hübschen Reifen-Ohrringe aus Silber an, die du hast", schlug sie mir vor. „Und ich frisiere dich."

Ich war verwirrt. „Gibt es einen bestimmten Anlass?"

Sie sah verblüfft aus. „Braucht man einen Anlass, um so hübsch wie möglich auszusehen?"

KAPITEL 18

*U*m zehn Uhr an diesem Abend versammelten wir uns erneut. Ich hatte mein Haar à la Sylvia gestylt – zu einer unordentlichen Hochfrisur, die aussah, als hätten dreißig Sekunden gereicht, um sie zustande zu bringen, dabei hatte sie fast eine Stunde in Anspruch genommen. Es war lustig gewesen, zu dritt zu plaudern, uns alle Neuigkeiten zu erzählen und über alles außer Mord zu reden. Sylvia hatte mich auch geschminkt und sie hatte recht damit, dass die silbernen Reifen perfekt zu meiner neuen Tunika passten.

Zu guter Letzt hatte Granny mir noch ein silbernes Armband ums Handgelenk gelegt. „Das habe ich in Irland für dich gekauft, mein Liebes." Ich hatte dasselbe Design auf Ringen gesehen: zwei Hände, die ein Herz hielten.

„Es ist wunderschön!"

„Das ist ein Claddagh. Für Liebe, Loyalität und Freundschaft. Alles, was ich für dich empfinde."

Ich schloss sie beide in die Arme, und dann gingen wir zum spontanen Treffen der Strickrunde der Vampire nach unten. Mein Strickzeug nahm ich nicht mit. Ich wusste, es würde mir nicht gelingen, mich zu konzentrieren.

Als die Gruppe nach und nach eintraf, bekam ich ein paar Komplimente für meine Tunika, und auch mein neues Armband zeigte ich stolz herum. Granny sagte: „Ich war ziemlich enttäuscht, keinen Laden zur Miete in Ballydehag gefunden zu haben, aber vielleicht bin ich noch nicht ganz bereit, Oxford zu verlassen."

„Wir halten weiter Ausschau", versicherte Sylvia ihr. Denn auch wenn es schwer war, würden wir Granny aus Oxford fortschaffen müssen, bevor sie irgendeiner alten Freundin in die Arme lief, ohne dass ich dabei war, um einen zuverlässigen Vergessenszauber anzuwenden.

Lochlan und Rafe trafen gemeinsam ein. Lochlan dankte mir für meine Einladung, als wäre es eine große Ehre.

Rafe stellte ihn vor, obwohl die meisten Vampire den irischen Vampir schon kannten.

„Gut", sagte Lochlan und rieb sich die blassen Hände. „Lasst uns einen Mörder schnappen."

Einen besseren Auftakt für unser Treffen hätte es nicht geben können. Ich erzählte den anderen von meinem Telefongespräch und dass Pams Ex-Mann einen Privatdetektiv beauftragt hatte, der niemals Beweise für eine Affäre gefunden hatte. Theodore, der diesen Beruf selbst ausübte, schien nicht gerade begeistert von der Arbeit seines amerikanischen Kollegen. Ich hatte das Gefühl, dass er sich ziemlich sicher war, dass er jede Menge Beweise ausfindig gemacht hätte, wäre er mit dem Fall betraut gewesen. „Also ist das eine Sackgasse."

„Außer, dass wir wissen, dass sie von ihrem Mann zu jemandem gezogen ist, der reicher gewesen sein musste und vielleicht sogar einen Titel besaß. Sie hätte ihren Mann nicht verlassen, wenn sie nicht gedacht hätte, dass sie etwas Gutes an der Angel hatte", sagte ich.

„Meinst du, das hat sie nach England geführt?", fragte Granny.

„Das weiß ich nicht. Aber ich bezweifle, dass sie nur gekommen ist, um einen Abschluss zu machen", sagte ich.

„Also, egal für wen sie ihren Mann verlassen hat – was ist mit ihm passiert? Haben sie sich getrennt? Oder ist sie ihm nach England gefolgt?" Ich erzählte ihnen, dass ich das Foto von ihr und Jeremy bei der Henley Regatta im letzten Juli auf Instagram gesehen hatte. „Ist er es, der sie nach England gebracht hat? War es jemand anderes?"

Ich sah Theodore an. „Was meinst du?"

Er sah ziemlich erfreut aus, gefragt zu werden. „Die Spur ist natürlich kalt. Aber ich mag Herausforderungen."

„Allerdings bleibt nicht genug Zeit für eine Reise nach Nordamerika. Hast du hier Kontakte?"

„Lucy, ich habe überall Kontakte."

Das Netzwerk der Vampire verstand es immer wieder, mich zu beeindrucken. Es gab unterirdische Wurzeln, die Vampirgruppen auf der ganzen Welt miteinander verbanden. Und sie schienen ein unglaubliches Spionage-Netzwerk zu haben.

„Okay. Dann schau, was du herausfinden kannst!"

Dann erzählte ich von dem abschließenden Kommentar, nämlich, dass Conrad Forbes sich wünschte, er hätte Pamela keine Kunstgalerie gekauft.

„Das muss der Ort sein, an dem Pamela den Mann kennengelernt hat, mit dem sie ihre Affäre begonnen hat", sagte Lochlan und schaute sich um. „Sicher?"

Sylvia, die sich von einem Häkelkleid von Dolce & Gabbana auf dem Mailänder Laufsteg hatte inspirieren lassen, war wieder einmal mit ihrer Häkelnadel am Werk. Doch sie stoppte ihre schnellen Bewegungen und schaute auf. „Ist Harvard nicht in Boston?"

„Ja."

Sie wirkte aufgewühlt. Schließlich sagte sie: „Prinz Vikram sagte mir, er habe den letzten Sommer mit Freunden in Boston verbracht. Bestimmt ist es nur ein Zufall, aber ich dachte, ich sollte es erwähnen."

„Was meinst du, Lucy?", fragte mich Theodore.

Genauso wie Sylvia sträubte ich mich gegen die Vorstellung, dass dieser reizende Mann irgendetwas mit Pamela oder, noch schlimmer, ihrem Tod zu tun hatte. „Ich weiß nicht. An dem Abend des Dinners habe ich keinerlei Interaktion zwischen ihnen gesehen." Ich drehte mich zu Rafe um. „Und du?"

Er schüttelte den Kopf.

Theodore berichtete, dass Pamelas Professor tatsächlich gerade ein Buch über Renaissance-Malerei herausbrachte, Pamela aber nie angeboten hatte, ein Fest für ihn auszurichten. Das war keine Überraschung. Theodore sagte außerdem, er bezweifle, dass der Mann in Kunstraub verwickelt sei, da er über achtzig war und an einer Makuladegeneration litt.

„Du meinst, er erblindet?", fragte Dr. Weaver.

„Ja. Also könnte er mit Bildern nichts anfangen."

Ich schaute mich im Raum um. „Wir übersehen irgendetwas. Was ist es?"

Jeder Einzelne von uns sah frustriert aus. Sylvia sagte: „Wenn Pamela doch nur mit uns sprechen könnte."

Ich hatte eine Idee. Eine, die schon den ganzen Abend in meinem Kopf herumgeschwirrt war. „Vielleicht kann sie es."

Sylvia wandte sich mir zu. „Kannst du jetzt mit Toten reden? Deine Hexenkräfte haben sich verbessert."

„Nein, ich kann nicht mit Toten kommunizieren. So eine gute Hexe bin ich nicht. Aber mir fällt ein Weg ein, wie Pamela eine Nachricht an ihren Mörder überbringen könnte."

Und damit hatte ich die Aufmerksamkeit aller in der Tasche.

Ich sagte: „Theodore, kannst du ein Foto manipulieren?"

Angesichts meiner Frage sah Theodore recht verstört aus. „Warum um alles in der Welt sollte ich das tun?"

„Weil wir einen Beweis brauchen. Und wir haben keinen."

Theodore sah so ernst aus, wie sein Babygesicht es zuließ. „Lucy, willst du damit andeuten, ich, ein lizenzierter Privatdetektiv, solle Beweise fälschen?"

Ich machte ein unterwürfiges Gesicht. „Nicht unbedingt Beweise fälschen. Eher eine Möglichkeit erfinden."

„Ganz bestimmt nicht." Er sah aus, als hätte ich ihn zutiefst enttäuscht. „Ich könnte meine Lizenz verlieren."

Die konnte er sehr viel schneller verlieren, wenn sein Dachverband herausfand, dass er untot war, dachte ich.

In die etwas peinliche Stille hinein sagte Hester: „Ich kann es machen."

Alle drehten sich zu Hester um. „Das kannst du?"

„Guckt nicht so überrascht! Was soll ich denn sonst mit meiner Zeit anfangen?" Sie stieß einen tiefen Seufzer aus. „Mir ist so langweilig! Deshalb spiele ich mit dem Computer herum, ja."

„Und du kannst Fotos manipulieren?", fragte Carlos sie.

„Ja."

„Das ist so cool." Er hörte sich ziemlich enthusiastisch an, was sie aufblühen ließ. Aber sie blühte immer auf, wenn sie mit Carlos zusammen war. Sie hatte sich sehr weit von der schwermütigen, traurigen Jugendlichen entfernt, die sich immer unter schwarzer Kleidung versteckte. Nun hatte sie eine enge Jeans und einen dunkellila Pullover an. Okay, das war jetzt noch kein Kontrast zu vollkommenem Schwarz, aber es war immerhin ein Fortschritt.

Jedenfalls war ich fürs Erste mehr an ihren Fähigkeiten bei der Manipulation von Fotos interessiert als an ihrem Sinn für Mode. „Wenn ich dich also bitten würde, ein Foto zu erstellen, auf dem zwei Personen zu sehen sind, könntest du das tun?"

Sie verdrehte die Augen. „Ganz einfach."

Theodore murrte, dass er nichts mit meinen dummen Streichen zu tun haben wolle und dass er keine Verantwortung für die Folgen meines unüberlegten Handelns tragen würde. Ich verstand seine Sorge und versicherte ihm, dass ich diese gefälschten Beweise nur dazu verwenden würde, ein Geständnis zu erlangen. Ich würde sie nicht dazu nutzen, einem Unschuldigen eine Falle zu stellen.

Er sah nicht erleichtert aus. „Die Sache behagt mir nicht. Ganz und gar nicht."

Mir gefiel sie auch nicht. Aber noch weniger wollte ich, dass ein Schuldiger unbestraft davonkam.

Ich sagte Hester genau, was sie tun sollte, und Carlos bot sich als ihr Assistent an, was die Garantie dafür war, dass der Job erledigt wurde.

Das Nächste, was ich tun musste, war Miles mit an Bord

zu holen, und zwar mit einem Plan, der in meinem Kopf gerade erst Form annahm.

Rafe hatte mich beobachtet. „Lucy? Was heckst du da aus?"

Er kannte mich viel zu gut. „Vielleicht klappt es nicht, aber ich habe eine Idee."

„Kann ich dir bei irgendetwas behilflich sein?"

Ich strahlte fast. Nachdem Theodore mich zurechtgewiesen hatte, weil ich Beweise gefälscht hatte, war es so schön, dass mich jemand voll und ganz unterstützte. Ich nickte. „Es gibt da tatsächlich etwas." Ich erklärte ihm, was er tun solle.

Ich war so aufgeregt, als hätte ich einen neuen Zauberspruch hingekriegt. Es war sogar noch besser, denn wenn ich recht haben sollte, würde ich die Antwort durch deduktives Denken und nicht durch Magie finden und so hoffentlich einen Mörder fassen.

KAPITEL 19

*A*m nächsten Tag traf ich mich mit Miles. Er wirkte erfreut, mich zu sehen, aber auch besorgt. Doch ich bekam seine volle Aufmerksamkeit, als ich verkündete: „Ich habe einen Auftritt als Amateurschauspieler für dich."

„Bist du jetzt Theaterdirektorin? Was ist mit deinem Strickladen passiert?"

„Sehr witzig. Nein. Es geht nur um eine Abendvorstellung. Aber um eine sehr wichtige. Ich möchte, dass du eine Rolle spielst. Meine Absicht ist es, der Person, die Pamela umgebracht hat, ein Geständnis zu entlocken."

Er sah erstaunt aus. „Du weißt, wer sie ermordet hat?"

„Ich glaube schon."

„Wer ist es?"

Ich schüttelte den Kopf. „Das Problem ist: Wir haben nicht genügend Beweise. Ich will, dass du eine Rolle spielst, die dazu dient, eine Szene in Gang zu setzen, die hoffentlich dazu führen wird, den Mörder zu entlarven."

„Hamlet wollte ich schon immer mal spielen", sagte er und stellte sich in Pose.

„Hamlet?"

„Lucy, dir mangelt es wirklich an klassischer Bildung. Im Mittelpunkt von Hamlet steht ein Spiel-Im-Spiel: Hamlet inszeniert ein Theaterstück, in dem er die Ermordung seines Vaters durch seinen Onkel nachspielt."

Mir war alles recht, was Miles mit an Bord bringen würde. „Okay. Du kannst Hamlet sein." Ich sah ihn von der Seite an. „Aber keine jambischen Fünfheber."

Er lachte mich an. „Versprochen!"

Dann erklärte ich ihm, was er zu tun hatte. Als ich ging, sah er fröhlicher aus, als ich ihn seit Ewigkeiten gesehen hatte. Dieser Kerl musste dringend zurück auf die Bühne.

Als Nächstes musste ich Detective Inspector Ian Chisholm an Bord holen. Ich wusste, dass dies der schwierigste Teil meines Plans sein würde. Allerdings dachte ich, dass Ian mich lange genug kannte, um mir zu vertrauen, zumindest zu einem gewissen Grad. Das Problem war, dass er als echter Polizeiermittler in seinem Handlungsspielraum sehr begrenzt war. Ich verriet ihm gar nicht erst, dass ich dabei war, Beweismaterial herzustellen, denn ich wusste, dass dies das Ende jeglicher Zusammenarbeit mit ihm oder seiner Abteilung gewesen wäre. Also sagte ich schlicht und einfach, dass ich eine Idee hatte und alle wieder in demselben Haus zusammenbringen wolle, um zu sehen, ob wir dem, was wirklich geschehen war, auf den Grund kommen konnten.

„Ich kenne dich jetzt schon lange, Lucy. Wenn du diesen Tonfall bekommst, weiß ich inzwischen, dass ich dir misstrauen sollte."

Er war nicht umsonst Ermittler. „Ich weiß. Aber habe ich dich jemals auf Abwege geführt?"

Er gab einen merkwürdigen Laut von sich. „Die ganze

Zeit." Er wollte nicht näher erklären, was er damit meinte, und ich hakte nicht nach.

„Wie auch immer", sagte ich fröhlich, „wenn du morgen Abend um sieben zum Herrenhaus kommen könntest, würde sich das lohnen, denke ich."

„Rein inoffiziell natürlich."

„Selbstverständlich. Aber wenn du ein paar Beamte in der Gegend positionieren würdest, könnte das durchaus nützlich sein."

Es trat eine lange Pause ein, sodass ich mich fragte, wie ich jemals einen Plan B finden sollte, wenn ich kaum einen Plan A hatte, aber schließlich stimmte er zu.

Okay, jetzt hatte ich alle Spieler am Start. Das Einzige, was mir noch fehlte, war die Zustimmung von Hugo Percival Brown und seiner Familie. Natürlich hatte ich noch niemandem davon erzählt. Und da kam Rafe ins Spiel.

Manche Dinge klärt man besser von Angesicht zu Angesicht. Ich bin ein großer Fan von Handys und SMS und Instant-Messaging, aber wenn ich das Anliegen habe, dass jemand etwas für mich tut, finde ich, dass es am besten ist, die Sache von Angesicht zu Angesicht zu klären. Außerdem war ich gerne mit Rafe zusammen.

Es war gerade Ladenschluss, als er hereinkam. Ich wusste es schon, bevor er eintrat, denn Nyx, die in entzückender Schlafposition in einem Korb voller bunter Wolle in meinem Schaufenster geschlummert hatte, hob plötzlich ihren Kopf und ihre Augen öffneten sich weit, als wäre gerade eine besonders saftige Maus an ihr vorbeigelaufen. Da war keine Maus. Aber Rafe, der die Straße entlangging. Auch wenn ich vielleicht keine Katze war, stand ich auf und bemerkte ihn definitiv. Ich entfernte mich schnell vom Fenster, bevor er mich sehen konnte. Nyx hatte keine Skrupel dieser Art. Sie hatte ihren Korb verlassen, streckte und putzte sich, bevor er hereinkam.

Die Tür ging auf, und die fröhlichen Glöckchen spielten ihren Willkommensklang. Bevor ich mich ihm nähern konnte, miaute Nyx, und er ging sofort auf das Schaufenster zu und nahm sie auf den Arm. Sie kuschelte sich an seine Brust und sah mich mit ihren grün-goldenen Augen an, als würde sie sagen: „Ha! Ganz klar mag er mich lieber!"

„Danke, dass du vorbeigekommen bist", begrüßte ich ihn.

„Ich bin gespannt, Lucy. Du führst irgendetwas im Schilde, und zum ersten Mal habe ich keinen Schimmer, was es ist."

Eins zu null für mich. „Wahrscheinlich ist es besser, wenn du nicht alles weißt, weil ich ziemliche Angst habe zu versagen. Ich möchte, dass du Folgendes für mich tust: Kannst du Hugo anrufen und dafür sorgen, dass alle Gargoyles, die an dem Abend dabei waren, als Pamela getötet wurde, morgen Abend um sieben wieder dort erscheinen?"

„Genau die Zeit, zu der wir uns letztes Mal getroffen haben. Was hast du geplant? Noch ein Dinner?"

„Nicht so ganz. Aber ich will noch einmal durchgehen, was passiert ist. Wann. Wer sich wo befunden hat und was jeder gerade gemacht hat."

„Lucy, das haben wir schon hundertmal besprochen." Er deutete auf das Hinterzimmer. „Da drinnen hängt gerade ein Whiteboard, auf dem steht, wann die einzelnen Personen gekommen und gegangen sind. Du weißt, dass auch die Polizei so etwas gemacht hat. Und die ist dazu ausgebildet und hat die nötigen Mittel, im Gegensatz zu uns."

„Ich weiß. Aber ich habe eine Idee. Eine Intuition, wenn du willst. Aber ich kann keine Beweise finden. Also–"

„Gehst du auf Angeltour?" Er klang weniger vorwurfsvoll als fasziniert. Genau das hatte ich vor. Ich nickte.

„Du weißt, du bekommst nur eine Chance. Wenn überhaupt. Es wird nicht einfach sein, Hugo dazu zu überreden, uns alle zurück in sein Haus zu lassen." Er zog ein schiefes Gesicht. „Und noch dazu ist seine Frau dieses Wochenende nicht in London. Sie ist noch bedachter auf ihre Privatsphäre als ihr Ehemann."

Gut. Ich war sehr froh, dass die Ehefrau dort sein würde. Auch wenn sie es noch nicht wusste, würde sie eine Schlüsselrolle spielen.

„Ich will, dass sie dabei ist."

Er runzelte die Stirn. „An dem Mordabend war sie in London. Du meinst doch nicht etwa, sie hätte etwas mit der Sache zu tun?"

„Doch, das denke ich." Es war zu kompliziert und so ähnlich wie der Pullover, den ich zu stricken versuchte. Ich hatte das Muster detailliert im Kopf und konnte es perfekt vor mir liegen sehen, sah jede Masche präzise gestrickt und mich selbst, wie ich die absolute Kontrolle über das Muster hatte – und doch wusste ich ganz genau, dass alles, was ich zu stricken versuchte, normalerweise als erbärmliches Schlamassel endete. Aber meine Vampir-Stricker halfen mir immer, mein Schlamassel beim Stricken zu entwirren, und ich vertraute darauf, dass sie mir auch dabei helfen würden, dieses Schlamassel aus Hinweisen und Lügen zu lösen. Denn in einem Punkt war ich mir absolut sicher: Der Grund, warum nichts Sinn ergab, war, dass irgendjemand log. Und ich vermutete, dass es derjenige war, der Pamela ermordet hatte.

„Warum Gargoyles?", fragte ich ihn.

Er schien überrascht. „Wie bitte?"

Ich hatte schon eine ganze Weile darüber nachgedacht. „Warum nennt ihr euch Gargoyles? Es ist ein Dinner-Club. Es schien mir eine merkwürdige Wortwahl."

Er schien in die Zeit zurückzublicken und sich über eine Art Insiderwitz zu belustigen. „Ach, na ja, du musst bedenken, dass der Dinner-Club in viktorianischer Zeit gegründet wurde. Damals erlebte die Gotik ein Revival. Ich vermute, der Name war ein bisschen als Scherz gemeint."

„Weil Gargoyle im Grunde genommen nur eine elegante Bezeichnung für eine Regenrinne ist?" Ich hatte ein paar Nachforschungen im Internet angestellt.

„Ja. Damit liegst du richtig, Lucy. Gargoyles sind von großem Nutzen. Sie leiten das Regenwasser vom Dach ab und halten es vom Mauerwerk fern, sodass die Fassaden länger halten. Schon zur Zeit der alten Griechen gab solche Wasserspeier. Ich glaube, der Zeustempel hatte Löwenkopf-Wasserspeier. Und wie du bestimmt gesehen hast, ist Oxford voll davon. Von jedem College und von allen Gebäuden schielen lustige, erschreckende oder einfach nur seltsame Gesichter nach einem. Außerdem ist die Vorstellung verbreitet, dass ihre hässlichen Antlitze das Böse vertreiben. Und die Bewohner darin beschützen."

„Also geht wieder alles auf das Rittertum zurück?"

„Irgendwie schon, ja. Aber ich bezweifle, dass der Name jemals ernst gemeint war. Die Leute in einem Dinner-Club neigen dazu, sich der Völlerei hinzugeben und sich vielleicht mit etwas zu viel Wein volllaufen zu lassen. Das kann dazu führen, dass sich auch der beste Mann von seiner schlechtesten Seite zeigt."

Was wir ja erst vor kurzem gesehen hatten. „Gut, ich bitte dich, alle Gargoyles zusammenzutrommeln. Bekommst du das hin?"

„Ich denke, das schaffe ich."

„Auch Lochlan Balfour muss dabei sein."

„Er ist noch hier. Das dürfte kein Problem sein."

Vielleicht hatte man die Leute dazu ermutigt, sich wie Monster zu benehmen, als man den Club Gargoyles genannt hatte. Sie hätten dem Dinner-Club lieber den Namen *Kleine Lämmer* geben sollen. Oder *Zarte Blüten*. Jedenfalls irgendeinen, der weniger gefährlich für die Gesellschaft gewesen wäre.

Endlich war Samstag, und obwohl ich den ganzen Tag im Laden zu tun hatte, vergaß ich nie, was mich an diesem Abend erwartete. Konnte ich mich irren? Oder noch schlimmer: Konnte ich recht haben? Ich hatte eine Theorie, und mein Instinkt sagte mir, dass ich auf der richtigen Spur war, aber wenn ich falsch lag, würde ich mich – und mit mir auch alle anderen, die mir geholfen hatten – lächerlich machen.

Jedenfalls war alles geregelt. Rafe war es gelungen, alle Beteiligten dazu zu bekommen, zum Tatort zurückzukehren. Ian Chisholm war bereit, mitzuspielen. Ich konnte jetzt keinen Rückzieher mehr machen, selbst wenn ich es gewollt hätte.

Wie immer schloss ich den Laden um fünf Uhr. Na ja, ich versuchte, den Laden wie immer um fünf zu schließen, aber da war eine alte Dame, die sich einfach nicht zwischen der gelben und der grünen Wolle für ihr zukünftiges Enkelkind entscheiden konnte. Ich verstand, dass dies ein wichtiger

Moment für sie war, und sie war so aufgeregt, weil sie bald Großmutter werden würde. Aber echt jetzt ... gelb? Grün? Zu guter Letzt riet ich ihr, beide zu kaufen und zwei Decken zu stricken. Damit war sie zufrieden, und um zehn nach fünf konnte ich den Laden abschließen. Ich ging direkt nach oben. Nyx nahm es genauer mit den Ladenschlusszeiten als ich, und sie hatte sich schon nach oben zurückgezogen und lag fest schlafend auf der Couch. „Ich bin froh, dass du noch hier bist", sagte ich zu ihr. „Ich brauche dich."

Sie machte ein Auge auf, betrachtete mich verschlafen, dann schloss sie es wieder. Meine Vertraute ist außerordentlich gehorsam.

Ohne mich darum zu kümmern, ging ich mich fertigmachen. Ich holte die Kerzen heraus und stellte sie im Kreis auf. Dann duschte ich und zog mir saubere Kleidung an. Ich holte den schwarzen Kaschmirschal, den ich aus Pamelas letztem Zuhause entwendet hatte. Ich zog meinen Kreis. Und dann übte ich mich in meinen kürzlich entdeckten Kräften und zündete die Kerzen an, indem ich auf sie zeigte. Das begeisterte mich immer noch jedes Mal, wenn es klappte. Außerdem schenkte es mir Selbstvertrauen, dass ich diesen grundlegenden Zauber beherrschte und Feuer erzeugen konnte. Vielleicht war ich nicht die größte Hexe der Welt, aber ich wurde immer besser. Ich lernte dazu.

Ich atmete ein und wieder aus und konzentrierte mich darauf, meinen Geist von all dem Wirrwarr dieses Tages zu befreien – von allem, außer Pamela und ihrem Mörder. In meinem Kopf hörte ich Margaret Twiggs Stimme. „Konzentriere dich, Lucy! Magie braucht Fokus und Absicht. Deine Zauberkraft folgt deiner Absicht."

Ich hatte mein Familien-Grimoire nach Wahrheitszaubersprüchen durchsucht, aber manchmal hatte ich den Eindruck, es klappte genauso gut oder noch besser, wenn ich meine eigenen Zaubersprüche erfand. Ich saß ruhig da und spürte, dass Nyx mich beobachtete. Pamelas Schal lag in meiner Hand. Die Kerzen um mich herum flackerten. Einen Moment lang dachte ich an das Gesicht des Gargoyles.

Der im Dunkeln soll sich zu erkennen geben.
Dass sein wahres Ich zu mir spricht,
Dafür sorge ich und fürchte mich nicht!
Er soll büßen, denn er nahm ein Leben!
So will ich es, so soll es sein.

Dann schloss ich den Kreis und als ich mich ruhiger und klarer fühlte, bereitete ich mich auf den Abend vor.

Ich kleidete mich leger in Jeans, weißem T-Shirt und Wollblazer und band mir Pamelas Schal um den Hals. Außerdem legte ich das Silberarmband an, das Granny mir geschenkt hatte, sodass ich mich von ihrer Liebe und Fürsorge umhüllt fühlte. Dann ging ich nach unten und wartete draußen. Rafe war genau pünktlich. Ein einziger Blick auf mich reichte und er fragte: „Bist du nervös?"

Meine Gefühle entgingen ihm nie. „Ich bin so nervös, dass mir schlecht ist." Außerdem schlug mein Herz so laut gegen meinen Brustkorb, dass ich mir vorstellen konnte, dass er es hörte. Sein Gehör war ausgezeichnet.

Er streckte seinen Arm aus und ergriff meine Hand. „Deine Absichten sind rein. Darauf kommt es an. Wenn du helfen kannst, einen Mord aufzuklären, dann hast du uns allen einen Dienst erwiesen. Wenn nicht, dann hast du es versucht."

Das war auf merkwürdig frustrierende Art tröstend. Ich wollte bei meinem Versuch nicht scheitern. Ich wollte Erfolg haben. Aber selbst mir war klar, dass ich nur improvisierte. Niemals zuvor hatte ich Beweismaterial hergestellt. Hester hatte sich für mich ins Zeug gelegt, und ich hatte ein paar Fotos in meiner Handtasche, von denen ich hoffte, dass sie wie Bomben einschlagen würden.

Aber ich wusste auch, dass ein gefälschtes Foto allein nicht reichen würde. Alles, was ich tun konnte, war, einen Anstoß in die richtige Richtung zu geben. Wenn ich mich täuschte und meine ganze Theorie nur ein Haufen Unfug war, dann würde ich das Ergebnis nicht verändern. Wenn ich recht hatte, würden wir vielleicht einen Mörder stellen.

Als wir in der Abenddämmerung durch die Landschaft glitten, ging ich im Geiste noch einmal alles durch. Das war es. Zu Recht hatte Rafe mich gewarnt, dass ich nur eine Chance haben würde, noch einmal in das Haus der Percival Browns zu gelangen. Eine Chance. Die sollte ich besser nicht verspielen.

Also nur kein Stress!

ALS WIR AN DER EINGANGSTÜR ANKAMEN, öffnete Hugo Percival Brown sie uns persönlich. Besonders einladend wirkte er nicht. Zwischen seinen Augenbrauen hatte sich eine tiefe Falte gebildet. „Du hast gesagt, dass es wichtig ist, Rafe. Ich hoffe, du weißt, was du tust."

Rafe war schon sehr viel länger auf der Welt als Hugo Percival Brown, und wenn irgendetwas von dem, was er mir über sein bisheriges langes Leben erzählt hatte, stimmte, dann hatte er es schon mit sehr viel schwierigeren Persönlichkeiten aufgenommen als mit dieser hier. Er richtete sich zu seiner vollen Größe auf, also gut ein Meter neunzig, und sagte: „Ich denke, es wird ein spannender Abend. Vielen Dank, dass du uns hier empfängst." Hugo mochte ein Multimilliardär sein, zu dem alle aufschauten – ob Highschoolschüler oder Regierungschefs –, aber Rafe beeindruckte er nicht, soviel konnte ich sagen. Und das erkannte auch Hugo. Er nickte kurz und trat zurück, um uns beide hereinzulassen.

Ganz wie wir es uns erhofft hatten, waren wir die Ersten. Innerhalb von fünfzehn Minuten waren wieder alle da, die am echten Dinner, bei dem Pamela gestorben war, teilgenommen hatten. Ihre Gargoyle-Anzüge hatten sie nicht angezogen, wodurch das Ganze noch surrealer wirkte. Ohne die schicken Jacken und Westen sahen die acht Studenten genau so aus, wie Studenten eben aussehen. Acht Studenten, die dazu gezwungen waren, den Abend bei den Eltern von einem von ihnen zu verbringen, statt an einem Samstagabend auszugehen.

Und die älteren Männer sahen einfach aus wie vier Väter. Mrs Percival Brown war die Einzige, die sich für den Anlass anscheinend schick gemacht hatte. Sie trug ein bezauberndes schwarzes Kleid, das ihre umwerfende Figur zur Geltung brachte. Ihr blondiertes Haar war zu einem eleganten Dutt gesteckt, und an ihren Ohren und ihrem Hals glitzerten Diamantentropfen. Ihre High Heels erinnerten mich erstaunlich an die, die Pamela am Abend ihrer Ermordung getragen hatte. Ihr Ausdruck war kalt und distanziert. Auch wenn sie gezwungen war, uns alle einzuladen, machte sie deutlich, dass sie keinen Spaß daran haben würde.

Rafe ging sofort auf sie zu und küsste sie auf europäische

Art auf beide Wangen. „Genevieve", murmelte er. „Du siehst bezaubernd aus, wie immer."

Es gelang ihm, sie knapp um ein Grad aufzutauen.

Ich hatte Rafe Anweisungen gegeben, wie alle platziert werden sollten. Es war offensichtlich, dass Hugo auf ihn hören würde, während er auf jemanden wie mich niemals hören würde. Deshalb hatte ich mich auch absichtlich wieder in Schwarz-Weiß gekleidet, wie vorige Woche – als subtile Erinnerung daran, dass ich eine untergeordnete Rolle spielte und so wenig Gefahr von mir ausging, dass ich fast unsichtbar war.

Als die Menschen versammelt waren, bat Rafe sie, ins Esszimmer zu gehen und dort dieselben Plätze einzunehmen, auf denen sie zu Beginn des Abends, an dem Pamela gestorben war, gesessen hatten. Hugo Percival Brown saß somit am Kopfende des Tisches, sein Sohn am Fußende. Dann setzten sich alle auf ihre alten Plätze. Genevieve Percival Brown sagte: „Nun ja, ich war ja nicht dabei, also bin ich oben, falls ich gebraucht werde."

Ich warf Rafe einen eindringlichen Blick zu, aber das war gar nicht nötig. Er sagte: „Ich wäre dankbar, wenn du bleiben würdest. Ich habe ein paar Fragen an dich."

Sie schaute zu DI Chisholm, der ebenfalls eingetroffen war und als stiller Zuschauer in der Ecke saß. Er nickte.

„Sehr gut", sagte sie knapp. Die Worte prallten wie Hagelkörner auf. Sie zog jedoch keinen weiteren Stuhl an den Tisch heran. Stattdessen entschied sie, abseits der Sitzrunde in einem Ohrensessel neben dem Buffet Platz zu nehmen.

William Thresher stand im Türrahmen, Violet neben ihm. Und ich stellte mich auf die andere Seite des Türrahmens.

Rafe stand auf. Er hatte ohnehin eine sehr dominante Ausstrahlung und so übernahm er die absolute Kontrolle über den Raum. „Danke euch allen, dass ihr gekommen seid. Ganz besonders danke ich Detective Inspector Ian Chisholm, der nicht in amtlicher Funktion hier ist, sondern weil ich ihn gebeten habe zu kommen."

Das stimmte zwar nicht, denn ich war es, die Ian gebeten hatte zu kommen, aber Ian korrigierte Rafe nicht und nickte nur. Er war zwar nicht in amtlicher Funktion hier, aber ich wusste, dass einige Polizisten in weniger als einer Minute hier einrücken würden, wenn wir heute Abend Glück hatten. Ehrlich gesagt war ich so nervös, dass ich kaum noch atmen konnte.

Jetzt wurde mir bewusst, dass nicht ich diejenige sein würde, die sich blamierte, wenn sich all das hier als Flop herausstellte. Rafe war derjenige, der die Verantwortung übernommen hatte. Genau in diesem Moment schaute er zu mir herüber, als würde er wissen, dass ich an ihn dachte, und schenkte mir ein ganz kleines Lächeln. Es war ein Hauch des Lächelns, das nur mir vorbehalten war. Und plötzlich fühlte ich mich viel, viel besser. Vielleicht würde es nicht klappen, vielleicht aber doch. Zumindest versuchten wir, für Gerechtigkeit zu sorgen. Ich berührte Pamelas Schal. Das musste doch etwas zählen.

Rafe sagte: „Irgendwie fühle ich mich verantwortlich für den Tod der jungen Frau an jenem Abend. Ich war es, der William Thresher als Caterer empfahl. Und über ihn wurde Pamela als Kellnerin angeheuert. Und da ich mich persönlich für das Wohl dieser jungen Frau verantwortlich fühle, wollte ich alle noch einmal hier zusammenbringen und sehen, ob wir ein Stück weit verstehen können, was passiert ist."

„Sie wurde umgebracht. Das ist uns allen klar", sagte Hugo verärgert. „Die Polizei hat uns alle bis zum Umfallen vernommen, und ich habe wertvolle Zeit von meinem Geschäft abzwacken müssen. Wenn du also nicht mit Neuigkeiten hier bist", und dabei deutete er mit seiner geöffneten Hand auf den glänzenden Esstisch aus Mahagoni, „dann würde ich sagen, du verschwendest jedermanns Zeit."

Wow. Es kam nicht oft vor, dass jemand so mit Rafe redete. Eigentlich fiel mir kein einziges Mal ein, dass ich so etwas erlebt hatte. Anders als ich wusste Hugo nicht, wozu Rafe imstande war. Nur eine Sekunde lang sah ich, wie seine Miene sich verfinsterte, ich spürte die Gefahr, und dann unterdrückte er den verborgenen Teil seiner Natur und seine Höflichkeit kehrte zurück.

„Aber trotzdem danke, dass du so nett warst. Dann lasst uns gleich beginnen, damit wir alle so wenig Zeit wie möglich verschwenden."

Allein die Tatsache, dass Hugo Percival Brown dachte, die Zeit, die er sich wegen eines Mordes in seinem eigenen Haus freinehmen musste, sei vergeudet, machte ihn mir noch unsympathischer. Aber ich war ohnehin kein großer Fan von ihm. Oder von seinem hochmütigen Sohn, der am anderen Ende des Tisches saß und den Blick auf ein Porträt seiner Mutter an der Wand des Esszimmers richtete, als hätte er es noch nie gesehen.

„Die Polizei hat den Todeszeitpunkt auf eine Uhrzeit zwischen zweiundzwanzig und zweiundzwanzig Uhr fünfundvierzig festgesetzt. Richtig, DI Chisholm?"

„Richtig."

Nun erhob sich Mrs Percival Brown. „Zum Himmel nochmal, Rafe! Das wissen wir doch alle! Wenn ich mir jetzt den langweiligen Bericht über eine Dinner-Party anhören soll, an der ich gar nicht teilgenommen habe, brauche ich einen Drink."

Niemand sagte ein Wort. Sie schaute ihren Mann an, als glaubte sie, er würde ihrer Forderung nachkommen, aber er schaute nicht einmal auf. Schließlich ging sie grummelnd mit klappernden Absätzen zu dem hübschen Schrank am anderen Ende des Zimmers. Sie nahm ein Kristallglas und füllte es mit bernsteinfarbener Flüssigkeit. Whiskey, vermutete ich.

Es war wie eine One-Woman-Show. Sie bot niemand anderem etwas zu trinken an, und als sie sich ihren Drink einschenkte, herrschte vollkommene Stille. Sogar am anderen Ende des Zimmers, wo ich saß, konnte man hören, wie die Flüssigkeit ins Glas floss. So still war es. Und dann stöckelte sie zu ihrem Platz zurück und setzte sich.

Rafe fuhr fort: „Nicht die Uhrzeit ist verwirrend. Sondern das Motiv. Warum sollte irgendjemand in diesem Haus Pamela Forbes töten wollen? Eine Kellnerin, die nur für diesen Abend angeheuert wurde?"

Hugo ergriff wieder das Wort. „Wir wissen nicht, ob sie von jemandem getötet wurde, der an dem Abend hier war. Es besteht immer noch die Möglichkeit, dass es ein Außenstehender war. Die Türen waren nicht gesichert, unsere Mitarbeiter hatten an dem Abend frei. Das habe ich auch der Polizei klargemacht."

„Ich bitte um Nachsicht!"

Es war klar, dass Hugo Percival Brown es gewöhnt war, die dominante Kraft im Raum zu sein. Rafe hatte ihm das Rampenlicht gestohlen, noch dazu in seinem eigenen Esszimmer, und das gefiel ihm nicht. Aber ihm musste klar geworden sein, dass wir jetzt alle hier waren und es einfacher für ihn sein würde, Rafe einfach fortfahren zu lassen, als ihn immer wieder zu unterbrechen. Er sagte nichts mehr, und einen Moment später ergriff Rafe wieder das Wort.

„William Thresher ist ein ausgezeichneter Caterer."

Wie bitte? Hier wich er vollkommen vom Drehbuch ab, und William sah zwar verblüfft, aber auch dankbar über das Lob aus. „Er plant auch zeitlich immer alles perfekt. William? Könnten Sie uns bitte darlegen, zu welchen Uhrzeiten die verschiedenen Gerichte serviert wurden?"

„Ach, Herrgott noch mal!", fluchte Genevieve. „Bekommen wir auch noch die Rezepte?"

William tat wie ihm befohlen, und erläuterte uns jeden Gang, von den Vorspeisen, die um neunzehn Uhr dreißig serviert worden waren, bis zum Dessert. Obwohl sie schon irgendwie langweilig war, führte seine Aufzählung dazu, dass alle Anwesenden, deren Nerven wahrscheinlich recht angespannt waren, sich entspannten.

„Gut", sagte Rafe. „Vielen Dank, William. Sehen wir uns nun den kritischen Zeitpunkt an. Alex, du hast Pamela gebeten, in den Weinkeller deines Vaters zu gehen, um mehr Wein zu holen."

Der junge Hausherr blickte mürrisch, als er ins Rampenlicht gedrängt wurde. „Richtig."

„Weil acht Flaschen Bordeaux für je dreitausend Pfund nicht genug waren." Das war seine Mutter, die bereits bei ihrem zweiten Glas Whiskey angekommen war.

„Genevieve, bitte!", sagte Hugo. Ich hatte den Eindruck, dass diese beiden sich häufig über ihren Sohn stritten. „Ich habe ihm gesagt, sie können so viel davon trinken, wie sie wollen. Es war ein besonderer Abend. Es war schon schlimm genug für die Jungs, dass sie den Abend hier verbringen mussten. Ich wollte, dass sie sich amüsieren." Natürlich war der Grund dafür, dass die Jungen den Abend in diesem Haus hatten verbringen müssen, dass ihnen jedes anständige Lokal in Oxford verwehrt blieb. Aber darauf wies ihn niemand hin.

„Um wie viel Uhr hast du Pamela damit beauftragt, mehr Wein aus dem Keller zu holen?"

„Ich weiß es nicht", sagte Alex. „Ich habe nicht auf die Uhr geschaut."

„Ich habe auf die Uhr geschaut", sagte William. „Lucy kam herein und erzählte mir davon, und es war etwa zwanzig nach neun."

Rafe fuhr fort: „Pamela kam nach oben und bat dich um den Schlüssel", sagte er zu Hugo, der nun, da die Sache ins Rollen gekommen war, resigniert wirkte.

Er nickte. „Ich bin runtergegangen und habe ihr den Keller aufgeschlossen. Ich habe ihr gezeigt, wo die Flaschen sind, und dann bin ich wieder gegangen."

„Und danach wurde Pamela nie wieder lebendig von irgendjemandem gesehen."

„Das stimmt nicht", warf Winnie plötzlich ein. „Sie hat dir geschrieben, Alex."

Alle schauten zu Alex, der sich unter den forschenden Blicken wand. Er sah wütend und unbehaglich zugleich aus. Wenn ich schon nervös war, konnte ich mir nicht ausmalen, wie er sich fühlte, als Hauptverdächtiger in einem Mordfall. „Ich habe sie nicht getroffen", sagte er zornig, als hätte er diese Worte schon viele Male gesagt und hätte es satt, dass man ihm nicht glaubte.

„Aber du hast den Tisch verlassen, als du die Mitteilung bekommen hast."

Er nickte missmutig. „Sie schrieb, sie wolle mich treffen. Ich habe das alles schon der Polizei erzählt. Ich ging in die Ställe, die alten Ställe, um sie dort zu treffen, aber sie war nicht da."

„Das behauptest du", sagte Jeremy Pantages eiskalt.

Alex starrte ihn böse an und wollte sich gerade erheben, doch bevor er etwas sagen konnte, fragte Rafe: „Und um wie viel Uhr hast du diese Nachricht erhalten?"

Er gab einen tiefen Seufzer von sich, als wäre das alles ein riesiges Ärgernis, aber er holte sein Handy heraus. Er öffnete die Mitteilung und zeigte sie Rafe. Rafe las sie uns allen vor. „‚Schatz. Treffen wir uns am üblichen Ort!' Das ging um einundzwanzig Uhr siebenunddreißig ein."

Alex wurde rot. Er steckte sein Telefon wieder ein. „Ich sagte doch schon: Sie ist niemals aufgetaucht."

Rafe sagte: „Wenn du sie also nicht mehr gesehen hast und die Wahrheit sagst–"

„Das tue ich."

„Dann ist Pamela nicht mehr lebendig gesehen worden, nachdem sie den Raum verlassen hat, um den Wein zu holen."

Es herrschte allgemeine Verwirrung. Charles sagte: „Aber sie wurde doch erst später ermordet. Irgendjemand muss sie gesehen haben. Sie ist erst gegen elf Uhr im Billardraum aufgetaucht, als wir sie ... so gefunden haben."

„Stimmt. Und genau das wollte der Mörder uns die ganze Zeit glauben lassen. Aber sie wurde nicht im Billard-raum ermordet. Sie war bereits tot, als sie dorthin gelegt wurde. Ich habe eine Theorie." Rafe hatte rein gar keine Theorie. Ich hatte die Theorie, aber es war schön, meine Theorie so selbstsicher und kraftvoll vorgetragen zu wissen, wenn ich gerade sehr viel weniger Selbstvertrauen hatte.

„Meine Theorie ist, dass der Mörder diese Mitteilung geschrieben hat."

Es wäre falsch zu behaupten, dass ein kollektives Keuchen um den Tisch ging, aber definitiv war eine elektrische Schwingung im ganzen Raum zu spüren. Soweit ich wusste, hatte DI Chisholm weder die Percival Browns noch irgendjemand anderen außerhalb der Polizei über diese neue Erkenntnis informiert.

„Was?" Das war Charles.

Jetzt ergriff DI Chisholm das Wort. „Er hat recht. Pamela wurde nicht im Billardraum ermordet. Ihr Körper wurde nach ihrem Tod dorthin gebracht."

Alex wandte sich Miles und Charles zu. „Ich habe euch nach unten geschickt, damit ihr nach ihr seht. Und ihr habt ewig gebraucht, um zurückzukommen."

Charles sagte: „Ich hatte nichts damit zu tun. Versuch nicht, mir was anzuhängen! Sie wurde mit Jeremy draußen gesehen, und Vickie hat euch beide streiten gehört."

Prinz Vikram schien nicht begeistert, in diesen Streit verwickelt zu werden, aber er nickte.

Alex sagte zu Jeremy: „Du warst es, stimmt's? Als ich Pam nicht finden konnte, bin ich zurückgekehrt, und da warst du auch nicht im Esszimmer."

„Ich war gerade auf der Toilette."

„Ich glaube dir nicht. Du warst sauer, weil sie dich wegen mir verlassen hat. Du warst eifersüchtig. Du konntest sie nicht für dich haben, also hast du sie umgebracht."

Jeremy konterte: „Und du warst wütend, weil sie immer noch auf mich stand. Ich denke, du hast sie doch getroffen.

Du hast sie im Stall getötet. Dann hast du den Körper in den Billardraum gebracht."

Wow. Das nahm interessante Formen an.

Alex sprang so schnell auf, dass der kunstvoll geschnitzte Stuhl umkippte. Er hatte einen boshaften Ausdruck im Gesicht und begann mit mörderischem Blick um den Tisch herum auf Jeremy zuzugehen. Lochlan Balfour war so schnell, dass er Alex am Arm packte, bevor er auch nur drei Schritte gemacht hatte. Er hielt ihn mit einer Hand fest und hob den Stuhl mit der anderen auf, dann drückte er ihn gewaltsam auf den Stuhl zurück. Er baute sich wie ein Gefängniswärter mit verschränkten Armen neben Alex auf.

„Ich bekomme Kopfschmerzen", sagte Mrs Percival Brown mit verärgerter Stimme.

KAPITEL 20

*M*isstrauen, Antipathie und unterschwellige Angst drückten auf die Stimmung. An diesem Punkt angelangt wussten wir alle, dass der Mörder in diesem Raum war.

Und der Mörder wusste, dass die Wahrheit gerade ans Licht kam. Das spürte ich.

Und dann begann Miles zu weinen. Zuerst legte er sein Gesicht in seine Hände. Ich konnte den typisch männlichen Versuch sehen, sich nicht vor all seinen Freunden zu blamieren. Mein Herz öffnete sich für ihn. Dann entfuhr ihm ein Laut, halb Knurren, halb Schluchzen.

Gabriel fragte: „Miles? Ist alles in Ordnung? Brauchst du Wasser?"

Er schüttelte den Kopf, dann fuhr er sich mit den Händen über das Gesicht. Beschämt über seine weiberhaften Tränen. „Wir waren befreundet."

Er schaute mit einem wilden, zornigen Blick in die Runde, der noch herzzerreißender war, weil immer noch Tränen über seine Wangen strömten. „Wir waren Freunde und ich habe sie im Stich gelassen. Ohne mich wäre Pamela Forbes noch am Leben."

Oh, damit hatte er die Bühne definitiv für sich. Er stand auf, als würde er es nicht eine Minute länger aushalten, sitzen zu bleiben. Er ging auf und ab, jämmerlich und wütend. „Ich habe sie davor gewarnt herzukommen. Ich habe ihr gesagt, dass es gefährlich ist. Aber sie wollte nicht auf mich hören. Wisst ihr, sie war verliebt."

Alle drehten sich um, um Alex anzuschauen, der finster und wütend aussah. Sein Gesicht wurde rot.

„Sie hat mir etwas gegeben, das ich für sie aufbewahren sollte. Ich hätte es der Polizei übergeben sollen, aber meine Freundschaft zu Alex hat mich davon abgehalten."

Er schüttelte den Kopf, fast krank vor Kummer, so schien es. „Tut mir leid, Alex." Und dann zog er ein Foto aus seiner Brusttasche. Er legte es mitten auf den Tisch.

Natürlich spähten alle darauf. Dolph war der Erste, der etwas sagte. „Aber das ist nicht Alex."

„Nein. Es ist sein Vater."

Und das war er. Das Foto zeigte Pamela, die aus einem Hotel kam, und der Mann, der seinen Arm um sie gelegt hatte und sie anlächelte, war Hugo Percival Brown.

Miles zeigte mit zitternder Hand auf Hugo. „Sie hatten eine Affäre mit Pamela. Sie war in Sie verliebt und Sie haben sie zurückgewiesen."

Es herrschte absolute Stille, bis Mrs Percival Brown sagte: „Also wirklich, Hugo! Eine Kellnerin?" Ihr Tonfall triefte vor Verachtung, und ich vermutete, dass es ihr nicht so sehr um die Untreue an sich ging, sondern vielmehr um die Kategorie von Frau, mit der er sie begangen hatte.

„Das ist doch lächerlich", sagte Hugo und erhob sich ebenfalls. „Diese Frau ging mit meinem Sohn aus."

„Sie ging nur mit ihm, um Ihre Aufmerksamkeit zu bekommen", sagte Miles. „Sie hat mir alles erzählt."

„Woher hast du das?" Er schaute Miles zornig an.

„Habe ich doch gesagt. Pamela hat es mir zur sicheren Aufbewahrung gegeben."

„Das ist eine Lüge." Er schaute sich um, aber alle starrten ihn an. „Wie auch immer, ich war mit meiner Frau am Telefon, als diese junge Frau getötet wurde. Sie haben die Aufzeichnungen."

DI Chisholm sagte: „Das stimmt. Sie waren von zweiundzwanzig Uhr bis zweiundzwanzig Uhr siebenundzwanzig mit Ihrer Frau in London am Telefon." Er hatte nicht einmal auf seine Notizen geschaut. Beeindruckend.

Rafe nickte. „Ja, das stimmt. Aber da war Pamela schon tot. Deshalb hatte das keinen Sinn. Das Timing stimmte nicht. Aber du hast Pamela getötet, als du mit ihr nach unten gegangen bist, um Wein zu holen. Was ist passiert? Hat sie dir gesagt, wenn sie dich nicht haben kann, würde sie deinen Sohn heiraten?"

„Dad?" Alex sah seinen Vater an, als hätte er ihn noch nie gesehen. Sein Gesicht war vor Entsetzen verzerrt.

„Das stimmt nicht. Alex, Genevieve, ich ... Das ist ein Fehler."

Miles schob dem sich windenden Mann das Foto zu. „Sie haben sie getötet. Ich weiß es."

Aber Hugo war ein Mann, der immer einen kühlen Kopf bewahrte. Er schlug zurück. „Wenn ich sie umgebracht hätte, wie wäre sie dann in den Billardraum gelangt?"

Mit kühlem, ausdruckslosen Ton sagte Rafe: „Du hast die

Leiche dorthin gebracht, während du mit deiner Frau am Telefon warst." Das war ja wohl die schlimmste Form von Multitasking, von der ich je gehört hatte.

„Was? Das ist ja ekelhaft!", sagte seine Frau.

„Natürlich war es nicht so. Das ist völliger Unsinn!" Er wischte sich mit dem Handrücken über seinen Mund. „Dieses Foto ist offensichtlich eine Fotomontage", sagte Hugo. Der Schock ließ langsam nach, und ich konnte sehen, dass sein Gehirn – dasselbe Gehirn, das ihn zu einem der reichsten Männer Englands gemacht hatte – auf Hochtouren lief. Alles, was er tun musste, war, dieses eine Beweisstück zu widerlegen, und dann gab es nichts, rein gar nichts, was ihn mit dem Mord an Pamela in Verbindung brachte.

„Dieser Junge muss verrückt sein", sagte er und zeigte auf Miles.

Eine Totenstille hing wie giftiger Rauch über dem Tisch. Niemand rührte sich oder gab einen Laut von sich. Miles schaute zu mir und dann zurück zu Hugo.

Mein Glücksspiel hatte sich nicht ausgezahlt. Weder Miles Schauspielkünste noch Hesters und Carlos Talent bei der Fotobearbeitung hatten funktioniert.

Rafe schaute zu mir herüber, als könnte ich vielleicht noch etwas anderes aus meinem Hut zaubern. Aber ich hatte nichts.

Alle hatten ihre Rollen ausgezeichnet gespielt. Miles hätte den BAFTA-Preis oder sogar einen Oscar für seine Performance als trauernder Freund erhalten können. Sogar ich hatte ihm geglaubt, dabei war ich diejenige gewesen, die ihm die Anweisungen zu dieser Szene gegeben hatte. Ich spürte, wie unsere Chance, einen Mörder zu fassen, verpuffte. Ich zerbrach mir den Kopf. Was konnte ich nur tun? Gab es irgendeinen Zauberspruch, den ich anwenden konnte, der einen Mörder dazu bringen würde, die Wahrheit zu enthüllen?

Und dann stand Alex auf. Lochlan Balfour behielt den jungen Mann genau im Auge, aber er versuchte nicht, sich zu bewegen. Er hatte es nicht auf Jeremy abgesehen. Sein Blick richtete sich fest auf seinen Vater.

„Du hast mit meiner Freundin geschlafen?" Er war zutiefst entsetzt. Ich konnte die Fassungslosigkeit und die Abscheu in sein junges Gesicht gemeißelt sehen. „Mein eigener Vater? Du hast mit meiner Freundin geschlafen?"

Hugo drehte sich zu ihm um. Sein Gesicht war fast violett. „Nein. *Du* hast mit *meiner* Freundin geschlafen." Und in dem Moment sah ich den Mann ausrasten. „Du Vollidiot! Sie gehörte mir! Sie hat ihren Mann verlassen, um mit mir zusammen zu sein, und alles begann in die Brüche zu gehen, als ihr bewusst wurde, dass ich nicht bereit war, sie zu heiraten. Oh, aber sie war wild entschlossen." Er lachte leise. „Das muss man ihr lassen. Das war eine der Eigenschaften, die ich am meisten an ihr bewunderte. Sie hatte eine Skrupellosigkeit und eine Entschlossenheit, die mich an mich selbst erinnerten. Als ich ihr sagte, dass ich mich nicht von meiner Frau scheiden lasse und sie heirate, sagte sie, sie würde mich schon noch umstimmen. Ich ging von den üblichen Strategien von Frauen aus. Tränen. Oder dass sie sich mir in den Weg stellt, sobald sie die Gelegenheit dazu hat. Aber nein, sie hat selbst mich überrascht. Sie hat dich dazu genutzt. Sie wollte dich gar nicht. Jung und unerfahren. Sie wollte einen echten Mann. Sie wollte mich." Fast ungläubig schüttelte er den Kopf.

„Ritterliche Tugend. Darum ist es diesem Orden immer

gegangen. Klar, wir übertreiben und benehmen uns wie betrunkene Affen, aber ein Gargoyle hintergeht niemals einen anderen Gargoyle. Und als du dir Pamela genommen hast, hast du nicht nur einen anderen Gargoyle, sondern deinen eigenen Vater hintergangen."

Nun, da er begonnen hatte zu toben, herrschte absolute Ruhe im Raum. Ich sah, dass Ian Chisholm etwas auf seinem Telefon schrieb. Alle anderen schwiegen.

„Als sie gekommen ist, um mich nach dem Schlüssel zu fragen, hat sie es mir gesagt. Im Weinkeller. Ich dachte, sie würde mich nur nach unten holen, um mit mir allein zu sein. Und das stimmte, aber nicht aus dem Grund, den ich erwartet hatte. Oh, was für einen triumphierenden Ausdruck die Frau in ihren Augen hatte! Sie sagte, sie hätte meinen Sohn um den Finger gewickelt. Wenn ich sie nicht heiraten würde, dann würde sie Alex heiraten. Das konnte ich nicht zulassen."

Jetzt war es Alex, der anfing zu schreien. „Das ist eine Lüge. Warum sollte sie einen alten Sack wie dich heiraten? Wenn sie mich haben konnte?"

Jetzt ergriff ich das Wort, denn darauf kannte ich die Antwort. „Wegen des Titels. Alex, du bist vielleicht jung und hast noch vieles vor dir. Aber der Titel stirbt mit deinem Vater. Wenn sie Hugo Percival Brown geheiratet hätte, wäre sie nicht nur unvorstellbar wohlhabend gewesen, sondern sie wäre auch zur Lady Percival Brown geworden. Pamela hatte jede Menge Geld, aber ich denke, sie ist wegen eines Adelstitels nach England gekommen. Sie strebte nach etwas Höherem."

Ich schaute zu Hugo Percival Brown, der inzwischen nach Luft japste. Er faltete und löste seine Hände unentwegt. „Ich denke, Sie haben recht, Hugo", sagte ich und benutzte absichtlich seinen Vornamen. „Ich denke, Sie waren tatsächlich der, den sie wirklich wollte. Aber Pamela war es immer egal, was sie tut oder wen sie übergehen musste, um ihre Ziele zu erreichen. Und da sie sich dieses Mal Ihres Sohns bedient hat, um an Sie heranzukommen, ist sie zu weit gegangen."

„Ich wollte ihr nichts antun. Es war ein Impuls aus dem Moment heraus." Er schaute sich um, als wäre er in einem Traum, aus dem er gerade erwachte. „Alex, ich–"

Alex sagte: „Ich kann das nicht hören!" Er stand auf und verließ das Zimmer, und dieses Mal hielt ihn niemand zurück.

Hugo wandte sich seiner Frau zu. Bevor er irgendetwas sagen konnte, fuhr sie ihn an: „Sag kein Wort mehr, bis unser Anwalt hier ist. Du bist ein Schwachkopf."

Inzwischen konnten wir alle die Sirenen hören. Eine Minute später informierte Detective Inspector Ian Chisholm Hugo Percival Brown über seine Rechte, dann wurde der mächtige Mann abgeführt.

Nachdem sich die Tür hinter ihm geschlossen hatte, erhob sich Mrs Percival Brown. „Nun, das Unterhaltungsprogramm des heutigen Abends ist jetzt vorbei. Sie alle verlassen bitte mein Haus!"

KAPITEL 21

„D u warst beeindruckend", sagte ich zu Miles. Nach unserer Rückkehr nach Oxford waren wir alle zusammen ins Bishop's Mitre gegangen. Alle außer Alex natürlich. Ich vermutete, es würde eine ganze Zeit dauern, bis er wieder in Gesellschaft seiner Gargoyle-Freunde sein wollte. Und wer konnte ihm das verübeln?

Zumindest fühlte ich mich bestätigt. Ich hatte das Richtige für Pamela getan, und zweifellos würde ein Verbrecher ins Gefängnis gehen. Dennoch war es schwer vorstellbar, dass die Familie Percival Brown nicht für immer erledigt sein würde. Ich fragte mich, ob Alex sein Studium in Oxford überhaupt fortsetzen würde. Aber das war seine Sache. Meine Aufgabe war es erst einmal, Miles mitzuteilen, dass sein Schauspiel mich umgehauen hatte.

Natürlich nahm er das begierig auf. „Meinst du nicht, die Tränen waren ein bisschen zu viel des Guten?"

„Ganz ehrlich: Es hat sogar mir das Herz gebrochen. Ich war diejenige, die dir die Anweisungen gegeben hatte, und trotzdem glaubte ich dir. Du warst einfach fantastisch!"

Winnie sah zu ihm herüber. „Wovon redest du?"

Miles sah mich an und wieder weg. Ich hatte ihm nicht gesagt, dass es sich bei dem Foto um eine Fälschung handelte, aber er war intelligent genug, um in Oxford genommen worden zu sein. Da war er wahrscheinlich auch intelligent genug, um sich diesen Teil denken zu können. Alles, was er sagte, war: „Pamela hatte mir nichts anvertraut. Es war hauptsächlich Spekulation."

„Du hast dir das alles ausgedacht?"

Miles wirkte den Umständen entsprechend verlegen. „Ja, das habe ich. Pamela hat mir dieses Foto nie zur Aufbewahrung gegeben. Aber Lucy wusste, dass sie eine Affäre mit Hugo hatte. Meine Aufgabe war es, ihn glauben zu lassen, dass Pamela mir von der Affäre erzählt und mir dieses Foto gegeben hatte."

Dolph sah sprachlos aus. „Lucy hat recht. Das ist das beste Schauspiel, das ich je gesehen habe. Du darfst nicht in die Zuckerbranche gehen, Kumpel. Du musst Schauspieler werden!"

„Ich denke, da hast du recht. Lucy, kommst du mit, wenn ich es meinem Vater sage?"

„Es wäre mir eine Freude."

Und ich dachte, dass diese düstere Sache vielleicht auch dazu führen würde, dass etwas Positives und Wunderbares geschah. Miles hatte nun mehr Mut und Selbstvertrauen, um sich dem Familienunternehmen zu entziehen und sich dem Schauspielern zu widmen.

Und so gut, wie William Thresher und Violet sich verstanden, fragte ich mich, ob sich daraus vielleicht mehr entwickeln konnte.

Und ich? Als die Feier vorbei war, spazierten Rafe und ich

über die Harrington Street zu mir zurück. Er sagte: „Die Percival Browns geben kein gutes Beispiel für die Ehe ab, muss ich sagen."

„Nein. Es gibt nicht viele Paare, die glücklich bleiben, so leid es mir tut, das zu sagen." Ich kam mir zynisch und lebensüberdrüssig vor. Wir kamen an einem Altkleidercontainer vorbei und ich nahm Pamelas Schal ab und warf ihn hinein. Zumindest würde er irgendjemandem etwas Wärme spenden.

„Ich war in meiner Ehe sehr glücklich." Er ergriff meine Hand. „Und ich glaube, ich könnte dich glücklich machen, Lucy."

Ich spürte, wie mein Herz anfing zu rasen. Er drehte mich zu ihm herum und küsste mich, ganz langsam. Ich zog mich langsam zurück, hielt aber weiterhin seine Hand fest. „Machst du mir gerade einen Antrag?"

Er lachte leise. „Ich lege dir alles, was ich habe, zu Füßen."

Ich war zutiefst geehrt. In all der Zeit, die er gelebt hatte, war er nur ein einziges Mal verheiratet gewesen. Jetzt wollte er mich heiraten. Wäre er sterblich gewesen, hätte ich schon längst meine Freundinnen angerufen, um die Hochzeit zu planen. Aber das war er nicht. Und ich schon.

„Wie kannst du in Betracht ziehen so etwas noch einmal durchzumachen? Eine Frau lieben, sie heiraten und dabei wissen, dass sie vielleicht noch fünfzig oder sechzig Jahre lebt? Du würdest zusehen müssen, wie ich alt und schwach werde und schließlich sterbe. Und du wirst immer noch ganz genauso sein wie jetzt."

Er schenkte mir ein irgendwie melancholisches Lächeln. „Niemand erkennt die Wahrheit dieser Worte besser als ich:

‚Es ist besser, geliebt und verloren zu haben, als niemals geliebt zu haben.'"

Ich war mir nicht ganz sicher, wer diese Worte geschrieben hatte, war mir aber ziemlich sicher, dass sie nicht von einem Vampir geschrieben worden waren. „Ich will einfach nicht, dass du zu guter Letzt traurig und einsam bist."

„Lucy, ich habe noch eine sehr lange Zeit vor mir. Soll ich dir das Geheimnis eines langen Lebens enthüllen?"

„Ja, bitte." Auch wenn ich keinerlei Interesse daran hatte, eine Untote zu werden, war ich neugierig, wie sie sich in einer Welt zurechtfanden, die von Menschen wie uns kontrolliert wurde, deren Lebensspanne weniger als ein Jahrhundert betrug.

„Eigentlich ist es für jeden der Schlüssel zu einem erfolgreichen Leben. Und zwar von einem Tag in den anderen zu leben. Diese weit verbreitete Idee, im Hier und Jetzt zu leben, ist vor langer Zeit entstanden, und meiner Ansicht nach immer noch der beste Weg zum Glück. Ich schaue dich nicht an und denke schon sechzig Jahre weiter. In der Zukunft wird es Herausforderungen geben, und wir werden sie gemeinsam bewältigen. Wenn ich dich anschaue, sehe ich die Frau, mit der ich all die Zeit, die uns bleibt, zusammen sein will."

In meinem Leben waren mir schon einige Liebeserklärungen gemacht worden, aber keine war annähernd so romantisch wie diese.

„Ich brauche Zeit, um darüber nachzudenken", sagte ich. Mehr bekam ich nicht hin.

Er lächelte mich voller Ironie an. „Davon habe ich jede Menge." Wir waren fast an meinem Laden angekommen. Ich hatte in meiner Wohnung ein Licht brennen lassen, und die Straßenlaternen beleuchteten den Eingang. Rafe sagte: „Es gibt da einige wissbegierige Vampire, die alles über den heutigen Abend erfahren wollen."

Ich nickte. „Und das haben sie verdient. Ich gehe nur kurz hoch und hole mein Strickzeug."

Danke, dass Sie das Buch gelesen haben. Ich hoffe, Sie hatten Spaß mit Lucys neuestem Abenteuer. Werfen Sie hier gleich noch einen Blick in den nächsten Krimi, *Dolch und Diamanten.*

Eine Nachricht von Nancy

Liebe Leser und Leserinnen,

Vielen Dank, dass Sie die Serie der Strickclub der Vampire lesen. Ich freue mich sehr über die Begeisterung, die diese Serie hervorruft. Ich habe vor, noch viele Geschichten über Lucy und ihre bestrickenden Vampire folgen zu lassen.

Über Rezensionen freue ich mich immer, und vergessen Sie nicht, anderen Liebhabern von Häkel- und Strickkrimis von dieser Serie zu erzählen.

Sie können Ihre Rezension auf Amazon hinterlassen.

Ihre Beiträge sind die Wolle, mit der ich diese Geschichten stricke.

Bis zum nächsten Mal.
Viel Spaß beim Lesen,

Nancy

BÜCHER VON NANCY WARREN

Erfahren Sie mehr über neue Ausgaben und Sonderangebote in Nancy's Newsletter (auf Englisch) bei NancyWarrenAuthor.com oder folgen Sie ihr auf Facebook auf facebook.com/nancywarrenDeutsche

~

Der Strickclub der Vampire

Verwirrung und Verrat - ein kostenloses Prequel für die Abonnenten von Nancys Newsletter

Der Strickclub der Vampire - Band 1

Maschen und Magie - Band 2

Häkelei und Hexenkessel - Band 3

Zwirn und Zauber - Band 4

Lieblingspullis und Liebestränke - Band 5

Weissagung und Wollpullover - Band 6

Schwindelei und Spitze - Band 7

Bommelmützen und Besenstiele - Band 8

Poltergeist und Popcornmuster - Band 9

Gargoyles und Geheimbünde - Band 10

Dolch und Diamanten - Band 11

Flüche und Fischgrätmuster - Band 12

Der Strickclub der Vampire: Band 1-3

Der Blumenladen von Willow Waters

Die Magie der Pfingstrose - Band 1

Das Verwunschene Brautkleid

Eine Serie aus fünf romantischen Komödien über Frauen, die auf der Suche nach dem richtigen Kleid, den dazu passenden Schuhen und dem perfekten Mann sind.

Die Flucht der Braut - Buch 1

Die Braut aus Zweiter Hand - Buch 2

Brautjungfer zu mieten - Buch 3

Ein Brautkleid zum Verlieben - Buch 4

Wenn das Kleid passt - Buch 5

Die Oma

Das Jahr, in dem die Weihnachtsoma das Weite suchte

Um eine vollständige Liste ihrer Bücher zu sehen, gehen Sie auf Nancys Website NancyWarrenAuthor.com

ÜBER DIE AUTORIN

Nancy Warren ist eine USA Today Bestseller-Autorin und hat mehr als 100 Romane verfasst. Sie stammt ursprünglich aus Vancouver, Kanada, zieht jedoch gerne um und hat längere Zeit in England, Italien und Kalifornien gewohnt. Die Inspiration zur Strickrunde der Vampire kam ihr während ihrer Zeit in Oxford. Gegenwärtig lebt sie teils in Großbritannien, in Bath, wo sie oft so tut, als sei sie Jane Austen, oder zumindest eine von deren Romanfiguren, und teils in Victoria, Britisch-Kolumbien, wo sie es genießt, am Meer zu leben. Zu ihren Lieblingsmomenten zählen die Tage, als sie die Antwort in einem Kreuzworträtsel der kanadischen Zeitung National Post war, als sie es mit ihrem Roman Speed Dating, dem Auftakt zur Buchreihe Harlequin's NASCAR, auf das Titelblatt der New York Times schaffte, und die drei Male, als sie für den RITA-Award, den bedeutenden Preis für englischsprachige Liebesromane, nominiert wurde. Sie hat einen MA in kreativem Schreiben von der Bath Spa University. Sie ist eine begeisterte Wanderin, liebt Schokolade und vor allem liebt sie es, von ihren Lesern zu hören!

Die beste Weise, mit ihr in Kontakt zu bleiben, ist, sich über NancyWarrenAuthor.com für Nancys Newsletter anzumelden (auf Englisch).